Yazar Hakkın

Esra Ezmeci, İstanbul'da dünyaya geldi. 2008'de İstanbul Bilgi Üniversitesi İletişim Fakültesi'nin Halkla İlişkiler bölümünde lisans öğrenimini tamamladı. 2011 yılında ise İstanbul Haliç Üniversitesi'nde Psikoloji alanında yeniden lisans öğrenimi gördü. Bölümünü birincilikle tamamlayan Ezmeci, ardından aynı kurumda Klinik Psikoloji üzerine yüksek lisansa başladı. Yüksek lisansın ardından öğrenimine, Adli Bilimler alanında doktora yapmak üzere devam etti.

Kariyerine İstanbul Çapa Devlet Hastanesi'nin Psikiyatri bölümünde staj yaparak başlangıç yapan Ezmeci, sonrasında uzun yıllar boyunca İstanbul Zeytinburnu Balıklı Rum Hastanesi'nde Klinik Psikolog olarak çalıştı. Ardından kendi terapi merkezini kurarak, danışanlarına profesyonel destek vermeyi sürdürdü. Bireysel danışmanlık, aile-ilişki-evlilik danışmanlıkları, ergen psikolojisi, bağımlılık tedavisi vb. alanlarda klinik hizmeti vermenin yanında özellikle "Geçmiş Temizleme Terapisi" ve konuya yönelik kaleme aldığı makaleler ve kitaplarıyla farklı kitlelere danışmanlık vermeye devam ediyor.

Uzman Klinik Psikolog Esra Ezmeci, *Süt Lekesi, Düştüğünde Kalkarsan Hayat Güzeldir, Kararı Ben Veririm* ve *Kadınlar Sıcak Erkekler Soğuk Sever* adlı çok satan kitapların yazarıdır.

DESTEK
yayınları

DESTEK
MEDYA
GRUBU

DESTEK YAYINLARI: 1000
EDEBİYAT: 300

ESRA EZMECİ / SÜT LEKESİ

İmtiyaz Sahibi: Destek Yapım Prodüksiyon Dış Tic. A.Ş.
Genel Yayın Yönetmeni: Ertürk Akşun
Yayın Koordinatörü: Özlem Esmergül
Editör: Esen Güray
Kapak Tasarım: İlknur Muştu
Sayfa Düzeni: Cansu Poroy
Sosyal Medya-Grafik: Tuğçe Budak - Mesud Topal

Destek Yayınları: Eylül 2018 (3.000 Adet)
4.-9. Baskı: 2018
10.-14. Baskı: 2019
15.-39. Baskı: 2020
40.-226. Baskı: Aralık 2021
227.-236. Baskı: Şubat 2022
237.- 251. Baskı: Mart 2022
252.-281. Baskı: Nisan 2022
282.-296. Baskı: Haziran 2022
301.-306. Baskı: Temmuz 2022
307.-316. Baskı: Ağustos 2022
Yayıncı Sertifika No. 13226

ISBN 978-605-311-477-2

Abdi İpekçi Caddesi No. 31/5 Nişantaşı/İstanbul
Tel. (0) 212 252 22 42
Faks: (0) 212 252 22 43
www.destekdukkan.com
info@destekyayinlari.com
facebook.com/DestekYayinevi
twitter.com/destekyayinlari
instagram.com/destekyayinlari

Destek Dukkan

Deniz Ofset – Çetin Koçak
Sertifika No. 48625
Maltepe Mahallesi
Hastane Yolu Sokak No. 1/6
Zeytinburnu / İstanbul
Tel. (0) 212 613 30 06

DESTEK yayınları KARAKARGA BEYAZ BAYKUŞ genç DESTEK

ESRA EZMECİ

SÜT LEKESİ

En temiz olan bile bir gün bu dünyaya
leke bırakmaya mahkûm edilmiştir.

DESTEK
yayınları

-1-

Dayanamam dediklerine dayandığında büyüyorsun.

Türkiye'nin dört bir yanından akın akın insanlar geliyordu İstanbul'a. Hiç durmadan... Her gün... Trenle... Otobüsle... Uçakla... İstanbul kuruldu kurulalı bu böyleydi. Bu kadar insan nereye sığıyordu? İstanbul bu kadar insanı nasıl barındırıyordu? Bunun cevabı yoktu. İstanbul dipsiz bir kuyuydu, sürekli yeni insanlar geliyor, kuyuya atlıyor ama İstanbul kuyusu bir türlü dolmuyordu.

Yeni bir dünya umuduyla geliyordu insanlar. Yeni bir hayat, yeni bir iş, yeni bir aş, biraz huzur... Başlarını sokacakları bir ev, karınlarını doyuracakları bir iş... Varsın tek gözlü olsundu, penceresi olmasındı, güneş görmesindi. Yeter ki huzuru versindi.

Zarife de İstanbul kuyusuna atlayan çaresizlerdendi. Annesini ve kız kardeşini de yanına almış, koca şehrin merhametine sığınmıştı. Öyle bir yara almıştı ki, dipsiz kuyuya atlamada bulmuştu çareyi. O kadar canı yanmıştı ki, bir canavara sığınmıştı. Suya düşmüş, yılana sarılmıştı.

İstanbul'a geldikten iki ay sonra kumaş satan bir manifatura dükkânında tezgâhtarlık yapmaya başladı Zarife. Kazandıklarını biriktiriyordu. Okuma aşkıyla gelmişti, hem okuyup hem çalışacaktı.

İşe girdikten sonra üniversite sınavlarına da hazırlanmaya başladı. Kardeşi Nuran'ı da liseye yazdırmayı denedi ama onun okumakta gözü yoktu. Evde çeyiz düzmekle meşguldü. İstanbul'a geldikten kısa bir süre sonra, İstanbul gerçek yüzünü göstermeye başladı Zarife'ye. Annesi hastalandı. Zarife, annesini hastaneye götürdü, önemsiz deyip geri gönderdiler. Annesinin şikâyetleri arttıkça, ona yapılan tahliller de çeşitlendirildi. Sonunda rahim kanseri teşhisi konuldu. Zarife derinden etkilendi, yıkıldı.

Zarife annesini sık sık tedaviye götürmeye başladı. Kanseri yeneceğine inanıyordu. Hastanede bir doktorla tanıştı. Doktor annesiyle fazlaca ilgileniyor, onun için elinden geleni yapıyordu. Bu durum Zarife'nin hoşuna gitti. Otuz sekiz yaşındaki Doktor Erdal, Zarife'nin ilgisini çekmişti. Henüz on dokuz yaşında olan Zarife, Erdal Bey'in çalışma disiplini ve nezaketine hayran olmuştu. Doktor Erdal da, Zarife'yi ilk gördüğünden beri hoşlanıyor, her fırsatta onunla konuşmaya çalışıyordu.

Altı ay kadar belli belirsiz konuşmalarla ilişkileri sürdü. Annesinin tedavisi de devam etti. Annesinin durumu gittikçe kötüleşti, bir gece yarısı hastanede vefat etti. Zarife için büyük bir yıkım oldu bu. İstanbul'a geldiğine de, yaşadığına da isyan etti. Fatma Hanım, arkasında üç yetim bıraktı. Annesinin ölümüyle hayatı daha da zora giren Zarife, kötü zamanlarını Doktor Erdal'ın desteğiyle aştı. Doktor onu bir an olsun yalnız bırakmadı, cenaze işlemlerinden sonraki aşamalara kadar her şeyle bizzat ilgilenip maddi ve manevi tüm yükü aldı. Bu hüzünlü dönem, Zarife ve Erdal'ı birbirine daha da yaklaştırdı. Doktor Erdal, Zarife'nin zekâsına ve girişkenliğine hayran kalmıştı. Güzelliğine de vurulmuştu. Bir süre sonra birbirlerine açıldılar, Doktor onu ailesiyle tanıştırmak istedi. Zarife çekinerek de olsa kabul etti.

Doktor Erdal, köklü ve varlıklı bir aileden geliyordu. Annesi gösterişi seviyordu, "Oğlum asil bir kızla, soylu bir kızla evlenecek" diyordu. Zarife'yi tanıdığı gün onu kovmaktan beter etti. Oğlu için kendileri gibi asil bir ailenin kızını uygun görüyordu. Ona göre Zarife, soyu sopu belli olmayan biriydi ve ailelerinin içinde yeri yoktu. Zarife, bunları kaldırabilecek bir kız değildi. Küçük görüldüğü ortamda durmazdı. Doktorun hatırı olmasa, bir daha onunla da görüşmeyecekti. Doktor Erdal ile evlenmeyi çok istiyordu, annesini tanıdıktan sonra bu isteğinden vazgeçti. Doktor Erdal bu duruma çok üzüldü, uzunca bir süre annesiyle konuşmadı. Bir taraftan Zarife'yi ikna etmeye çalıştı, öte yandan annesinin gönlünü almaya çabaladı. Ne yaparsa yapsın, annesi ikna olmadı. Doktorun sevgisini bir kez daha hisseden Zarife ise tüm engellere rağmen onunla evlenmeyi kabul etti. Sade bir törenle evlendiler. Kız tarafı olarak Zarife'nin işyerinden birkaç arkadaşı, dayısı ve kız kardeşi vardı. Erkek tarafından ise Doktor Erdal'ın arkadaşları katılmıştı. Evlendikten bir süre sonra annesi de doktoru affetti. Onun hasretine dayanamadı ve bir gün çıkıp evine geldi. O günden sonra çok fazla bir arada olmamaya özen göstererek, ara ara görüştüler.

Zarife, zor da olsa mutluluğu bulmuştu. Evlendikten bir süre sonra oğluna hamile olduğunu öğrendi. Bu, Zarife'nin başına gelen en güzel şeydi. Oğlu doğduktan sekiz yıl sonra da bir kız çocuğu getirdi dünyaya.

Zarife, gerçekleştiremediği hayallerini, yaşayamadıklarını, eksik kalan yanlarını iki çocuğun üzerinden yaşamak istiyordu. Onlara iyi bir hayat verip, iyi okullarda okutup, iyi birer iş sahibi yapıp, iyi bir gelecek hazırlamak istiyordu. Yeni bebeğe Ezgi adını verdiler. Ezgi de büyüdü, okula başladı. Zarife için çocuklarının okuması, dünyadaki en mühim şeydi. Oğlu neyse de, Ezgi'nin birtakım sorunlarından dolayı aksattığı dersleri onun moralini bozuyor, sinirlerini altüst ediyordu. Karakteri, kalbi kadar yumuşak değildi. Kimseye söylemeye cesaret edemediği bir düşüncesi vardı. Kendiyle baş başa kaldığında "Keşke kızım olmasaydı" der dururdu. "Bu dünya kız çocukları için yaşanılır bir yer değil."

"Keşke doğmasaydın Ezgi."

"Keşke doğmasaydın Ezgi."

"Keşke doğmasaydın Ezgi."

-2-

Acılarınızı bilgi ve tecrübe olarak kullanın.
Geçmişte yaşadığınız acılarla yüzleşmek acının
kabul edilmesini kolaylaştırır.

Ezgi, Erenköy'de Bağdat Caddesi'ndeki büyük bir psikiyatri kliniğinin ortağıydı. Aslında, klinik onun denilebilirdi. Ortağı Tülin Hanım onun hem üniversiteden hocası hem de kliniğin şefiydi. Tülin Hanım, idealist bir insandı. Bu tutumunun arkasındaki en büyük sebep ise otistik bir oğlunun olmasıydı. Oğlu Burak doğduğunda her şey yolundaydı. Altıncı ayında birçok sese kayıtsız kaldığı fark edilince, duyma problemi yaşadığını zanneden Tülin Hanım, titiz bir muayene sonucunda oğlunun otizmli olduğunu öğrendi. Tabii, dünya Tülin Hanım ve kocası Ender Bey için başka bir boyut kazanmıştı. O saatten sonra zamanlarını, emeklerini Burak için harcamaya başladılar. Burak'tan başka bir de kızları Aylin vardı. Aylin, Burak'tan altı sene evvel dünyaya gelmiş, büyümüş, başarılı bir reklamcı olmuştu. Burak'ın yanında Aylin'i de ihmal etmemeye özen gösteren aile, bunda pek başarılı olmuş sayılmazdı. Kızları, ailesinin ilgisinden eksik büyümüştü. İlk başlarda bunu sorun etmese de, kardeşi büyüdükçe uğraşın artması, ona isteklerini törpülemesi gerektiğini öğretti. Tülin Hanım için talihsizlik, oğluyla sınırlı kalmadı. İki sene evvel, kocasına bağırsak kanseri teşhisi kondu.

Tülin Hanım, taşıdığı yükün ağırlığı altında ezilmekten hep korktu. Şimdi altmış üç yaşında ve diğer meslektaşları gibi emekli olup güneye yerleşme planları yapmak yerine, son iki senesi kocası ve oğlu için yeni tedavi yöntemleri araştırmakla geçti. Geçen ay eşini tüm çabalara rağmen kaybetmek, Tülin Hanım'ı iyice umutsuzluğa sürüklemiş, resmen on yaş birden yaşlandırmıştı. Kocası için Türkiye'nin en iyi onkologlarını ayağa kaldırmış ve bu hastalığın kontrol altına alınması için elinden gelen her şeyi yapmıştı, ama hastalık tüm çabalara rağmen çok ilerlemiş ve en son bir yılda diğer organlara da sıçramıştı. Ender Bey her zaman çok iyi bir baba ve iyi bir kocaydı. Ender Bey'in bir ay önceki ölümü tüm aileyi derinden yaralamıştı. Burak, babasına pek bir düşkündü. Babasını evde görmediğinde onu kontrol etmek güç bir hâl alıyordu. Bir keresinde sabaha kadar bağırıp annesine ve bakıcısına büyük zorluk yaşatmıştı. Babasının ölümünü anlatmak çok zor olmuştu. Burak babasının kaybından sonra iyice başa çıkılamaz hale gelmişti. Bu kadar şeyi yaşamak zorunda kalan Tülin Hanım'ın yorgunluk ve stresten bir yerlerde bayılıp kalmaması, yaşama yine de tutunabilmesi bir mucizeydi. Galiba danışanları, yaptığı iş ve öğrencileri onu ayakta tutuyordu.

Tülin Hanım, Ezgi'yi tanığı günden bugüne onun üzerinden elini çekmemişti. Üniversitenin ilk senesinde Ezgi'deki ışığı fark eden birkaç kişiden biriydi. Onun sınav kâğıdını özenerek okur, sorularına zaman ayırırdı. Ezgi'nin daha en başlarda olmasına rağmen savunduğu şeyler ve bilgi açlığı Tülin Hanım'ı mest etmişti. Tülin Hanım Ezgi'de kendini görüyordu, onun bu azmi ve başarısı kendi gençliğini hatırlatıyordu. Kendi kızıyla hiçbir zaman böyle bir özdeşim yaşayamamıştı. Ezgi'de kendini yaşatmak istiyordu. Evet, bir Tülin daha yetişiyordu ki Ezgi onun gençliğindeki halinden çok daha güzeldi. İnsan onun gözlerine bakmaya kıyamazdı ama onu aynı annelerin kızlarına hissettiği gibi bir duyguyla hem çok seviyor hem de biraz kıskanıyordu. Ezgi'nin hep himayesinde kalmasını, hep izinde olmasını istiyordu. Ezgi'nin güzelliği, gençliği, zekâsı, azmi kendisini de besliyor, dinç ve dirençli tutuyordu.

Bu durum, Tülin Hanım'ın kızı Aylin'in kıskançlığına da neden olmuştu. Aylin, annesinin kendisinden çok Ezgi ile ilgilenmesinden hiç hoşnut değildi. Fakat çok geçmeden, bu durumun bir yeniden oluşumdan başka bir şey olmadığını, yani annesinin yeni bir Tülin yaratma çabasından ibaret olduğunu anlamış, kıskançlığı durulmuştu. Bunun üzerine, Ezgi için üzülmeye başlamıştı; çünkü annesinin ne derece inatçı ve istediğini elde etmeden durulmayan bir kişiliğe sahip olduğunu en iyi bilen oydu. Eğer annesinin Ezgi üzerindeki planları suya düşerse, Ezgi'nin onun elinden uçup gitmesini öylece izlemeyecek illaki müdahalede bulunacaktı. Tabii bu durumdan etkilenen de Ezgi olacaktı. Neyse ki şimdiye kadar pek bir sorun yaşamamışlardı. Ta ki o güne kadar.

Ezgi, yüksek lisansını Londra'da yapmıştı. Orada bile Ezgi'nin eli kolu olmayı başaran Tülin Hanım, onu adeta eseri olarak görüyordu. Ezgi de bu durumdan oldukça memnundu. Hocasına layık olabilmek ve herkese fark atmak için sürekli çalışan Ezgi, yeni bir terapi yöntemi geliştirmeyi hedeflemişti. Hem bu konuda doktora yapmayı, hem de hocasının çabalarının, emeklerinin boşa gitmediğini göstermek istiyordu. Tülin Hocasının bu fikirlerine çok destek vereceğine inanıyordu.

Ezgi, yeni tedavi yöntemini Tülin Hanım'a açıklayacağı gün oldukça heyecanlıydı. Onun yardımını alırsa, her şey daha bir yolunda gidecekti. Çoktandır planladığı bu projeyi, artık hocasına anlatmanın zamanının geldiğini düşünüp büyük bir sevinçle kliniğe gitti. Tülin Hanım Ezgi'yi gördüğünde onun yeni fikirleri olduğunu sezinlemişti. Ezgi ne zaman parlak bir fikre sahip olsa, ateşi bulmuş gibi yerinde duramıyordu. Onun işine olan iştahı, kimsenin gözünden kaçmıyordu. Ezgi, hocası tarafından bu kadar iyi tanınıyor olmakla övünüyordu zira Tülin Hanım zor biriydi. Üniversitede, onun gözüne girmek için dişini tırnağına takan birçok öğrenci vardı. Fakat bunlardan çok azı Tülin Hanım'ın gözüne girebilmeyi başarıyordu. Ezgi, Tülin Hanım'la göz göze gelince irkildi. Selam verdi, yerine oturdu, Tülin Hanım meşguldü. Ezgi oturduğu yerde onu izlemeye ve ondan dinlediği ilk dersi düşünmeye başladı. O zamanlar psikoloji bölümü üçüncü sınıfın ikinci dönemindeydi. Daha aylar öncesinden ders verecek kişiler belirlenince, tüm psikoloji öğrencileri Tülin Hocanın dersini seçebilmek için birbiriyle yarışmıştı. Tülin Hocanın dersini çok fazla almak isteyen olunca "sadece not ortalaması çok yüksek olanlar bu dersi seçebilir" diye bir kural getirmişlerdi. Tülin Hanım'ın dersine ön sıralarda yer bulabilmek için iki saat öncesinden gitmişti. Tülin Hanım sınıfa bembeyaz ipek gömleği ve bordo kadife eteğiyle gelmişti. Ayakkabıları koyu bordo rengindeydi ve ince topuklarıyla zarif ince bileğini ortaya çıkarıyordu. Tülin Hanım'ın sarı röfleden, biraz incelmiş, omuzlarına nazikçe dökülen saçları vardı. Koyu kahverengi kısık gözleri birçok anı ve hatıra taşır gibiydi. Gözlerinin kenarındaki ince çizgiler güzelliğini gölgelemiyor aksine daha da güzelleştiriyordu. İnce olan dudakları ve sivri burnu onu olduğundan sert gösterse de, bakışları bu sertliği yok ediyordu. İlk derse girdiğinde Tülin Hanım "Merhaba çocuklar!"

deyip elindeki ders notlarını masaya bırakarak kendine güvenen bir tavırla hemencecik masanın üzerine yerleşmişti. Aslında çok heybetli görünse de, minyon kısa boylu bir kadındı. Heybetli görünüşü onun bilgi donanımından, herkesi hayran bırakan fikirlerinden geliyordu. Masanın üzerine oturduktan sonra şöyle bir sınıfı, öğrencileri incelemiş ve konuşmaya başlamıştı.

"Merhaba çocuklar, ben Tülin Yıldırım, burada sizlerle *Davranışların Biyolojisi* dersini işleyeceğiz. Şimdi siz psikoloji öğrencilerine pek de basit gelecek bir soruyla başlayayım." O sırada o ince dudaklarının kenarlarındaki kıvrımlar belirginleşmiş, yüzünde mahcup bir gülümseme olmuştu. "Kaygı nedir çocuklar?"

Gerçekten psikoloji bölümünün üçüncü sınıfında olan öğrenciler için çok kolay bir soruydu. Sırayla tüm öğrenciler sorunun kolaylığına aldırmadan hevesle cevap vermek için yarışmaya başladılar. Genelde öğrenciler kaygıyı, kişinin bir uyaranla karşı karşıya kaldığında yaşadığı bedensel, duygusal ve zihinsel değişimler etrafında tanımlıyorlardı. Endişe, tedirginlik, sıkıntı, tehlike korkusu veya tehlike beklentisi olarak da tanımlayanlar vardı. En son, cevap vermeyen Ezgi kalmıştı. Tülin Hanım, Ezgi'yi dikkatlice gözlemliyordu. Bu, güzelliğiyle dikkat çeken, en önde oturan, siyah ipek saçlı kız sessizce sadece önündeki deftere bakıyordu.

Tülin Hoca, ona seslendi. "Merhaba, adınız nedir genç bayan? Sizden sorduğum sorunun cevabını vermek için hiçbir talep gelmedi."

Tülin Hanım, Ezgi ile konuşurken narin ve kısık ses tonunu daha da inceltmişti. Ezgi dalgın bir şekilde önündeki deftere bakmaya devam ediyordu. Yanındaki arkadaşı dirseğiyle Ezgi'yi dürtünce, bir anda irkilerek sağına soluna bakmaya başladı. O sıralar bu dalıp gitmeleri çok oluyordu. "Evet, hocam pardon! Duyamadım, dalmışım bir daha söyler misiniz?"

"Sanırım dinlemiyordunuz."

"Yok hocam şey... Bu bana bazen oluyor yani..."

"Neyse, sorum şu, kaygı nedir? Sen de bize bir şeyler söylemek ister misin? Bu arada bu tanışma dersinde adını da bana söyler misin?"

"Tabii hocam, ben Ezgi." Ezgi, heyecandan titreyen dudaklarını durdurmak için onları ısırıyordu. "Şey... bence kaygı; kusur arayan bir arkadaştır yani kaygı abartılı ve gerçekleşmesi mümkün olmayan muhtemel olaylarla ilgili uyarılardan oluşur. Aslında yeni bir haber değil, kafamızı yiyip bitiren bir dırdırdır."

Ezgi'nin cevabı Tülin Hanım'ın çok hoşuna gitmişti hatta kaygıyı sorarken verdiği gizli mesajı hemen almıştı. Bu kız, gerçekten zekiydi. Ezgi'den etkilenmişti ve ona bir soru daha sormaya karar vermişti.

"Peki, kaygı her zaman bu kadar kötü bir arkadaş mıdır Ezgi?"

Tülin Hanım'ın sorusunun sonuna Ezgi'nin adını eklemesi Ezgi için çok anlam ifade ediyordu. Cevabının Tülin Hocanın hoşuna gittiğini ve onu etkilediğini anlamıştı.

"Aslında hocam, kaygı pozitif amaçla yaratılmıştır. Amacı bizi tehlikelerden korumaktır. Düşük düzeyde ve gerçekten kaçınılması gereken bir duruma bağlı olarak oluşan kaygı, kişiyi potansiyel olarak zarar verecek durumlardan alıkoyar ve ayaklarınızın üzerinde sağlam olarak durmanızı sağlar ama duruma bağlı olmayan aldatmaca kaygı, bırakın ayakta durmanızı sağlamayı hayattan keyif almanızı sağlayacak birçok şeyi yapamayacak duruma getirebilir insanı ve benim tahminim sizin sorduğunuz kaygı kusur arayan arkadaşa benzeyen kaygıydı. Çünkü psikoloji bilimine gönül verenler olarak ileride karşılaşacağımız vakalar, yani bize gelen danışanların problemlerinin altında bu duygu yatıyor olacak."

Ezgi'nin cevabı Tülin Hanım'ı mest etmişti. Ezgi o günden sonra Tülin Hanım'ın hem asistanı hem de en gözde öğrencisi olmuştu. Ezgi'yi keşfettikten sonra da gözü diğer öğrencilerini görmez olmuştu. Benzetme yerindeyse, Ezgi'yi bir proje olarak görmüştü ve bu işinde de ne kadar başarılı olduğu ortadaydı.

Tülin Hoca işlerini bitirdi, gülümseyerek Ezgi'ye baktı. Buyur, der gibiydi.

"Tülin Hocam, bunu duyunca benimle gurur duyacaksınız."

"Ben zaten seni tanıdığım günden beri gurur duyuyorum. Yoksa bunca sene yanında olur muydum? Peki, bu seferki planların nelermiş, merak ettim doğrusu."

"Bilirsiniz, klasik usulle grup terapilerini hep ortak psikolojik sorunları olanlar üzerinde yapıyoruz. Alkol bağımlıları veya madde bağımlıları için bir grup, yeme bozuklukları için bir grup, şizofrenik bozuklukta sosyal beceri gelişimi grupları... Tabii ayrıca hastanede yatan hastalarımıza da grup toplantıları ya da "günaydın toplantısı" yapıyoruz."

"Yani olması gerekeni yapıyoruz aslında."

"Elbette öyle hocam, lakin ben yeni yöntemimle karma bir grup oluşturmayı hedefliyorum. Farklı psikolojik rahatsızlıkları olan, farklı yaş grupları ve mümkünse hayat standartları bile birbirinden tamamen farklı insanlardan oluşan bir grup terapisi yaparak başarılı olacağıma inanıyorum. Yani grup terapilerinde biliyorsunuz ki hep bir sınıflandırma var; ya amaca göre, ya danışan seçimine göre... Yani bu bahsettiğimiz 'grup terapisi aynı tanılı danışanlardan oluşmalı' miti var ya, farklı tanı almış tamamen farklı hayatları olan insanlardan oluşan bir grup terapisi ve o grup sinerjisini yaratabilmek için ne büyük bir çaba olacak, düşünsenize. Eminim o farklılık ve o çaba, gruptaki her bir bireyin iyileşmesini de sağlayacak."

Tülin Hanım'ın yüzündeki tebessüm kırılmıştı. Kahverengi kısık gözleri daha da kısılmış, göz kenarındaki ince çizgiler daha da belirginleşmişti ve şaşkınlıkla Ezgi'ye bakıyordu. Aslında Tülin Hanım'ı bu hayatta şaşırtacak fazla bir şey yoktu. O, Türkiye'nin en üst düzey politikacıları, sanatçıları, işadamlarının terapistiydi. Hayatı boyunca deneyimlemediği, duymadığı, görmediği şey kalmamıştı.

Tülin Hanım çok iyi bir psikiyatrist ve ayrıca terapistti. Danışanlarını sadece dinleyip ilaç verip yollamaz, terapistlik konusundaki tüm hünerlerini gösterir, zamanın yetişmediği noktada en güvendiği dokuz psikoloğundan birine yönlendirirdi; çünkü herkese terapi yapacak vakti olmuyordu. Yanında üç psikiyatrist ve dokuz psikolog çalışıyordu. Hepsinin uzmanlaştığı alanlar farklıydı. Tabii ki bunlardan en iyisi onun gözünde Ezgi'ydi. Ezgi hemen hemen aldığı tüm danışanlarda ilerleme sağlıyordu. Ezgi'nin terapilerde uyguladığı yöntemler en yoğun semptomlarla gelen danışanlarda bile etkili oluyordu. Geldikleri ilk seanstan itibaren hastalar düzelmeye ve değişmeye başlıyorlardı. Hatta bir keresinde Tülin Hanım'ın uzun süredir danışanı olan, yoğun temizlik obsesyonlarıyla gelen, günde on yedi kez ellerini yıkayan, eve mikrop getireceklerini düşündüğü için misafir bile kabul etmeyen ve artık son zamanlarda kirlenmemek için tuvalete bile gitmeyi reddeden, dışarıya çıkıp bir yerlere dokunmaktan korkan, kırk beş yaşındaki Neriman Hanım, son hastane yatışından sonra Ezgi'ye terapiye gitmeye başlamış ve Ezgi'den aldığı terapiler fazlasıyla iyi gelmiş, ellerini bu kadar fazla yıkamayı bırakmış, artık rahatça dışarı çıkabilir hatta çocuklarıyla sık sık alışverişe gider ve evine rahatça misafir çağırır hale gelmişti. Tülin Hanım bu durumdan ve Neriman Hanım'ın bu denli hızlı bir şekilde düzelmesinden oldukça mutlu olmuştu. Ezgi'ye "Sen sadece çok iyi bir terapist değil aynı zamanda antidepresan etkisi yaratan bir psikologsun" demişti. Tülin Hanım koyduğu teşhislerle ün yapmıştı. Her zaman doğru ilaç seçimleri ve doğru tanılarla çoğu kişinin tercihiydi.

Tülin Hanım, Ezgi'den duyduğu öneriyi biraz düşündü. Ne zaman bir şeyi bir dakikadan fazla düşünse, sorun var demekti. Ezgi, hocasının bu kadar uzun yanıtsız kalmasını sevmemişti. Tülin Hanım, oturduğu yerden doğruldu. Ezgi'ye, grup terapisi uygulamak için uygun şartların ve uygun kişilerin bir araya gelmesinin şart olduğunu söyledi. "Ezgi, sen de biliyorsun ki grup terapisi, hayatlarında benzer temaları olan ve aynı stresli dönemden geçen üyelerden oluşur. Farklı ve hiç bilinmedik psikolojik bozuklukları olan kişilerin bir araya gelmesi kadar saçma bir durum olamaz. Bu insanlar, farklı problemleri olan grup üyelerinin yaşadıklarını, hissettiklerini dinleyerek nasıl bir farkındalık oluşturabilirler ki? Bu söylediğin tam bir saçmalık! Kaldı ki senin gibi zeki ve gözde psikoloğumun böyle bir şey söylemesine gerçekten şaşırdım. Teklif ettiğin, rastgele seçeceğin bir grup terapisi o kişilerin daha da hasta olmasına ve anlam karmaşası yaşamasına sebep olabilir. Grup terapisi aynı psikolojik hastalık teşhisi konmuş, benzer kötü alışkanlıkları olan bireylerden oluşmalı. Yoksa bu grup terapisine nasıl bir çerçeve çizilebilir? Mesela alkol kullananlar, panik ataktan mustaripler, şizofreni hastaları, ensest kurbanları, aşırı yemek yiyenler, çocuklarını kaybeden anneler gibi bir sürü ana başlıktan gidebilirsin. En güzel model aynı psikolojik veya travmatik konuların altında hem semptomatik rahatlama hem dekarakterolojik değişim hedefleyen bir psikoterapi grubu."

"Hocam, bu söylediklerinizi biliyorum. Unuttunuz galiba, ben bu konudaki eğitimlerin tümünü almış bir psikoloğum."

"Ben değil ama sen unutmuş gibisin. Ne de güzel dedin, sen bir klinik psikologsun ve bu söylediğinin etik olmadığını biliyor olmalısın. Sana bir şey söyleyeyim mi? Bunu değil bana, psikolojiden zerre kadar haberi olmayan bir insana bile söylesen sana katıla katıla güler."

Tülin Hanım, son lafını, sivri burnunu havaya kaldırarak söylemişti. Ezgi onunla konuşurken, bir anda aslında Tülin Hanım'ın öfkelendiğinde yüzündeki bazı bölgelerin güzelliğini kaybettiğini düşündü. Burnu daha da sivrileşmiş, gözleri kısılmaktan düz bir çizgiye dönüşmüş, dudakları da iyice incelmişti. Öfkelenmek bu kadını çirkinleştiriyor ve erkeksi bir hava veriyordu.

Ezgi, hayal kırıklığı yaşamıştı. Fakat bu, onun isteğini törpülememiş, aksine alevlendirmişti. Yalnızca, anlatmaya çalıştığı şeyin hocası tarafından iyi anlaşılamamış olabileceğini düşünüyordu. Ne olursa olsun, bu yöntemi denemeliydi. Göğsüne derin bir nefes doldurdu. Aklından daha ikna edici neler söyleyebileceğini geçirdi. Siyah ipek saçlarını elleriyle arkaya doğru savurdu. Dudaklarını ıslattı, sanki söze değil düelloya başlar gibi kendini öne attı. Ezgi hep bu zamanlarda kendini dışarıdan görmek isterdi. O, bir konuda inatlaştığı ve en doğru kelimeleri bulmaya çalıştığı zaman ona gözleri daha irileşmiş daha da mavileşmiş gibi gelirdi. Bir anda aklına babasının beş-altı yaşlarındayken tombul yanaklarını iri elleriyle nazikçe sıkıştırarak kendisine "Seni koca mavi gözlü boncuk kız, yine neler düşünüyorsun bakayım? Gözlerin ay ışığıyla ışıldayan çakıl taşları gibi irileşmiş ve parlamış" demesi geldi. O zamanlardan beri her düşünceye daldığında kendini dışarıdan görmek istiyordu. Gerçekten babasının gördüğü gibi o koca mavi gözleri bir şey düşününce daha da büyüyor muydu? Parlıyor muydu? Bunu bilmek istiyordu. Babasının ona çocukken anlattığı gibi miydi hâlâ? Gözleri ayın yansıması gibi ışıldıyor muydu, bilmiyordu. Şimdi konuşmaya hazırlanan Ezgi, hâlâ düşüncelere dalınca mavi gözleri daha da büyüyen o boncuk kız mıydı? Bir an bu düşüncelerden kendini sıyırarak hocasına döndü.

"Ben galiba tam anlatamadım. Hocam, bu seçeceğim kişilerin her biri bizim kliniğe olmasa bile başka kliniklere başvurmuş, oralardan tedaviler almış, ilaç tedavisi talep etmiş, başka psikiyatristlere ve psikologlara başvurmuş kişiler olacak. Ama evet bu kişilerin her birinin farklı bir sosyal statüsü, farklı psikolojik rahatsızlıkları, belki de farklı travmaları, farklı kötü alışkanlıkları olacak. Bu kapalı bir grup terapisi olacak ve beş kişiden oluşacak. Yani terapiyi başlattıktan sonra katılımcı kabul edilmeyecek ve katılımcıların farkındalıkları artıncaya kadar terapi devam edecek. Hocam, bu adım gerçekten yeni bir akım doğuracak. Bana bu konuda güvenmenizi istiyorum bu benim için çok önemli..."

"Bir saniye, sen neden bu kadar ısrarcısın ki?"

Tülin Hanım sanki bir şey keşfetmenin ya da birinin açığını yakalamanın getirdiği küstahlık dolu hafif gülümsemesiyle sormuştu. Ezgi, bu sorunun üzerine duraksadı. Yutkundu ve ellerini sıkmaya başladı. Gerilmişti. Gerildiği zaman zaten o hiç beğenmediği elleriyle oynamaya başlar tırnaklarının kenarında ince etleri hiç fark etmeden yolar dururdu. Kaç yaşından beri tırnaklarını yediğini hatırlamıyordu ama o elleri küçükken de beğenmezdi, annesinin bir benzetmesi aklına kazınmış çıkmıyordu: "Ellerin sanki güneş altında yıllardır pamuk işçiliği yapmış biri gibi ne kadar kuru ve sert" demişti. O gün ne kadar kırıldığını, üzüldüğünü dün gibi hatırlıyordu. Bu düşüncelerle ellerini saklamak ister gibi ayak bileklerine doğru ilerletip bileğini ovuyormuş gibi yaptı. Daha sonra eliyle sol kolunu okşamaya başladı. Ezgi'nin sol kolunu okşamasının da elleri kadar derin bir anlamı vardı. Hayal kırıklığı hissettiği zaman sol kolunu okşardı, çünkü daha beş yaşındayken büyük bir acı yaşamıştı. O gün komşuların çocuklarıyla evin içinde koşturuyor saklambaç oynuyorlardı. Mutfakta ise süt kaynıyordu. Oyun onları aldı, mutfağa götürdü. Ezgi ateşe yakın bir yere saklandı. Arkadaşlarından biri onu orada gördü, Ezgi çıkarken de onu bilmeden itti. Ezgi süt dolu kaynar tencerenin kulpuna tutundu ve tencere sol koluna devrildi. İkinci derecede ağır yanık oluştu kolunda. Bu korkunç olayın üzerine haftalarca hastanede tedavi gördü. Her günü yanıklardan iltihaplanan kolu ve eli için tedavi ve pansumanlarla geçti. Kolunda büyük bir yanık izi, ruhunda onarılmaz bir korku izi kaldı.

Bir çocuk, asla ama asla yaşadığı fiziksel ya da ruhsal acıları unutmaz. Ne olursa olsun, onun izleri kalır. Bunlar, bir yara iziyse, onunla yaşar ve çoğu zaman utanır, gizler. Ezgi'nin kolundaki iz de böyleydi. Onun için kendisine sürülmüş bir lekeydi: süt lekesi... O yaranın daha doğrusu yanığın acısını hiç unutmadı. O anı her anımsadığında, aynı yanma hissini yeniden yaşıyordu. Bu da yetmezmiş gibi o lekeyi güzelliğine büyük bir gölge gibi görüyordu. Gerçi o, fiziki güzelliği çok önemsemezdi ama kolunu görenlerin ilk tepkisini fark ettiğinde utanıyordu. Sevgili olduğu erkeklerden bu durumu bir süre gizlerdi. İlişkinin en başlarında bunu gördüklerinde Ezgi'den bir vebalıymış gibi kaçmalarını istemiyordu. O yara, onun tek takıldığı yerdi. İster istemez bütün geleceğini etkilemişti. Onunla yaşamayı, ona göre giyinmeyi, onu gizlemeyi ve onu kabullenmeyi öğrenmişti. Sanki bir uzvu gibiydi ama kusurlu bir uzuv...

Ezgi, kötü bir şey yaparken suçüstü yakalanmış gibiydi. Bu hâli, hocasının gözünden kaçmadı. Ezgi'nin böyle bir tutum sergilemesi, Tülin Hanım'ı iyiden iyiye kuşkulandırmıştı. Hocasının bu terapiye onayını almak için çok düşük bir ihtimal varsa bile o an hepsi uçup gitmişti. Tülin Hoca, Ezgi'nin neden böylesine ısrarcı ve tedirgin olduğunu öğrenmeden bu işe onay vermezdi. Ezgi gözlerini kaçırmamaya çalışarak iri gözlerini daha da açarak hocasına baktı.

"Doktora tezim için..."

"Ezgi, seni tanıyorum. Tezin için onlarca farklı ve işe yarar şey bulabilirsin. Bana, başka bir sebebi varmış gibi geldi. Anlatmak ister misin?"

Tülin Hanım en tatlı ses tonuna bürünmüştü. Ezgi'ye asıl neden bu değil, sen gerçeği anlat, der gibiydi.

"İnanın bana, gerçekten yok. Yani, bu yöntem hastaları daha hızlı tedavi edecek. Bu da doktora tezimi tamamlamama yardımcı olacak. Yani aslında ortaya yeni bir yöntem atmış alacağım ve grup terapisinin bu farklı metoduyla da danışanlarda bir farkındalık yaratacağımıza inanıyorum. Neden hep ortak nokta derler? Ortak yaşananlar, ortak kurtulmaya çalıştıklarımız, ortak travmalar insanların iyileşmesine katkısı olsun diye. Belki başka bir sıkıntısı başka travması olan birinin yaşadıkları gruptaki diğerlerinin onu anlamak için daha çok çaba harcamasına yarayacak, belki diğerlerini daha iyi olmaya yöneltecek, belki onları daha çok motive edecek."

Ezgi'nin bu cevabı da Tülin Hanım'ı tatmin etmedi. Ezgi'nin niyetinden kuşkulanmıştı bir kere.

"Bak Ezgi'ciğim, daha önce söylediğim gibi ben senin hemen her fikrine katılırım ama bu olacak şey değil. O insanlar üzerinde deney yapamazsın."

"Hocam yapmayın lütfen. Bunca tedavi yolu hazır olarak gelmedi ya. Denendi, çoğu başarısız oldu ama sonunda en doğru tedavi yöntemi bulundu."

"Ezgi, bunu söylediğine inanamıyorum. Kimsenin izni, rızası olmadan ve akademik yetkinliğe sahip olmadan tedavi yöntemi geliştiremezsin. Bu, en başta evrensel insan hakları ilkesine aykırıdır. Ayrıca bu yapacağın şey onların var olan hastalıklarının nüksetmesine, daha da yükselmesine ve başka katılımcıların rahatsızlığından etkilenmesine sebep olabilir. Son sözüm şu ki; bu klinikte böyle bir şey yapamazsın. Kaç senedir birlikte çalışıyoruz ve ilk defa sana 'hayır' diyorum. Bunun bir mantığı yok. Bunu hiçbir durumda hiçbir yerde yapmamalısın."

Bu hararetli konuşmanın üzerine Ezgi, sekreteri Ayla'ya eliyle işaret ederek tüm danışanları iptal etmesini istedi. Ezgi, ne kadar kötü bir gün geçirirse geçirsin, danışan randevularını iptal etmeyi doğru bulmazdı. O profesyoneldi ve duygularını kontrol edebiliyordu. Fakat Tülin Hanım'ın reddi, onun tüm dengesini altüst etmişti.

Ayla uzun süredir Ezgi ve Tülin Hanım'la çalışıyordu. Ezgi'nin bakışından bile ne demek istediğini anlardı. Ayla stres durumlarında bilmeden çenesini oynatır, dudağını büzer, küçücük yapardı sanki ıslık çalmaya hazırlanan bir çocuk gibi olurdu. Tombul, armut şeklinde bir bedeni, iri göğüsleri ve kocaman kalçaları vardı. Şişman yuvarlak yüzünü daha da kilolu gösteren kısa, açık kestane, gür, kabarık saçları ve her iki yanağında derin iz bırakan gamzesi vardı. Gamzeleri onun tüm sert ve ciddi ifadesini yok edip daha yumuşak naif bir insan olarak gösteriyordu. Oysa Ayla gerektiği zaman bir bakışıyla ya da tek sözüyle kliniğe gelen en zor danışanı bile hizaya getirirdi. Her gclen danışan onu hem çok sever hem de çekinir, mesafeli dururdu. O gamzelerini gören tedirgin danışanlar rahat bir nefes alırdı. Ayla kime nasıl davranacağını daha hastaların dosyasına bakmadan anlardı. Her gelenin tanısını birkaç dakikalık sohbetten sonra kendi içinde koyar, gelenlere ona göre davranırdı. Hatta bazen Ezgi'nin yanına aceleyle girer "Obsesif danışanınız geldi Ezgi Hanım. Aman onu çok bekletmeyelim yoksa şimdi dakikaları sayar, söylenmeye başlar ve bana sataşır" derdi.

Ezgi'nin sinirleri bozulmuştu. "Bu kadar araştırma yaptım. Psikoloji alanında en iyilerden biriyim. Bu önerimin ters tepki görmesi ne saçma!" diye düşündü. Eline doktora araştırma notlarını aldığı gibi fırladı sokağa. Topuklu ayakkabısının sesleri öfkeli yürüdüğü zaman daha yüksek, uyumlu melodisinden uzak, tiz bir ses biçiminde çıkıyordu. Her zaman gittiği ve kahvelerine bayıldığı kafeden içeriye girdi. Kafe çok kalabalık sayılmazdı. Zaten kalabalık yerlerden oldubitti hazzetmezdi. Tek başına o rahat koltuğa oturdu. Garson Hasan, itinayla hazırladığı latte'sini masaya bıraktı. Hasan, on yıla yakındır bu kafede çalışıyordu. Her gelen müşteriye sıcakkanlı davranırdı. Mutlaka uzman olduğu konuyla ilgili sorular sorardı. Devamlı gelen müşteriler de onu pek bir severlerdi. Hasan, samimi ve içten davranışlarıyla insanları kendisine çabucak bağlayabiliyordu. Hasan, Şanlıurfa'da doğmuş büyümüş, liseyi de İstanbul'a çalışmaya gelince dışarıdan bitirmişti. Simsiyah saçları, birleşik ve oldukça kalın kaşları vardı. İnce ve uzun boyluydu. Hafif kamburca duruyordu. Kaşları çatık, dudağı hep gülen bir şekildeydi. Tuhaf bir dengesizlik vardı yüzünde. Aslında kaşları çatık da olsa yüzü hep gülüyordu. O yüzden bu çocuğun yüzüne bakıp ne düşündüğünü anlamak çok zordu. Ezgi'ye kahve getirirken elleri titriyordu Hasan'ın. Ezgi, onun hem en özel hem de en güzel müşterisiydi. O dükkâna geldiğinde heyecanlanırdı. Fındık aromalı latte'sini özenle hazırlardı. Latte'sinin üzerini kakaoyla özenli süsler ve değişik şekiller yapardı. Aslında Ezgi'nin büyük hayranıydı. Bütün televizyon programlarını izler, yazdığı bütün gazete yazılarını takip ederdi. Hangi gün hangi saatte kliniğe geldiğini hangi saatte klinikten çıktığını çok iyi biliyordu.

Ezgi, Hasan'ın bıraktığı kahveyi yudumlarken çok dalgındı. Dalgın gözlerle dışarıdan geçen insanlara bakıyordu. Hasan hemen hemen her zaman getirdiği kahveyle ilgili Ezgi'nin yorum yapmasına alışkın olduğu için tepesinde dikilmiş onun yorumunu bekliyordu. Üçüncü yudumunu almasına rağmen Ezgi'den hiç ses çıkmıyordu. Dalgınlığını fark eden Hasan, sesli bir şekilde boğazını temizledi. Ezgi irkilerek Hasan'a doğru baktı.

"Nasıl? İstediğiniz gibi olmuş mu kahveniz?"

Ezgi, düşük ve istekten uzak bir ses tonuyla yanıtladı. "Pardon Hasan'cığım, beklediğini görmedim. Her zamanki gibi çok güzel olmuş."

"Hasan'cığım" kelimesini duymak, hem de Ezgi'nin ağzından duymak onu o kadar mutlu ediyordu ki, o an eli ayağına dolanıyordu. Belli yorgundu Ezgi. Ama yine de ona "Hasan'cığım" derdi her zaman. O "cığım" eki Hasan'ın tüm gününü güzel geçirmesine sebep olurdu.

"Size tatlı bir şey getireyim mi Ezgi Hanım?"

"Yok. Çok teşekkür ederim."

"Bu arada, siz bizim gururumuzsunuz Ezgi Hanım. Konuşmalarınız, bilginiz, siz Türkiye'nin gururusunuz."

Ezgi yüzünde ufak bir gülümsemeyle başını salladı. Kahvesinden bir yudum alıp camdan dışarı baktı. Bu konuşmanın uzamasını istemiyordu. Hâlâ öfkeliydi. Yeni fikrine hocasının izin vermemesini anlayamıyordu. O zaman doktora yaptığı üniversitedeki bölüm başkanı, Murat Bey ile konuşacaktı. Murat Bey, ona destek çıkardı üstelik bütün araştırmalarda ona yardımcı olmuştu. Hem Ezgi'nin üniversitede kalması konusunda ne kadar da ısrar etmişti. Ezgi'nin zekâsına hayrandı. Ezgi, bunun farkındaydı ve bunu kullanabilirdi. Yarın ilk iş onun yanına gidecekti. Fakat öncesinde, Tülin Hanım'ın karşı çıkışının onun üzerinde oluşturduğu negatif etkiden kurtulmalı, projesine olan inancını pekiştirmeliydi.

"Ezgi Hanım! Ezgi Hanım!"

Ona seslenen kişi Hasan'dı. Birkaç defa daha seslendi. Ezgi, ona baktı. Hasan ve diğer garson kız Ayşegül, korku içinde Ezgi'ye bakıyorlardı. Ezgi, ne olup bittiğini anlamak ister gibi baktı.

"Ne oldu?" Neden ikisinin de korku içinde ona baktıklarını merak ediyordu. Ayşegül, iki elini birleştirmiş, tir tir titriyordu.

"Ezgi Hanım ben boş fincanınızı almaya geldim ama sizin hiç tepki vermeden sabit durduğunuzu gördüm, on dakikadır hiç hareket etmediniz, iyi misiniz?"

"Tamam, yok bir şeyim. Ben işle ilgili düşünürken dalınca böyle şeyler olabiliyor korkmayın, dalgınlık bunlar."

Ezgi'nin gözünden yaşlar süzülmeye başladı. İstemsiz olarak ağlıyordu yine. Bir şey belli etmemeye çalışarak tuvalete koştu. Suyu açtı, lavabonun başında yüzünü bol suyla yıkadı. Aynaya baktı ve "Allah'ım ben bu işin üstesinden nasıl geleceğim?" dedi "Hem de bu kadar hazırlık yapmışken..." Gözlerine baktığında hüznün arkasında hırs ve öfke gördü. Bu duyguları görmek onu biraz ürkütmüştü. Böylesine hisler onun için çok eskilerde kalmıştı. Sonra, yanık olan kolunu okşadı. Özellikle böyle zamanlarda yani bir şeyleri başaramayacağını anladığı anlarda kolunu okşar, hatanın kendisinde olduğunu düşünürdü. Bunda da annesinin payı az da olsa vardı, zira daha o çocuk yaşıyla kolu yandığında, annesi bunun Ezgi'nin dikkatsizliğinin sonucu olduğunu söylemişti. Ne zaman duyguları incinse ya da işler yolunda gitmese hemen kolunu okşayıp o kazanın olduğu ana döner ve kendi kendine "Bu senin dikkatsizliğinin sonucu!" derdi.

Ezgi çocukluğunda, çok üzgün ve stresli olduğu dönemlerde dalma nöbetleri geçirirdi, kimisi on saniye, kimisi daha uzun sürerdi. Ne zamandır böyle bir şeyle karşılaşmamıştı. Bu duruma gelmesine sebep olacak o yoğun stresi Tülin Hocasının onu reddetmesiyle yaşamıştı. Onunla bir tartışma daha yaşayamazdı. Fakat kararından da vazgeçecek değildi. Akıllı bir strateji geliştirip bu işin üstesinden gelmeliydi. Aksi takdirde uğraşmak zorunda kalacağı tek şey hedefi değil, hastalığın amansız nöbetleri de olacaktı ki bunu zerre kadar istemiyordu. Tuvaletten çıktığında Hasan onu bekliyordu.

"Nasılsınız Ezgi Hanım? Sizi de boşuna telaşlandırdık bağırarak ama sizi hiç öyle görmemiştim. Çok korktum ve hemen Ayşegül'ü çağırdım."

Hasan yine çatmıştı kaşlarını. Fakat çatık kaşına rağmen dudağında gülümseme olurdu Hasan'ın ama o mimik bile kaybolmuştu. Kim bilir onu ne halde gördüler. Allah'tan kafede ondan başka kimse yoktu. Keşke ne halde gördüklerini bilseydi Ezgi. Kahvenin parasını ödemeye kasaya doğru yöneldi. Ayşegül ve Hasan hâlâ şaşkın halde ona bakıyordu. Ezgi ikisine birden sarıldı.

"Bir şey yok. Sadece ufak bir dalgınlık ve baş dönmesi... Olur böyle şeyler... Yorgunluktan..." Hesabı ödedi ve çıktı. O sırada telefonu çaldı. Ekrana baktı, arayan eski kocasıydı. Ekrandaki ismi görünce dudak büktü. Telefonu sessize aldı ve sahile doğru yürümeye gitti.

Dalgın değil aksine zihni çok dinçti. Bir yol, bir açık kapı arıyordu. Bu kadar emek verip iş birilerinin onayına kaldığında tıkanmak, onun hoşuna gitmemişti. Ezgi, elinde olmayan sebeplerden dolayı çok defa pes etmek, yarı yoldan dönmek ya da isteklerini bastırmak zorunda kalmıştı fakat kendi kararlarını almaya başladığı zamanlardan bu yana durum değişmişti. O, istediklerine ulaşmalıydı. Sonuçlarını kestiremediği şeylere elbette girişmezdi ama sonunda kötü bir şey varsa ve o yola girmeye yine de karar vermişse bunu yapardı. Yani sonucun bir önemi yoktu. İyi ya da kötü... Önemli olan onun bu yolu isteyip istemediğiydi ve bu yeni terapiye başlayacaktı. Ne şekilde yapacağını henüz bilmese de, bildiği kafasına koyduğu şeyi mutlaka gerçekleştirdiğiydi.

-3-

Her düştüğünüzde kalkabilecek gücü bulabiliyorsanız kendinizde, tekrardan başla diyebiliyorsanız kendinize, yaşamda sadece var olmuyor, yaşıyorsunuz demektir.

Ezgi, mutfak tezgâhına yaslanmış kahve makinesinden akan filtre kahvesini izliyordu. O an merak ettiği şey, kahvenin akışı değildi. Bir ay evvel Tülin Hanım'a sunduğu teklifin reddedilmesinin kırıklığını üzerinden atamamıştı. Bir aydır hem hedefini kolluyor hem de bunu hocalarının desteğini alarak yapmak istiyordu. Düşündüğü gibi Murat Hocasının yanına gitmeye karar vermişti.

Kahvesini içti, giyinmeden önce kapının önündeki boy aynasına baktı. "Bugün bu işi başaracaksın Ezgi" dedi ve o koca mavi gözlerine baktı. Bazen gözler insanın her duygusunu ele verir gibi geliyordu. Peki, insanın gözlerinden duygularını, düşüncelerini anlayacak bir bilim var mıydı? Yaşadıklarını, yapmak istediklerini, umutlarını, kinini, hırsını anlayabilirler miydi? Ya anlaşılsaydı, herkes birbiri hakkında ne düşündüğünü, ne söylemek istediğini, ne çektiğini, ne yaşadığını bilseydi dünya nasıl bir yer olurdu? "Yaşamak daha mı kolay olurdu yoksa daha mı zor?" diye düşündü. "Mavi benim kamuflajım, aynı bu güzel gözlerin tüm yaraları sakladığı gibi... O zaman bugün mavi tek omuzlu sol kolumu tamamen kapatan elbisemi giyeceğim. Hem bana uğur getirecektir."

Böyle bir görüşme için abartılı kaçabilecek mavi, tek omzunu açıkta bırakan belden oturmalı, diz kapaklarını kapatan saten elbisesini giyip evden ayrıldı. O gün, karşısında nasıl biri olursa olsun, onu bu terapi fikrine ikna edeceğine emindi. Ayrıca Murat Hoca, Ezgi'nin tüm projelerine güvenmiş, en az Tülin Hocası kadar destek vermişti. Üstelik Murat Hocayı, Tülin Hocayı tanıdığından daha önce tanıyordu. O psikoloji bölümünün ilk sınıfından beri tanıdığı, hayran olduğu bir eğitimci ve psikiyatristti.

Ezgi, üniversiteden içeriye girdiğinde, buraya ilk geldiği günü anımsadı. Altında bordo rengi keten bir pantolon, üzerinde ince beyaz bir gömlek vardı. Simsiyah saçlarını atkuyruğu yapmıştı. Yıllardır hayalini kurduğu hatta çoğu kez kapısına gelip saatlerce seyrettiği üniversite, artık onun okuluydu. Ezgi, psikolojiye olan düşkünlüğünü lise yıllarında edinmişti. O sıralar, izlediği bir belgesel üzerine bu alana merak salmış, psikolojiyle ilgili bir yığın kitap okumuştu. Lisede herkes derslerle ilgilenirken, o bu gibi şeylerden sıkılır, yeni makaleler okumaya başlardı. Aslında lise döneminde biraz asileşmiş, farklı bir kız olmuştu. Onu tek durduran şey psikoloji ve onunla ilgili her şeydi. Psikoloji onun için bir tutkuydu. Bu alanla ilgili ne kadar çok yeni şey öğrense, kendisini o kadar aç hissediyordu. Aslında, bu alan onun tutunduğu tek daldı. Ne var ki, onun yaşadığına dair tek emare, psikoloji gibi bir sahanın var olmasıydı. Böylesine tutkulu olunca da, başarı ardından gelmiş oldu. Onu sakinleştiren, asiliğini frenleyen bu alan, onun zirvesi oldu. Bu kadarını kendisi bile tahmin etmezdi ama lise yıllarında bilmeden ektiği bu tohumun meyvelerini görmek onu umutlandırıyordu.

Üniversiteye kayıt yaptırmaya giderken içi içine sığmıyordu. Bu sevinç ona tanıdıktı. Küçükken, daha doğrusu babası henüz hayattayken, akşamları onun gelmesine yakın aynı heyecanı yaşardı. Orada soluduğu hava, onun için babasının eve gelme saatleriydi. Üniversiteye kayıt olduğunda, ona yakın bir his yaşaması, üniversiteye karşı bağlılığını daha da artırmıştı. Öyle ki bu çok istediği bölüme yerleştikten sonra, yani onu elde ettikten sonra artık bir cazibesi kalmayacağını ve burada da derslerini boşlayacağını düşünüyor, bu konuda büyük endişe duyuyordu.

Kayıttan iki hafta sonra dersler başladı. Sınıfta kendisini çok yabancı hissetmedi. Sanki orası evinin salonuydu ve onlarca kişi onun salonuna gelmişti. Eşsiz güzelliğinin yanında yaydığı pozitif enerji, herkesin ilgisini çekiyordu. İlk ders içeriye orta boylu, gür kahverengi saçlı, gözlüklü ve hafif göbekli bir adam girdi. Kolunun altına siyah bir dosya iliştirmişti. Dosyayı masasının üzerine resmen fırlattı. Ardından, üzerindeki lacivert ceketini çıkartıp onu da tıpkı dosyası gibi savurup masanın üzerine attı. Ezgi, bir an kendisini tutamayıp kıkırdadı. Sınıf o kadar sessizdi ki, Ezgi'nin bir saniyelik bu tiz nidası herkesin ilgisini çekti. Tabii hocanın da...

"Kimdi o?"

Kimseden ses çıkmadı. Ezgi, usulca elini kaldırdı.

"Bendim."

"Sen kimsin?"

"Ezgi. Ezgi Demiroğlu."

"Hanımefendi, komik olan nedir?"

Sınıftaki diğer öğrenciler Ezgi'ye odaklanmıştı. Ezgi de hocasının bu sorusu karşısında biraz utanmıştı.

"Sizsiniz!"

Bunu der demez, Ezgi'nin ön sağ çaprazında oturan yakışıklı bir delikanlı Ezgi'ye fısıldadı. "Kızım var ya, sen bittin!" Delikanlı gülmeye başladı.

Ezgi, ne olup bittiğini anlamamıştı. Ona göre hocanın o tavrı normal değildi.

"Demek beni komik buldun. Sen yenisin değil mi?"

"Evet, bu yıl kayıt yap..."

"Tamam tamam uzatma. Anlaşılan beni tanımıyorsun."

Hoca, tahtaya adını ve soyadını yazdı. "Ben Murat Kumbur."

Ezgi, o an yine aynı şeyi yaptı. Murat Hoca ağır ağır ona döndü. Bakışlarıyla Ezgi'yi tedirgin etmek ister gibi bir hâli vardı. "Kızım sen neden durmadan gülüyorsun? Bir problemin mi var?"

Ezgi, ayağa kalktı. Üzerini düzeltti. Boğazını temizleyip konuşmaya başladı.

"Efendim, soyadınızı duyunca kendimi tutamadım."

"Çok mu gülünç?"

"Beni bağışlayın ama biraz öyle."

"Hadsiz! İnsanların adıyla, soyadıyla, fiziksel özellikleriyle ve hatta fikirleriyle alay edilmez. Bu ne laubalilik! Size liselerde artık hiçbir şey öğretmiyorlar mı? Sen hanımefendi ve diğer herkes; beni iyi dinleyin. Benim dersimde, benim kurallarım geçerlidir. Derse zamanında gelinecek, zamanında çıkılacak. Devamsızlığı hoş görmem. Ödev teslim tarihinden hatta son teslim saatinden bir dakika sonra dahi olsa ödevlerinizi almam. Mazeret sınavı yapmam. Yaz okulunda ders açmam. Bunlara güvenip de sınavları yahut da dersleri asmaya kalkmayın. Ha, en önemlisi; yerli yersiz gülünmesinden hoşlanmam."

Bu son lafını söylerken, gözlüğünün üzerinden hâlâ ayakta beklemekte olan Ezgi'ye baktı. Ezgi, bir şeyler söyleme ihtiyacı duydu. Zaten aklına yatmadığı bir şey varsa, onu kimse susturamazdı. Buna otoriter akademisyenler de dahildi.

"Hocam, her şey tamam da, gülme konusunu pek anlamadım."

"Neyini anlamadın hanımefendi?"

"Yani, ben komik bulduğum şeylere gülerim. Bunu herkes yapar. Siz istemiyorsunuz diye ben kendimi sıkamam ya."

"Gülmek, elbette bazen bir reflekstir. Hatta çoğu zaman öyledir. Fakat siz, geleceğin psikologlarısınız. Her komik olan şeye gülemezsiniz. Bir düşünsenize, ufacık bir penisi var diye psikolojisi bozulan bir danışanınızı dinlerken gülme ihtiyacı hissettiğinizde ne yapacaksınız?"

"Güleceğim!"

"Ne kadar profesyonel dışı bir davranış. Bu durum, o kişiyi ne kadar da utandırır. Hatta o kişinin daha da kötüleşmesine sebep olabilir."

"Siz beni yanlış anladınız. Güleceğim derken, şimdi gülmek istediğimden bahsettim. Öyle bir danışanım olduğunda kendimi bir erkek olarak düşünmek ve ufacık bir penisimin olduğunu hayal etmek... Bunu saniyeler içinde ve noksansızca yapmak... Psikolog olmak bunu gerektirmiyor mu?"

Murat Hoca, Ezgi'nin söylediğinin karşısında duraksamıştı. Onun bu kolay ama tatbiki zor şeyi okulun henüz başındayken nereden ve nasıl öğrendiğine hayret etmişti. O ilk dersten sonra da Ezgi, başta Murat Hocası olmak üzere hemen hemen bütün bölüm eğitimcilerinin ilgi odağı olmuştu. Bu durum Ezgi'nin hoşuna gitse de, üzerinde tuhaf bir baskı hissettiğinden, hata yapma korkusu gün geçtikçe artıyordu. Okulun üçüncü sınıfına geldiğinde bu endişesinin doruk noktasına ulaştığını fark eden hocaları, onun kontrolünü ellerine almışlardı. Okulu, bölümü, hocaları ve idealleri, Ezgi'nin sahip olduğu kocaman bir hazineydi.

O gün Murat Hocasının odasına giderken, okula yeni kaydolan öğrencileri tebessüm ederek izledi. Kendisi gibi çok hevesliler de vardı, sırf unvanından dolayı o bölümü tercih edenler de... Ezgi, idealist insanları sever, onlara büyük bir saygı duyardı. Bu, onun sahip olmaktan hoşlandığı bir erdemdi.

Ezgi, Murat Hocayı ilk tanıdığı günden beri kocaman bir göbeği vardı. Uzun boylu olmasına rağmen karnı o kadar büyük ve aşağı doğru sarkıktı ki bacak boyunu olduğundan daha kısa gösteriyordu. Göbeğini daha az göstersin diye her zaman gömleğinin üzerine yelek giyerdi. Pantolonunda kemer yerine askı olurdu. Hatta o askılar onunla o kadar bütünleşmişti ki Ezgi, Murat Bey'in gece yatarken pijamalarında da askı olduğunu hayal ederdi. Murat Bey'in gri mavi gözleri gençliğinde onun yakışıklı olduğunu ifade eden tek yeriydi. Zira Murat Bey "Ben gençliğimde çok canlar yaktım, çok kız peşimde dolanırdı" diye anlatır dururdu yakın çevresine. Onun dışında ince dudağının üzerinde gri, pos, gür bıyıkları vardı. Bu bıyıklar hep aynı boyda ve şekilde olurdu. Saçları gri beyaz olan Murat Bey, ensesine dağılan saçlarını taramaz ama bıyıklarını tarardı. Öğrenciler her zaman Murat Bey'in yemekten önce mi yemekten sonra mı geldiğini anlardı çünkü onun o çok sevdiği yoğurt her zaman bıyıklarına bulaşmış olurdu.

Ezgi, içeri girdiğinde Murat Hocası meşhur askılarını ellerinin arasında çekiştirerek ve gülümseyerek ayağa kalktı. "İşte, okulumuzun yetiştirdiği harika bir öğrenci. Fakat biraz vefasız!"

Gülüştüler.

"Hocam, ne olur siz yapmayın bari. Biliyorsunuz bizim alanımızı, yoğunluğumuz ve uğraşımız çok başka.

"Ah, aldırma sen bana. İhtiyarladım ve ilgi istiyorum sanırım."

Murat Hocanın odası pek büyük sayılmazdı. Masası, pencerenin hemen önündeydi. Sağ tarafta duvarı boydan boya kaplayan bir kitaplık vardı. Bitkilerle çok bir ilgisi olmamasına rağmen, sol köşede bir devetabanı bitkisi var. Yaklaşık, yedi senedir oradaydı. Ezgi, hocasıyla selamlaştıktan sonra onun karşısına oturdu ve omuzlarını iyice dikleştirdi. Ne zaman şevkle bir şey diyecek olsa, bu şekilde oturur, karşısındakine gözlerini dikkatlice dikerdi. Bunun psikolojik olarak kişi üzerinde çok etkili olduğunu biliyordu.

"Hocam, size muhteşem bir haberim var."

"Yedi aydır görüşmüyoruz ve sen bunun üzerine muhteşem bir haberle geliyorsun. Bu ne hoş! Seni dinliyorum Ezgi'ciğim."

"Hocam, doktora tezimi tamamlamak üzereyim."

"Ah! Bugün aldığım en güzel haber."

"Dahası var. Yeni bir tedavi yöntemi uygulamak üzereyim."

"Ezgi, sen hiç rahat durmaz mısın? İlla sınırlarının dışına çıkacaksın değil mi? Fakat sevindim. E, biraz bahseder misin?"

Ezgi, uzun uzun anlattı. O sırada odaya tam üç defa çaycı girdi. Ezgi, iki fincan kahve içti. Sürekli anlattı. Dosyasını açtı, araştırmalarını hocasına gösterdi. İstekli, heyecanlıydı. Sanki bu terapi için yaşıyordu. Hedefini gözünde öyle çok büyütmüştü ki, bu hâlde yapacağı her atış, tam on ikiden vurmasına vesile olabilirdi. Murat Hocası da büyük bir dikkatle dinliyor, sorular soruyordu. Tülin Hanım gibi kestirip atmaması Ezgi'nin hoşuna gitmişti. Konuşma bittiğinde aradan iki saatten fazla bir zaman geçmişti. Ezgi'nin gözlerindeki ışıltı, yüzünde masum bir tebessümle birleştiğinde, onun güzelliğini katlıyordu.

"Evet hocam, ne diyorsunuz? Yapabilir miyiz bunu?"

"Ezgi, sana bir şey sormak istiyorum."

"Sizi dinliyorum."

"Bir insan neden psikoloğa ya da psikiyatriste gider?"

"Ruhsal olarak iyileşmek, yaralarını sarmak için, geçmiş travmalardan kurtulmak ve daha bir sürü neden olabilir ama aslında kendisini daha iyi hissetmek için tabii..."

"Ya da daha da kötüye gitmemek için... Fakat günümüzde aşmaya çalıştığımız bir olgu var. Bizim amacımız toplumun her kesimine ulaşıp her tabakadan insana yardım etmek değil mi?"

"Elbette öyle."

"Lakin gel gör ki toplumun bazı tabakalarında ve birkaç toplumsal grupta bizim adımız 'deli doktoru' öyle değil mi?"

"Fakat artık insanlar bu yargıyı büyük ölçüde kırdılar."

"Ezgi, lütfen o kliniğine gelen ve psikolojik danışmanlık talep eden insanları baz alarak konuşma. Günde beş danışanın olsa, ayda yüz elli kişi yapar. Ha, izinli olduğun ve randevu almadığın günleri saymıyorum bile. Yılda en fazla birkaç bin farklı danışanınız olduğunu farz edelim. Hadi, başka klinikleri de işin içine katalım; kaç yüz bin eder ki?"

"Milyonları bulur bence hocam. Bilemiyorum."

"Seksen milyonluk nüfusun içinden birkaç milyon olsa ne olur? Bu kadar insanın tabusunu yıkmayı başarmış olmak bir zafer değil, aksine yerinde saymadır."

"Anlatmaya çalıştığınızın yeni terapi önerimle bağlantısını pek kuramadım, hocam."

"Ezgi'ciğim, sen deneysel bir yöntemden bahsediyorsun. Bunu kabul edebiliriz fakat tamamen birbirinden farklı insanları, farklı sorunlarıyla birlikte bir arada tutmak ve tedavi etmeye çalışmak sıra dışı geliyor. Yani ne olmasını amaçlıyorsun? Biri diğerinin sorununu dileyince 'Ulan benimki de dert mi? Adama bak, neler yaşamış. Ben de sorunum var zannediyorum' deyip birdenbire iyileşecek mi? Diyeceğim o ki, bu yöntemin tutmazsa, insanların bizlere olan inancı daha da kırılacak. Biliyorsun, böyle deneyler pek gizli kalmaz. Duyulur ve yayılması da bu teknoloji çağında pek zaman almaz. Bu durum sana da onlara da zarar verebilir."

Ezgi, olumsuz havayı sezinlemişti. Bu durum hiç hoşuna gitmedi. Yöntem üzerine biraz daha detaylar vererek Murat Hocayı ikna etmeye var gücüyle çabalıyordu. Hocası, önündeki dosyayı kapatıp, "Bunu diğer arkadaşlarla da konuşup sana haber vereyim" dedi.

"Hocam, sizden çok bir şey istemiyorum. Bu terapiyi birlikte yapalım. Sizin gözleminiz altında olsun. Bana güvenin. İnanın zannettiğiniz gibi hiçbir hasta daha kötüye gitmeyecek. En kötü ihtimalle zaman kaybetmiş olacağız. Ne dersiniz?"

"Dediğim gibi arkadaşlarla istişarede bulunmadan bir şey diyemem. Benden haber bekle olur mu?"

Ezgi, okuldan ayrılırken kendini çok yorgun hissediyordu. Başta Tülin Hanım olmak üzere, hocalarının neden bu şekilde davrandığına bir anlam veremiyordu. Fakat kararlıydı, her ne olursa olsun, bir yolunu bulup o grup terapisini yapacaktı. Gerekirse yeni bir klinik açacak, Tülin Hanım dahil herkesten bunu gizleyecek, terapinin olumlu sonuçlarıyla birlikte onların karşısına çıkacaktı.

Birkaç gün sonra Murat Hocası Ezgi'yi aradı. Onun yöntemine onay veremeyeceklerini söyledi. Bu, Ezgi için beklenmedik bir yanıt değildi. Daha o gün o odada, üniversiteden kendi istediği doğrultuda bir şeyler çıkmayacağını anlamıştı. Kendi başına kaldığını bir kere daha görmüştü.

Ezgi, Hasan'ın harika latte'sinden tatmak için kafeye gitti. O gün kafe tıklım tıklımdı. Fakat Ezgi'nin her zaman oturduğu yer boştu. İçeri girer girmez Hasan, koşar adım yanına geldi.

"Ezgi Hanım, hoş geldiniz. Yeriniz hazır."

"Hazır mı? Bugün geleceğimi nereden biliyordun? Ben bile yeni karar verdim."

"İki gündür gelmediniz. Hiçbir zaman üç gün üst üste gelmediğiniz olmamıştır."

"Hayırdır, yoklama mı alıyorsun Hasan?"

Aslında Hasan'ın dediği doğruydu. Ezgi, mütemadiyen o kafeye giderdi. Oranın cadde manzarasını, çalan müziğini ve Hasan'ın hazırladığı kahveleri çok severdi. Yerine oturdu, cep telefonundan sosyal medya hesaplarını yokladı. Bir dakika bile olmamıştı ki telefonu masanın üzerine bıraktı. Biraz durdu ve telefonu yeniden eline aldı. Fikrinde bir değişiklik olmuştur diye Tülin Hanım'ı aradı. En azından şansını bir kere daha yoklamak istedi.

"Tülin Hanım merhaba!"

"Ah! Ezgi, nasılsın?"

"Teşekkürler hocam. Ben, son konuştuğumuz konu üzerine fikrinizde bir değişiklik olup olmadığını merak ediyorum."

"Ezgi, lütfen..."

"Hocam, bunu sizinle bir kere daha konuşmak istiyorum."

"Ezgi bak, buna onay vermem olanaksız. Bir an evvel bu işten vazgeçmeni rica edeceğim."

"Bakın, siz beni anlamıyorsunuz. Ben bu grup terapisini yapacağım. Sizinle ya da tek başıma... Bir şekilde yapacağım. Fakat beni siz yetiştirdiniz. Bu işte birlikte olmamız bana güç verecek."

"Ezgi, bunu tek başına yapmana bile izin veremem. Beni olmadık şeyler yapmaya mecbur bırakma."

"Ne gibi, hocam?"

"Eğer bu terapiye başlarsan, seni gerekli mercilere şikâyet edeceğim. Beni yanlış anlama, bunu senin için yapacağım. Adının, unvanının lekelenmesini istemiyorum."

Ezgi, nazikçe telefonu kapadı. Ne büyük bir sorumluluk üstlendiğini bir kez daha anlamıştı. Hocalarının onay vermemesi yetmiyormuş gibi bir de ihbar edilme korkusuyla karşı karşıyaydı artık. "İlk adımı atmalıyım" diye düşündü. Nedense, o ilk adımı attıktan sonra her şeyin gayet yolunda, olabildiğince sorunsuz ilerleyeceğine inanıyordu. Hırslıydı, istediğini elde edebilirdi. Sanki karşısında koca bir ordu vardı. O ise yapayalnızdı.

Canı çok sıkılmıştı. "Bir yolu olmalı. Bana destek olacak, ne olursa olsun yanımda olacak birileri illaki vardır. Bu denli yalnız olamam ya" diye düşündü. Aklına nişanlısı Kenan geldi. Geldiği gibi de başını hızla salladı. Onu aklından atmak istiyordu sanki. Bu terapi için ondan yardım almak şöyle dursun, bahsini bile edemezdi. Kenan, Ezgi'nin böylesi işleriyle alakadar olmayı sevmezdi. O, Ezgi'nin güzelliğine sahip olmaktan başka şeyle ilgilenmiyor, ne zaman Ezgi'yi içinden çıkılmaz bir durumda bulsa "Çalışmana gerek yok. Bir ömür yetecek servetin var" gibi sözlerle geçiştiriyordu. Zaten bir hayli de yoğundu. Yoğun olmasa bile Kenan, hafif bencil ve narsist bir kişiliğe sahipti. Kendi yaptığı şeyleri, Ezgi'nin işlerinden daha üstün görüyordu. Aslında yalnızca Ezgi'nin işlerinden değil, herkesinkinden daha kutsal daha hassas görüyordu. Kenan'ın narsist kişiliği ilk başlarda Ezgi'yi pek bir incitse de şimdilerde onu dert etmiyordu. Tamam, söylediği kadar yakışıklı, varlıklı ve başarılı bir işadamıydı ama sürekli sahip olduklarıyla övünmesi, kendisini dünyanın en zeki insanı olarak addetmesi, ilişkilerinde önceliği her zaman kendisine vermesi, tahammülü zorlayan bir şeydi. İşin aslı şu ki; Kenan gibi bir insana, Ezgi'den başkası da katlanamazdı zira Ezgi, artık bir erkeğin ilgisiyle boğulmak isteyen kadın profilinden çok uzaktı. O, tüm enerjisini işine, danışanlarına, araştırmalarına ve en önemlisi, yeni grup terapisine ayırıyordu.

Ezgi, "Birileri illaki olmalı" diye düşünmeye devam etti. Sağa sola bakındı. O sırada Hasan, latte'yi hazırlamış, çatık kaşı ve tebessüm eden yüzüyle Ezgi'ye doğru yaklaşmaktaydı. Tam da o an Ezgi'nin zihninde ağır çekim benzeri bir şey oldu. Her şey ağır hareket etmeye başladı; babasının dediği gibi o mavi gözleri daha da büyüyor daha da boncuklaşıyordu. Ne zaman aklına mükemmel bir fikir gelse, böyle olurdu. O fikrin sevinci ve Ezgi'nin üzerinden kalkan ağırlıkla bir gevşeme yaşıyordu. Hasan, ağır çekimle latte'yi masaya bıraktı. Gülümseyerek Ezgi'ye baktı ama zaten Ezgi ondan gözlerini ayırmıyordu. Ezgi de gülümsüyordu. Bu durum Hasan'ın çok hoşuna gitmişti hatta mutluluktan ağzı kulaklarına varmıştı. Hasan biraz daha yaklaşınca Ezgi'yi gülümsemiş ve yine dalmış olarak gördü. Ezgi, o şekilde donup kalmıştı. Yine geçen seferki şeyden oldu korkusuyla, Ezgi'ye seslendi.

"Ezgi Hanım, iyi misiniz?"

"Çok iyiyim Hasan, sen nasılsın?"

Ezgi, Hasan'ın gözüne hiç mi hiç normal görünmüyordu.

"Hasan!"

"Efendim Ezgi Hanım?"

"Sen burada ne kadar maaş alıyorsun?"

"Yani, şey... Asgari ücret ve tabii bahşişler..."

"Sana buradan aldığın maaşın iki katını teklif etseler ve yarı zamanlı çalışacağını söyleseler ne derdin."

"Valla Ezgi Hanım, hemen kabul ederdim. Fakat nerede... Keşke olsa."

"Peki, hemen git istifanı ver. Yarın gel yeni işinde çalışmaya başla."

Hasan, duyduklarına inanamıyordu. Hem daha fazla kazanacak hem yarı zamanlı çalışacaktı. Bunların da dışında, Ezgi'nin yanında çalışacaktı. "Allah'ım bu bir rüya olmalı" diye geçirdi aklından. Sevincinden ölebilirdi. Heyecanla üzerindeki önlüğü çıkardı. Birkaç adım atıp geri Ezgi'nin yanına döndü.

"Ezgi Hanım, her şey iyi hoş da, ben sizin yanınızda ne yapabilirim ki? Lise mezunuyum ve sizin alanınızdan anlamam. Tamam, sizin yazdığınız kitapları, yayınladığınız araştırma yazılarını falan hepsini resmen ezberledim ama bu alanda bir tahsilim yok."

Ezgi, karşısındaki sandalyeyi işaret etti. "Otursana. Seninle bir şeyler konuşmam gerek."

Hasan'ın eli ayağı titriyordu. Onun için az şey değil; hayran olduğu insanın yanında, onun için çalışacaktı. Kendisine büyük ikramiye çıksa bu denli mutlu olamazdı.

"Hasan, şimdi beni iyi dinle."

"Dinliyorum Ezgi Hanım."

"Yeni bir klinik açmak istiyorum ama şimdilik bundan kimsenin haberinin olmaması lazım."

"Neden ki?"

Bu soru, Ezgi'nin çalışmadığı yerden gelmişti. Zaten o ana kadar Hasan ya da psikoloji alanının dışında çalışan birinden yardım istemek gibi bir düşüncesi yoktu. Yalan söylemek istemiyordu ama olayı tüm gerçekliğiyle anlatıp Hasan'ı ürkütme taraftarı da değildi. En iyisinin, hadiseyi olabildiğince yumuşatarak anlatmak olduğunun kanaatine vardı.

"Hasan'cığım, bu yeni klinikten kimsenin haberinin olmasını istemiyorum; çünkü bu yalnızca benim kliniğim olacak. Nişanlımın dahi haberi yok. Fakat bilindik danışanlarımın haricinde daha evvel bana hiç gelmemiş insanlara öncelik vereceğim. Bilirsin, bizim kliniğe genellikle işadamları, medyanın tanıdık yüzleri, politikacılar falan gelir."

"Evet, biliyorum Ezgi Hanım."

"Lakin, bu yeni kliniğe bu tür insanları almak istemiyorum. Bu kliniğimde danışanlarımdan ücret almayacağım. Tabii bunu duyan herkes oraya akın edebilir değil mi?"

"Kesinlikle."

"Fakat ben bir süre bunu istemiyorum."

"Anlıyorum da, aklımın almadığı bir şey daha var."

"Nedir Hasan'cığım?"

"Neden beni yanınıza alıyorsunuz?"

"Çünkü sen sır saklayabilen birisin."

Aslında Ezgi'nin verdiği bu yanıt bir nevi manipüle etmek gibiydi. Hasan'ın sır saklayıp saklayamadığını bilmiyordu. Fakat Hasan'ın kendisine olan hayranlık ve ilgisi de ortadaydı. Bu durumda, Hasan'da hiç olmayan şeyler bile Ezgi "var" derse artık o noktadan sonra oluşmaya başlardı. Galiba bu yöntem işe yaramıştı. Hasan, omuzlarını kaldırdı. Vakarlı bir duruşa geçti.

"Elbette sırrınız bende güvende. Siz hiç merak etmeyin. Peki, ben ne iş yapacağım?"

"Sen, benim gözüm kulağım, elim ayağım olacaksın. Senin kulağın deliktir, evvela bana çok göz önünde olmayacak bir yer bul. Hatta öyle sıradan bir yer olsun ki, gören hiç kimse oranın bir klinik olabileceğine ihtimal vermesin."

"Depo gibi ya da apartman katı gibi bir şey mi?"

"Apartman katı ikinci seçeneğimiz olabilir. Sen depo bak bizim için."

Hasan, hiç vakit kaybetmeden kafenin müdürüne istifasını verdi. Ezgi'den başka biri gelse, yine iki katı maaş teklif etse bunu bu kadar çabuk ve neredeyse hiç düşünmeden kabul etmezdi. Hasan için kahve yapmak, onun kokusunun arasında kaybolup gitmek farklı bir dünyaya açılan bir kapı gibiydi. İşini özenle ve severek yapıyordu. Oraya girene kadar birçok işte çalışmıştı ama daha iyi bir yer bulduğunda ayrılmıştı. O kafede işe başlayıp kahve yapmayı öğrendiğinden beridir başka bir işte çalışmayı düşünmez olmuştu.

-4-

Mükemmel olması gerektiğini düşünen insan, her zaman kendisinde mutsuz olacak bir şeyler bulacaktır. Mutlu olmak için hatalarınla, eksiklerinle, yapabileceklerinle kendini kabul et.

O kafedeki konuşmalarından bir hafta sonra Hasan, Ezgi'yi arayıp tam da istediği gibi bir yer bulduğunu söyledi. Yer, Kâğıthane'de eski bir depoydu. Ezgi, vakit kaybetmeden orayı kiraladı. Ardından birkaç temizlikçi bulup bir güzel temizletti ve ardından boyasını yaptırdı. Hasan ile birlikte alışverişe çıkıp gerekli üç beş eşya ile birkaç da tablo aldılar. Bir ay boyunca geceli gündüzlü Hasan ile birlikte çalışıp depoyu bir kliniğe çevirdiler. Bütün bunlar olup biterken, Ezgi'nin ilişkisi iyice kopma noktasına gelmişti. Kenan, Ezgi'nin yoğunluğunu –nasıl olduysa– fark etmişti. Bir sabah evden çıkmak için hazırlanan Ezgi, merdivenlerden inen nişanlısının ona seslenmesiyle duraksadı.

"Kliniğe mi gidiyorsun?"

"Evet hayatım."

"Ben bugün şirkete gitmeyeceğim. Sen de randevularını iptal et. Birlikte vakit geçirmek istiyorum."

Ezgi doğruldu. Ellerini koynunda birleştirip Kenan'ı süzdü.

"Hayatım, sence de üslubunda bir tuhaflık yok mu?"

"Ne? Nasıl? Anlamadım."

"Benden randevularımı iptal etmemi istiyorsun. Yani edebilir miyim, bunu sormuyorsun."

"Ne var canım, yapmadığın şey mi?"

"Sorun bu değil, sorun senin özensizliğin. Merak ediyorum, ne zaman beni ya da bizi önemseyeceksin?"

"Tamam canım, demedim say. İnan hiç tartışmak istemiyorum. Gidebilirsin."

"Gidebilir miyim? Kenan, benimle bu şekilde konuşamazsın. Ben senin sekreterin ya da şirketinde çalıştırdığın elemanlardan değilim."

"Ah! Nişanlım olduğunu anımsadın demek. Ne hoş. Keşke bunu yatakta da hatırlayabilsen. En son ne zaman seviştik, sevgilim?"

Kenan merdivende, Ezgi ise kapı önünde durmuş tartışıyorlardı. Bu denli birbirlerine özenmekten yoksundular. Neden hâlâ nişanlılardı ki? Ezgi, onunla yaşama kararı aldığından beri sanki ilişki büyüsünü yitirmişti. Zaten son zamanlarda Ezgi, çok sık kendi evinde kalır olmuştu. Bu durum Kenan'ı pek mutlu etmese de, sorunları gözden geçirmek gibi bir gereksinim de duymuyor gibiydi.

"Kenan, aylardır birlikte yemek yemiyoruz. On yedi aydır yalnızca dört kere birlikte kahvaltı yaptık. Çoğu gece geç vakitte eve geliyorsun ve ben uyumuş oluyorum. Şimdi orada durmuş, seks hayatımızı sorguluyorsun."

"Ben, bizim için çalışıyorum. Ayrıca sen de çoğu kere kendi evinde sabahlıyorsun. Sana defalarca o evi kapatmanı söylemiştim. Yoksa her sıkıldığında oraya gideceksin. Bu da seni benden daha da uzaklaştıracak. Ama tabii ya, psikolog olan sensin, ben bu ince şeylerden anlamam. Senin vardır bir bildiğin."

Kenan'ın bu söylediğinde ince bir alay vardı. Mimikleri, kinaye yaptığını gösteriyor, bu durum Ezgi'yi iyice boğuyordu.

"Tabii ya, hep aynı bahane. Neyse, daha fazla devam edemeyeceğim. Ben çıkıyorum."

Ezgi, Kenan'ın bir şey demesini beklemeden evden ayrılmıştı. Öfkelenmişti ama daha arabasına ulaşmadan bu öfkesi dinmişti zira artık Kenan ile tartışmış olmak onda olumsuz duygular oluşturmuyordu. Değer verdiğimiz biriyle tartıştığımızda –ki bu ufacık bir şey olsa bile– etkisini üzerimizden atmak uzun bir zaman alabilir. Fakat durum, bizim için çok da önemli olmayan insanlara geldiğinde değişiyor. O tartışma anında sinirlenir hatta kendimizi bile kaybederiz fakat sakinleşmemiz kısa sürede gerçekleşir. Ezgi, kendisindeki bu değişimin uzun zamandır farkındaydı. Kenan'a olan sevgisinin azaldığını biliyordu. Aslında tanıştıkları zaman ona karşı büyük bir sevgi beslediği falan da yoktu. Kenan için durum biraz farklıydı. Ezgi ile nişanlanmadan iki sene evvel onun hayatına girmişti. Ezgi'ye resmen sırılsıklam âşıktı ki zaten Ezgi'nin televizyon programlarına çıkmasına da ilk o vesile olmuştu.

Kenan'la tanıştığı günü hatırladı, sonrasını, sonrasını... Ne kadar çok kur yapmış, ne çok peşinden koşmuştu. İlk başlarda etkilenmese de, Kenan'ın ısrarları ve sürprizleri onu da etkilemişti. Ezgi için işi tek aşkıydı. Onu Kenan gibi ihtiraslı biri bile ilişkinin içine çekememişti. Kenan'ın, "En son ne zaman seviştik" cümlesi de takılmıştı kafasına. İlk sevişmelerini düşündü.

Ezgi'nin hayatında pek çok unutulmaz an ve bir o kadar da dönüm noktası olmuştu. Kutsadığı değerler ve o değerlerle yüzleştiği zamanları hafızasına çiviyle çakar gibi kazıyor, heybesine bir yük daha alıyordu. Tüm bunlara rağmen Kenan ile arasındaki şeye paha biçilemez bir değer yüklememesine rağmen o günü unutmuyordu.

Bir eylül sabahı, yalınayak mutfağa giren Ezgi, geceden kalma birkaç bulaşığa şöyle bir baktı. Keyifsizdi. Uykusunu pekiyi alamamıştı fakat o halin sebebi uyku değil, tam da o sıralar kafasını iyiden iyiye karıştıran göz kamaştırıcı bir adamın varlığıydı. Bu adam, Ezgi'nin etrafında dört dönüyor, onun aklını başından almak için ne gerekiyorsa yapıyordu. Ezgi, bu ilişkiye gelişigüzel başlayamazdı, o sıralar buna kafa yoracak zamanı da yoktu. Kenan ile aşk hayatının başlaması, onun bu tür bir münasebeti tamamen oluruna bıraktığındandı. Kenan, gün içinde ona çiçek ve çeşitli hediyeler yolluyor, şehrin lüks restoranlarında yemeğe davet ediyordu. Romantik sohbetler, her kadının aklını başından alabilecek komplimanlar ve daha fazlası Ezgi'nin karşısında ete kemiğe bürünmüştü. Bunca şey elbette güzeldi fakat böylesi bir seyir, Ezgi'nin rotasının dışındaydı. Bundandır ki Ezgi, ilişkiye tutuk başladı, hep yetersiz kaldı ve tüm gayreti Kenan'ın omuzlarına bıraktı.

O sabah on dakika kadar mutfakta dolanan Ezgi, kendisine bir kahve alıp salona geçti. Müzik dinleyecekti fakat vazgeçti. Müzik dinlerken düşünmeyi, hayal kurmayı ve planlar yapmayı seviyordu ama o an bunların birini bile yapmak ona dünyanın en ağır yükü gibi gelmekteydi. Halsiz ve bitkin bir halde televizyon kumandasına uzandı. Bir elinde kahve fincanı, diğer elinde kumanda, üzerindeki bordo renk saten geceliği ve dağınık saçlarıyla bir depresyon öncesini çağrıştırıyordu. O şekilde bir saat kadar televizyon izledi. Sabah kuşağı programlarından birine gözü takılmış, öylece saçma bir merakla izliyordu. Az sonra kapısı çalındı. Önce şöyle bir yeltenip kapıya yöneldiyse de kapının ardındakini merak etmediğini hatta oraya kadar bile gidecek halinin olmadığını anlayıp gerisingeri koltuğuna kuruldu. Televizyondaki sarışın sunucu seyircilerden birine aldatılma hikâyesini anlattırıyordu. Böylesi programları hep duyardı fakat bir kere bile izlemişliği yoktu. Şimdi ise pür dikkat oraya bakıyor, gözünü bile kırpmıyordu. Bu sırada kapı ikinci defa çaldı. Ezgi umursamadı. Kapıdaki her kimse çok geçmeden yılıp gidecek diye düşündü. Aradan yarım dakika kadar geçmişti ki bu sefer yatak odasından telefonun sesi duyuldu. Ezgi, ona da kayıtsız kaldı.

"Hayatım, açar mısın kapıyı?"

Kapının arkasından işitilen ses Kenan'ın sesiydi. Ezgi, bir kapıya, bir televizyona baktı ve mırıldandı: "Belki banyodayım ve kapıyı da telefonu da duymuyorum."

Kenan bir yandan sesleniyor, diğer yandan kapının ziline bastıkça basıyordu. Bu ses kirliliğine daha fazla dayanamayan Ezgi, televizyonu kapatıp kapıya yöneldi. Yine de tereddütlüydü, o an kimseyle konuşmak istemiyor, yalnız kalıp dinlenmek istiyordu ama eğer kapıyı açmazsa Kenan'ın oradan hiç ayrılmayacağını düşünüp usulca kilidi çevirdi. Kapı aralanır aralanmaz on on beş santimlik boşluktan yılan gibi süzülen Kenan, Ezgi'nin yanaklarını avuçlarının arasına aldı. "Sen iyi misin?"

Ezgi, Kenan'ın bu halini abartılı bulmuştu. Yukarıdan aşağıya süzerek Kenan'a bakan Ezgi, tereddüt ederek konuştu. "İyiyim de, sen neden bu kadar endişelisin?"

Kenan, kolundaki saatine baktı. Arından, salona bir göz gezdirdikten sonra kapıyı kapatıp içeriye girdi.

"Hayatım şu saat oldu ama senden haber alamadım. Telefonunu açmadın. O kadar mesaj attım yanıtsız bıraktın. Senin erken uyandığını da biliyorum. Yani, bu saate kadar uyumazsın sen. Ben de endişelenip geldim."

"Bu saate kadar mı? Saat kaç ki?"

"Beş."

"Hangi beş? Akşam beş mi?"

Kenan, kenarları altın kaplama o pek pahalı büyük kadranlı saatini Ezgi'ye gösterdi. "Bak, akşam beş... Sen neredeydin? Neden beni yanıtsız bıraktın? Hem, biz böyle..."

Kenan konuşmaya –Ezgi'nin algılamasıyla– söylenmeye devam ederken, Ezgi'nin başı dönmeye başladı. Kenan elini beline koymuş, bir şeyler söylüyordu fakat Ezgi, Kenan'ın kelimelerini birbirlerinden ayıramıyordu. Ardından televizyondaki o sarışın sunucu gözünün önünde canlandı. Onun hafif pütürlü sesi ve elindeki kâğıttan okuduğu yemek tarifi... Sonra aldatılan o göbekli orta yaşlı kadının kıvırcık saçları arasındaki cırt pembe lastik tokası... Ezgi yeniden Kenan'a baktı. Onun sesi Ezgi'nin beynini oyuyordu. Ezgi, düşünmeden, bir anlık kendinden geçmeyle Kenan'ın dudaklarına yapıştı. Kenan, şaşırmış, elleri havada kalmıştı. Ezgi, onu öpmeye devam ederken Kenan'ın da eşlik etmesiyle bir öpüşmeye dönen bu an, Ezgi'nin kendini Kenan'a iyice iten beden hareketleriyle cesur bir hâl alıyordu.

Salonun ortasında, ayakta birbirine kenetlenmiş öpüşen çift, buna beş dakikadan fazladır devam ediyorlardı. Bu durum Kenan'ı hayrete düşürmüştü. Daha evvel Ezgi ile öpüşmüştü ama bunların hepsi kendi isteğiyle olmuş, Ezgi'nin o soğuk tutumunu görünce de devam etmemişti. İlk defa Ezgi istemişti. Kenan mutlu, Ezgi ise bir tünelin içinde başıboş ilerliyordu. Ezgi'nin parmak uçları, Kenan'ın ensesinde dolanmaya başladığında o sıcaklığı alan adam, iştahını gizleyemeyecek duruma geliyordu. Ezgi daha da ileriye gidip o incecik bacağını Kenan'ın diz kapaklarına, ardından da kasıklarına sürtmeye başlamıştı. Kenan o an derin bir nefes alıp Ezgi'yi omuzlarından tuttu. Ezgi, onun bir şey demesine fırsat vermeden Kenan'ı elinden tutup hızla çektiği gibi yatak odasına götürdü. Zaten Kenan'ın böyle bir duruma itirazı olmazdı ama Ezgi'nin buna ne tepki vereceğini kestiremiyordu.

Odaya girdikten sonra Ezgi, Kenan'ı dağınık yatağının üzerine itip geceliğini çıkarttı. Ardından Kenan'ın üzerine çıkıp, onun kasıklarına oturdu. Bir süre o şekilde kalıp gülerek Kenan'a baktı. Kenan o an biraz olsun endişe etse de anı bozmak istemiyordu. Biraz doğruldu, ceketini ve sonra da gömleğini çıkardı. Biraz daha öpüştükten sonra artık ikisi de tamamen çıplak bir şekilde birbirlerine bakıyorlardı. Ezgi elini kendi bedeninde gezdirmeye başladı; ensesi, göğüsleri, karnı, omuzları ve en son kolu... Koluna geldiğinde durdu. Gülümsemesi kırıldı. Elinin altındaki o çıkıntıya, yarasına baktı. Birkaç saniye sonra da "bana ne" dermiş gibi omuz silkip Kenan'ı kendisine doğru çekti.

Bu ilk sevişmeleri iki saat sürmüştü. Ezgi için hayatının en uzun ve aynı zamanda en kısa iki saatiydi. İkisi de orgazm olup da sırtüstü yatağa uzandıklarında, Ezgi tavanın beyazında süzülmeye başladı. Gözlerini diktiği yer, onun merasıydı. Bembeyaz elbiselerin içinde koşuyor, çiçekleri kokluyor, gökyüzüne bakıp dans ediyordu. Bir sarhoş gibiydi. Senaryo değişip de bu iki saati geri sardıkça kendine gelebilmişti. Evvela neden o saate kadar uyuduğunu, nasıl uyuyakaldığını, uyandıktan sonra neden bir kez olsun saatine ya da telefonuna bakmadığını, o an neler düşünüyor olduğunu sormaya başladı. Her şey belirsiz bir bulut kümesi, o kümenin içinde de bir gaz gibiydi Ezgi. Bir akıma kapılmış, iradesizce savruluyordu.

Ezgi, Kenan ile ilk sevişmesini ona âşık olduğundan ya da bunu çok istemiş olduğu için değil, işte tam da bu sebepten dolayı hiç unutmuyordu. O gün alkolsüz sarhoşluğunu, kendinden bağımsız hareket eden uzuvlarını ve Kenan'a yalvarır gibi arzu içinde kıvranan bedenini unutmuyor, an be an anımsıyordu.

Kenan, kırk üç yaşında Türkiye'nin en büyük medya kuruluşunun veliahdıydı. Ailenin tek erkek çocuğuydu. Kendinden üç yaş büyük bir ablası vardı. Çok büyük servet kalacak olmasına ve bu mirasın tek varisi olmasına rağmen çalışkan, vizyonu geniş bir adamdı. Babasına beş sene önce Alzheimer teşhisi konmuştu. Dünyanın en iyi doktorlarına götürmüşlerdi onu, kullandıkları özel ilaçlarla bu hastalığı yavaş ilerler bir hale getirmişlerdi. Annesi üç sene önce doktorların tüm uğraşlarına rağmen göğüs kanserinin diğer organlara sıçraması sonucu vefat etmişti.

Kenan küçük yaşlarından itibaren sporun hemen her dalıyla uğraşıyordu. Özellikle teniste çok başarılıydı. Simsiyah parlak saçları her zaman jöleli ve bakımlıydı. Saçı için Nişantaşı'nın en gözde güzellik merkezlerinde bakımlar yaptırırdı. Haftada bir manikür ve pedikürünü aksatmaz, ne kadar yoğun da olsa bunları atlamazdı. Ela renkteki güzel gözlerini annesinden almıştı. Keskin, kemikli, kavisli burnu ne kadar iri de olsa ona büyüleyici özellik ve erkeksilik katıyordu. Her gün sinekkaydı tıraşını olur, cildi hep pürüzsüz kalırdı. Zekâsı, yakışıklılığı, spora düşkünlüğü ile aslında ülkedeki tüm bekâr kızların hayaliydi. Ama onun hayalindeki tek kadın Ezgi'ydi. Ezgi'nin güzelliği, zekâsı, duruşu, eğitimi, kariyeri onu etkilemişti. Ezgi'nin ara ara olan öfke patlamalarını, kızgınlıklarını görmezden geliyor, işinin yoğun stresine veriyordu. Hayatında ilk kez âşık olmuştu ve bu kadına ölesiye değer veriyordu. Kibirli, dışarıdan ulaşılmaz görünen Kenan, Ezgi'nin yanında aşkın sarhoşluğuyla bambaşka biri oluyordu. Fakat şimdilerde, o aşkından yanıp tutuştuğu zamanları unutmuş gibiydi. Yine seviyordu ama elde etmenin rehaveti vardı üzerinde.

Başarılı bir işadamı olmasının yanında, piyasada korkulan bir tarafı da vardı. Sözü, kanun niteliğinde bir adamdı. Aslında, bu kudreti babasından geliyordu. Babası, İstanbul'da hem büyük bir saygı hem de korkuyla anılıyordu. Kenan, uzun bir süre babasının gölgesinin altından çıkamamıştı. Ne zamanki babası vefat etmiş, onun yıldızı o andan itibaren parlamaya başlamıştı. Kırkından sonra gelen bu iktidar, onu sersemletmişti. Koca koca adamların, politikacıların, sözü sayılanların onun karşısında el pençe divan durması, onun kendisini olmadığı yere ait görmesine sebep olmuştu. Bu durumunun ilişkisine yansıması da çok gecikmedi. İstanbul'un üzerinde kurduğu baskıyı, nişanlısı Ezgi'nin de üzerinde kurmaya çalıştı. Fakat bunu başaramadı. O da, nişanlısıyla zaman kaybetmek yerine bu gücünü büyütmeyi tercih etti. Aslında yaptığı, kendisini Kafdağı'nda görmekten farksızdı.

Kenan, Ezgi'yi kaybederse, ne denli bir boşluğa savrulacağını biliyordu. Bu yüzden, onun için her yerde "nişanlım" derdi ama bu, teyit edilmemiş bir nişanlılıktı. Daha parmaklarında yüzükleri bile yoktu. Kenan, buna birkaç defa yeltenmiş, Ezgi ise "Biraz daha tanımalıyız birbirimizi" deyip geçiştirmişti. Ezgi'nin yaptığı, elbette Kenan'ı tanıma çabası değil, nedenini kendisinin bile bilmediği bir kaçıştı. Onunla nişanlanmak ya da evlenmek fikri, Ezgi'nin üzerinde bir hafifleme değil aksine yoğun bir baskı oluşturuyordu. Kenan'ın sahip olduğu o muhteşem özellikler, onları çok iyi anlaşan iki sevgili yapmaya yetmiyordu. Ezgi, Kenan ile zaman geçirmek için can atmıyordu. Ya da onun için özel şeyler yapmak, onun içini gıcıklayacak çamaşırlar giymek, Kenan'ı etkilemek için sıra dışı şeyler yapmak hiç mi hiç gelmiyordu içinden.

Kenan, bu hayatta hiç kaybetmemişti. Kaybetmek duygusuyla tanışmamıştı. Ezgi'ye karşı ilgisinin azalması, sürekli kazanmaya alışık olmasından ileri geliyordu ama bilmediği bir şey vardı; korkuttuğu herkes ya da her şey bir gün onun en büyük korkusu olabilirdi.

-5-

Sorunun ne olursa olsun, sınırsız da çözüm yolu olduğunu bil.
Yeter ki sen çözüm yollarını görmeyi iste ve kararlı ol.

Ezgi, uyandığında henüz alarm çalmamıştı. Bütün gece gözleri kapalı, ama zihni açıktı. Heyecanlıydı ve içi içine sığmıyordu. O gün, titizlikle üzerinde durduğu grup terapisinin ilk günüydü. Bayram sabahına uyanan bir çocuk gibi mutluydu. Bunun yanı sıra onu da merakla bekleyen insanlar vardı. Beş kişi, onun tarafından iyileşmeyi bekliyordu. Kliniği açma ve hastaları özenle seçme safhasında elinden gelenden fazlasını yapmıştı. Ezgi, grup terapisi için gelişigüzel insanları toplamamıştı. Türkiye'nin her bir kliniğini titizlikle incelemiş, bunların haricinde de resmi birçok kurumla iletişim halinde olmuştu. Tabii, tüm bunları Kenan'ın gücü altında yapmıştı. Kenan'a âşık olmasa da, onun bu geniş ağı Ezgi'nin hoşuna gidiyordu. Sayesinde tam da istediği hastalara ulaşmayı başarmış, onlara yeni terapi yönteminden bahsedip ikna etmeye çalışmıştı. Ezgi, bu aşamada pek zorlanmadı zira onun kadar başarılı ve ünlü bir psikologla değil hastaların çalışması, sağlıklı kişiler bile çalışmak isterdi.

Geçmişte böyle vakalarla da karşılaşmıştı. Psikolojik sağlığı yerinde olmasına karşın kendilerinde çeşitli ve birbiriyle alakasız asılsız semptomlar bularak Ezgi'nin kliniğine gelenler de olmuştu. Tabii, hepsinin amacı Ezgi ile biraz olsun sohbet etmek, tanışmak ve ona yakın olmaktı. Ezgi, onlardaki bu durumu daha ilk dakikada seziyor fakat hiçbirini kırmıyor ya da yaptıklarını yüzlerine vurmuyordu. Böyle insanlara karşı başka biri olsa, sevimsiz geri dönüşlerde bulunabilirdi. Ezgi, insanları kırmaktan korkuyordu zira kırılmanın, hele ki değer verilen biri tarafından kırılmanın ne demek olduğunu çok iyi biliyordu. Bu buruk tadı da kimsenin deneyimlemesini istemiyordu. Aslında insanların kırıla kırıla daha sağlam olacağına emindi ama "Onları kıran ben olmak istemiyorum" derdi.

Yatağından kalkıp neşeyle bir sağa bir sola döndükten sonra güzel bir şeyler dinlemek istedi. Ezgi, duygu durumuna göre müzikler dinlerdi. Müzik dinlemeyi seviyordu. Çalışırken, yazılarını yazarken ya da sabah uyanır uyanmaz müzik dinlemek ona kendini daha iyi hissettiriyordu. O gün onun için keyifli ve özel bir gündü. Çok sevdiği Latin müziklerinden birini açtı: Cesario Evora'dan *Besame Mucho*... "Öp beni, daha çok öp. Sanki bu gece son geceymiş gibi..." Bir yandan bu sözleri mırıldanıyordu. Aynaya baktı. Kendisini baştan aşağıya süzdü. Gözleri daha da mavileşti ve iyice büyüdü. "Sana sahip olup ardından tekrar kaybetmekten öyle korkuyorum ki" dedi ve devam etti: "Evet, kaybetmekten korkuyorum ama işin garibi neyi kaybetmekten korktuğumu tam olarak bilmiyorum." Düşündü. Kendisini aynada yeniden süzdü. "Belki de kendimi, zor bulduğum beni..." Ardından yine sol kolundaki yanığa gözü takıldı. İnce bir gülümsemeyle ona parmak uçlarıyla dokundu. Bir annenin, çocuğuna baktığı gibi bakıyordu. "Sen," dedi, "beni hiç bırakmadın.

Senden ne kadar nefret edersem edeyim, orada durup bana eşlik ettin. Fakat bugün seni bile seviyorum. Ne güzel bir gün ki sen bile keyfimi kaçıramıyorsun."

Ezgi, mutfağa girdi ve buzdolabını açıp uzun uzun bakındı. Çoğu zaman kahvaltısını geçiştirse de, iyi kötü bir şeyler atıştırmadan evden çıkmazdı. Fakat o sabahı, heyecandan açlık dahi hissetmiyordu. Buzdolabının kapısını kapatıp hazırlanmak için odasına çıktı. Özenle kıyafetlerini giydi. İki ay evvel yurtdışından getirttiği ayakkabılarını sanki bugüne saklamış gibi kutusundan çıkardı. Giydikten sonra son bir kez aynaya baktı, derin derin nefes alıp verdi, sokağa çıktı. Mis gibi temiz hava ne de iyi gelmişti ona. Böyle havalar, insana yaşadığını hissettiriyordu adeta. Ciğerlerine ilk temiz havayı çekerken gözlerinin önünde bir görüntü belirdi: Bir kaza anında, babası kızının küçücük elini avucuna almış, sıkıyordu. "Neden sıkıyordu? Kaza olacağını tahmin etmiş miydi?" diye sordu. Bu kez, aldığı nefes canını acıtmış, boğazını düğüm düğüm etmişti. Nereden aklına geldi ki o sahne? Hem de öyle bir günde. Biraz hüzün çöktü üstüne. Yutkundu ve dolu dolu bir nefes çekti içine, ağlayacak gibiydi. O kıvama çoktan gelmişti. Fakat kendisini silkeledi, zihnini tazeledi ve arabasına binip depoya doğru yol aldı. Güzel bir müzik eşliğinde keyifle ilerliyordu. Heyecanlıydı ama acele etmiyordu. Bu neşe içinde araç kullanmanın tadını çıkartıyordu. Yoldan geçenlere bakıyor, kendinden habersizce karşıdan karşıya geçmek isteyen dalgın yayalara gülümseyerek yol veriyor, ışıklarda beklerken camını silmek isteyen çocukları hoş görüyordu. Bu halini o da çok sevmişti. Her gün bu ruh halinde olmak için her şeyini verebilirdi zira onun için en büyük zenginlik, o an yaşadığı huzur ve mutluluktu.

Ezgi, depoya vardığında, tüm danışanlar çoktan gelmişlerdi. Merakla onu bekliyorlardı. Daha evvel kendisiyle iki defa görüşmüşlerdi ama onlar için Ezgi ile yakındıkları şeyleri paylaşmak ayrı bir heyecan konusuydu. Orada, öyle bir yerde neler yaşayacaklarını, neyi deneyeceklerini aralarında konuşuyorlardı. Hasan ise onları uzaktan izliyor, bir yandan da Ezgi'nin arabasını kolluyordu. Danışanlardan ziyade Hasan'ın orada olması onun için ayrı bir mutluluktu. Ezgi'nin güvendiği, depoyu emanet ettiği ve sırrını verdiği insan olmak ona kendisini özel hissettiriyordu. Hasan, yaşadığı bu şeyi düşündükçe gururlanıyor, kendisini haddinden fazla şanslı sayıyordu. Biraz sonra Ezgi'nin arabasını gören Hasan, koşarak onun yanına gidip kapısını açtı. Ezgi, tebessüm etti. "Hasan!"

"Efendim Ezgi Hanım."

"Seninle bir konuda anlaşalım; sen benim valem, uşağım ya da ayak işlerimi yapan birisi değilsin. Ayrıca ben böyle şeylerden hiç hoşlanmam. Kendi kapımı açabilirim. Bunun için kendini yorma."

"Şey... Ezgi Hanım, ben..."

Ezgi, Hasan'ın yüzündeki kırılmayı görünce biraz utanmıştı. Fakat Ezgi, tam da dediği gibi böylesine küçük işlerin bile başkaları tarafından yapılmasından hoşlanmıyordu. O, işe yararlılığı ön plana çıkarma taraftarıydı. Sürekli dediği şey: "Yanındaki insana çay taşıtarak maaş ödemek, benim prestijli biri olduğumu değil, paramı savuracak kadar ahmak olduğumu gösterir. Hem, daha faydalı şeylerde yararlanabileceğim kişiye neden çayımı taşıttırayım ki?" Öyle ki onun gözüne girmek için çantasını taşımak ya da arabasının kapısını açmak yerine zor danışanlar bulmak, diğer kliniklerin tedavi edemedikleri kişileri araştırmak daha yerinde bir iş olurdu.

Ezgi, Hasan'ın kolunu tuttu. "Seni kırdıysam, bağışla."

Hasan, Ezgi'nin kolunu tutan eline baktı. Heyecanlanmıştı. Bir de Ezgi'nin af dilemesi, onu hayal dünyalarına sürüklemişti.

"Olur mu Ezgi Hanım, ne demek. Asıl ben özür dilerim."

Ezgi ve Hasan depodan içeriye girdiler. Danışanlar, onu görünce çok sevindi. Onlarla daha evvel yaptığı bir toplantıda, şunu zaten söylemişti: "Her insan kendi sorunlarını farklı şekillerde ortaya koysa da bireysel terapiden yardım alan herkesin genel olarak başkalarıyla yakın ve doyurucu ilişkiler kurmakta ve sürdürmekte güçlükler yaşadığını bilmenizi istiyorum. O yüzden böyle bir grup terapisinde kişiler birbirini incitmeden, korku duymadan, kendilerinden veya yaşadıklarından utanmayarak, ilişkilerinin zedelenmesinden tedirgin olmadan kendilerini açıkça ifade edecekler. Bu da dışarıdaki hayatta kişiler arası ilişkilerindeki ve benliklerindeki travmayı yok etmek için çok etkili bir yöntem olacak. Kişi diğer grup üyeleriyle ilişkilerini tam olarak anlayabiliyor ve üzerlerinde uğraş verebiliyorsa, dış dünyaya birçok güzel şey aktarabilecektir. Kişi yaşamında halen yer alan önemli kişilerle daha olumlu ilişkiler kurmanın yollarını bulacaktır. Ezgi ayrıca, önce kendilerine sonra terapiste ve diğer grup üyelerine yönelik duyguları konusunda dürüst ve net olmaları gerektiğini belirtti. Grupta güven geliştikçe kendilerini giderek çok daha rahat biçimde açacaklarını da ekledi. Onlara üstüne basa basa anlattı.

"Belki ilk başlarda grup içindeki dinamikler ve kişiler sizi sıkabilir hatta terapiyi bırakmayı bile düşünebilirsiniz. Grup terapisinin sonunda sağlayacağınız yararı değerlendirmeden önce en azından on iki toplantı boyunca yargıda bulunmayın ve yorum yapmak isteseniz bile bunu erteleyin. Terapinin, 'sahip oldukları psikolojik rahatsızlıkları ve tutumları değiştirmek' gibi iddialı ve büyük bir amacı var. O yüzden terapi en az altı ay kadar sürecek.

Bazen özellikle terapiste ve diğer grup üyelerine karşı hayal kırıklığı ve sıkıntı duyguları hissedebilirsiniz. Bunun çok normal olduğunu da söylemek isterim. Grup terapisi bireysel terapiye göre ikinci sınıf bir terapi değildir. Çoğu araştırmalar gösteriyor ki; grup terapisi bireysel terapinin herhangi bir türü kadar etkili bir yöntemdir. Son ve en temel noktalardan size bahsetmek istiyorum: Aslında bunlardan, sizlerle bireysel görüşmelerimiz sırasında detaylıca bahsettim ama burada bazı konularda netlik kazandırmamız gereken kurallardan son kez bahsetmek istiyorum. İlk olarak; hiçbir şey, hastanın kendisi ve gruptaki diğerleri hakkında düşünce ve duygularını dürüstçe paylaşmasından daha önemli değildir. Grup terapisindeki gizlilik, herhangi bir doktor-hasta ilişkisinde olduğu kadar önemlidir. Buradaki her bir bireyin rahatça konuşabilmesi ve grup terapisinin işe yaraması için herkesin gruptaki konuştuklarının korunacağına ilişkin güvenlerinin olması gerekir. Kendi ailenizin en yakın bireylerine bile bu terapinin içeriğini anlatmamalısınız. Bu grup terapisi diğer grup terapilerinden farklı olduğu için, hepiniz seçilmiş özel kişiler olduğunuz ve Türkiye'nin en önemli araştırmasına katkıda bulunacağınız için burada size bireysel görüşmelerimizde gizlilik sözleşmesi imzalattım. Burada konuşulan bir şeyi ya da yapılan uygulamayı anlatır ya da bu sürece dair kimseye bilgi verirseniz belli bedelleri olacaktır. Ayrıca grup içindeki kişilerle telefon alışverişi yapmak ve grup dışında görüşmek de yasaktır. Bunları zaten tek tek bireysel görüşmelerde konuştuk ama son kez hatırlatmak istedim."

Ezgi, danışanlarının ne kadar istekli olduğunu görebiliyordu. Bu, onu daha da heyecanlandırıyordu. Onun gizliliğine sadık olacakları belliydi ama terapinin sonlarına doğru bundan vazgeçip tedaviye ya da Ezgi'ye olan inançlarını kaybedebilir her şeyi açık etmek isteyebilirlerdi. Ezgi, bunun olmasını hiç mi hiç istemiyordu. Zaten hocalarından bile gizli açtığı bu yer, ona yeterince ağırdı, bir de başka sorunlarla uğraşmak istemiyordu. Sorunsuz bir şekilde terapilerin sonlanmasını arzu ediyordu. Terapinin sonu, tahmin ettiği gibi çıkmayabilirdi ama yine de gizlilik sonuçlardan da önemliydi. Bir anda tüm birikimini, tüm deneyimlerini ve en önemlisi adını sıfırlayabilirdi. Bütün bunları göze almış olsa da içi içini yiyordu. Kendisine olan güveninin tazelenmesi için bu terapinin iyi ya da kötü sonuna gelinmeliydi. Ezgi, büyük bir sorumluluk altındaydı. Fakat kötü düşüncelerle de mutluluğunu gölgelemek istemiyordu. Her şeyin iyi olacağına derinden inanıyordu.

-6-

Bir insanı tanımak için nasıl konuştuğuna, başkaları için ne söylediğine, öfkelenince ne yaptığına, ne seyrettiğine, ne okuduğuna bakın. Bunlar onun iç dünyasının en önemli aynalarıdır.

Danışanlardan son kez onay alındı. Her şeyin yolunda olduğu teyit edildi ve ilk terapiye başlandı.

"Ve evet bugün ilk terapi günümüz." Ezgi'nin keskin bakışları ve çok dik bir duruşu vardı. O kadar kendinden emin güçlü ve güzel görünüyordu ki herkesin hayranlık dolu bakışları ona çarpıp geri dönüyormuş gibi bir enerji yaratıyordu. "Bugün ilk terapi günümüz. En önemli iki temel kuralımız var: dürüstlük ve güvenilirlik... Burada belli tekniklerle her şeyi özgürce konuşup ilerleyip belli çözümlemeler keşfedeceğiz. Aslında her biriniz bir diğerinde kendini bulacak ve kendini yeniden keşfedecek. Kendiniz keşfettikçe, geçmişte neyi nasıl anlamlandırdığınızı buldukça, geçmişinizin şu anki seçimlerinizi ve karşınıza çıkanları nasıl etkilediğini anladıkça hayatınızın nasıl iyi yönde değişeceğini fark edeceksiniz. Şimdi lütfen, teker teker herkes kendisini tanıtsın."

"Ben başlayayım" dedi Derya biraz oflayarak. "Yalnız, bir şey sormak istiyorum. Neden bu izbe yerdeki depoda terapi görüyoruz? Bildiğim kadarıyla sizin çok lüks büyük bir kliniğiniz var yani bu grup terapisi ücretsiz diye mi bu hijyeni kesin olmayan depodan bozma yerdeyiz? Üstelik her yerde tozlar uçuşuyor. Hem belki fare bile vardır burada Ay! Allah korusun." Derya, memnuniyetsiz ve tedirgin bir şekilde sandalyesini hemen yanında oturan Mehmet Bey'e biraz daha yanaştırdı. Sonra ellerine baktı. İğrenir gibiydi. "Bu koltuklar temizdir umarım."

Ezgi, grup terapisi boyunca belki de en çok bu danışanı memnun etme noktasında sıkıntı yaşayacaktı. Dikkat eder bir ses tonuyla Derya'ya bir ayrıntıyı beyan etti: "Öncelikle Derya Hanım, herkesin birbirine yakınlığı belli bir mesafede ve bunun grup terapisi için özel bir anlamı var. Lütfen koltuğunuzu eski yerine alınız." Derya, bu durumdan pek hoşnut olmuşa benzemiyordu. İstemeyerek de olsa Ezgi'nin uyarısına uydu. Ezgi konuşmasına devam etti. "Gelelim ilk sorunuza; gerçi bu soruyu terapiye başlamışken cevaplamak istemezdim ama madem herkesin de kafasını bulandırdınız, ben cevabımı vereyim. Öncelikle lüks olmayan ve imajinasyon olarak kimseye bir şey hatırlatmayan bir yer seçtim; çünkü çağrışımlarınızı ya da duygularınızı ifade ederken ya da hikâyelerinizi anlatırken odadaki ya da muhitteki herhangi bir şeyden etkilenmenizi ve duygularınızın engellenip kesilmesini istemiyorum. Tabii ki bunun bu terapinin ücretsiz olmasıyla hiçbir ilgisi yok. İstediğim, bu tedaviden hiçbir etkileyici materyal olmadan tam randıman alınması. Üstelik buranın lüks kliniklerden olmaması özellikle sizin tedavinizi pozitif etkiler. Hep bahsediyoruz ya 'kaçma korkularınla yüzleş'. Neyse cevabım herkes için açıklayıcı ve yeterli olduysa buyurun Derya Hanım, devam edin."

Derya, Ezgi'nin cevabından hoşlanmamıştı. Onun temizlik anlayışı ya da takıntılarına ters düşen her şey, onu zorlayıp içinden çıkılmaz hale sürükleyebilirdi. Derya, bakışlarını Ezgi'nin üzerinde gezdirirken "Ne bilmiş bir kadın. Ondan asla anne olmaz. İyi ki çocuğu yok" diye düşündü. Diğer hastalara dönerek kendisini tanıtmaya başlayan Derya, bir yandan da ellerini birbirine hoş olmayan bir yüz ifadesiyle sürtüp duruyordu. "Merhaba arkadaşlar, ben Derya Güngören. Kırk sekiz yaşındayım. İstanbul'da yaşıyorum ve bekârım. Jinekoloğum ve özel bir hastanede çalışıyorum. Ben, şey için buradayım..."

Derya, duraksadı. Ezgi'ye baktı. Ezgi "Devam et" der gibi kafasını salladı.

"Sizler ne için buradasınız bilmiyorum ama ben kendimi bir danışandan ziyade farklı bir insan olarak gördüğüm için buradayım. Farklılık derken, öyle süper güçlerim falan yok ama sizlerin görüp de sezemediği şeyleri ben görebiliyorum. Mesela; mikroplar ya da bakteriler... Siz onları görebiliyor musunuz? Ben görüyorum. Görmekle kalmıyor, tenime nasıl nüfuz ettiklerini hissedebiliyorum." Derya, kendisini çok rahat ifade eden bir kadındı. Fakat tedirgin olduğu şeyler, bazen konuşmasını güçleştiriyordu. Öyle ki, aklından atamadığı takıntıları, düşünme akışını da bozabiliyordu. Konuşmasına ara veren Derya, bir şeyler söylemeye çalışıyor ama lafı geveliyordu. O sırada Ezgi ayağa kalktı.

"Arkadaşlar, Derya Hanım'ın yakındığı şey obsesif kompülsif bozukluk yani bilinen adıyla takıntı hastalığıdır."

Hastalardan biri "Bunu duymuştum!" dedi coşkuyla. Ezgi, anlatmasına devam etti.

"Bu şey, her yüz kişiden iki ya da üçünde görülmektedir. Kadınlarda görülme olasılığı, erkeklere göre daha fazladır. Buna genellikle hamilelik, doğum, aile içi çatışmalar, iş güçlükleri gibi potansiyel stres kaynakları sebep olur. Erkeklerde erken başlangıç daha sık gözlenir ve kontrol etme kompülsiyonları şeklindedir;

geç başlangıç kadınlarda daha sıktır ve bunlar genellikle temizlik kompülsiyonları tarzındadır. Bekârlarda, evlilerden daha fazla görülmektedir."

Derya, çantasından antibakteriyel jelini çıkardı. Ellerine sıktı ve odadakilere dönerek, "Bakın işte bu kadar. Yani, bu şeyi günde bir iki kere yapsam problem değil ama yüzlerce kere yapınca sinirlerim bozuluyor. Çoğu kez ağlayarak ellerimi yıkadığım olmuştur" dedi.

Ezgi, tebessüm ederek Derya'ya bakıyordu. Onun yanına gitti, omzuna dokunacaktı ama bundan tiksinebileceği için yapmadı. Anlatmasına devam etti. "Kaygı türü bir rahatsızlık olan obsesif kompülsif bozukluk, yani takıntı bozukluğu insanları tekrarlanan düşünce ve davranışlar döngüsüne hapsederek kısıtlayan bir hastalıktır. Takıntılar insanın aklına istemsiz olarak gelen rahatsız edici düşüncelerdir. Takıntılı düşünceye sahip olan kişiye 'obsesif' denir ve toplum içinde 'takıntılı kişilik' olarak adlandırılır. Obsesif düşüncelerin yarattığı sıkıntıları ortadan kaldırmak için kişi uygunsuz ve saçma bulduğu halde yapmaktan kendini alıkoyamadığı bazı hareketleri yinelemeye başlar. Bu hareketlere 'kompülsiyon' ya da 'zorlantı' denir. Örneğin; kişi yürürken yüzüncü adımdan sonra belli sözleri söylemezse gününün kötü geçeceğini düşünebilir ya da tekrar tekrar elini yıkamazsa kirli olduğu ve hastalık kapacağı hissine kapılabilir. İşte bu yüzden en çok görülen takıntı türlerinin arasında bulaşma-temizlik takıntıları vardır. Kişi elinde olmadan kirlenmeyle ve hastalık bulaşmasıyla ilgili kaygı yaşar. Mikrop bulaşma korkusuyla el sıkışmaktan, kapıları kapamaktan, insan içine çıkmaktan korkar, sürekli ve sık sık, hatta bazen gününün büyük bir kısmında elini yıkamakla zamanını geçirir ya da evinde temizlik yapmakla ilgilenir."

Derya o anda Ezgi'nin sözünü kesti. "Ezgi Hanım, aslında çok da haksız sayılmam. Bugün tuvaletten çıkan insanların yarısının bile ellerini yıkamadığını biliyor muydunuz? Hım! Para... Evet, paralar... Ah onlar tam bir küçük lağım kâğıtçıklarıdır. Onlara dokunamıyorum. Biliyor musunuz; ben son birkaç yıldır maaşımı çekmiyorum. Onun yerine ödemeler için kartımı kullanıyorum. Kartımı bile kasiyerden aldıktan sonra jelimle birlikte hemencecik dezenfekte ediyorum. Aman Allahım, şimdi bile tüylerim diken diken oldu."

Odadaki diğer hastalar şaşkınlıkla Derya'yı dinliyorlardı. Onlar için garip bir durumdu bu. Bu denli titiz olmanın yersiz olduğunu düşünüyorlardı.

Ezgi, hastalığa açıklık getirmeye devam ediyordu. "Bir de kuşku takıntıları vardır. Kişide sürekli bir şeyi yapıp yapmadığıyla ilgili takıntılar oluşur. 'Gaz ocağını açık mı bıraktım? Kapıyı kilitledim mi? Ütüyü fişte mi bıraktım?' gibi bir şeyleri yapmış ya da yapmamış olabileceğinden korku duyar ve emin olmak için tekrar tekrar kontrol eder. Obsesif kompülsif bozuklukta sıklıkla gözlemlenen kişinin insanlarla ve özellikle ailesiyle olan ilişkisini olumsuz yönde etkilemesidir. Bu bağlamda daha çok aile üyelerinin de isteğiyle birlikte tedaviye başvurmaktadırlar. Tedavide kullanılan birkaç yöntem bulunmaktadır. Fakat öncesinde sormak istiyorum; Derya Hanım, bu durumunuzun ailenize yansıması nasıl oluyor?"

Derya, mahcup olmuş gibi kafasını öne eğdi. Herkes birbirine bakmaya başladı. Ezgi, yanlış bir şey sormuş olmaktan endişe ediyordu. Derya, "Ailemle görüşmeyi reddediyorum" deyince, Ezgi bu durumu bir hayli önemsedi.

"Neden?"

"Ezgi Hanım, gerçek anne ve babam olmayan kişiler beni senelerce çektiler. Yani bana tahammül ettiler. Şimdi ise bu sorunumla onları oyalamak istemiyorum."

"Yani siz onlara evlatlık mı verildiniz?"

"Verilmedim. Sokağa atıldım, onlar da sahip çıktı."

Derya, ailesinin tek çocuğuydu. Pek bir şanslıydı, el bebek gül bebek büyümüştü. Çeşit çeşit oyuncaklar, pahalı elbiseler, her fırsatta gidilen yurtdışı tatilleri... Bir çocuğun sahip olmak isteyeceğinden çok daha fazla şey onun emrine amadeydi. Aynı zamanda iyi eğitim görmüş bir aileden geliyordu. Annesi ve babası nüfuzlu kimselerdi. Varlık, eğitim, zarafet içinde geçen çocukluğu, on iki yaşına geldiğinde yerini işkilli, sorgulayıcı ve hayal kırıklığıyla dolu bir döneme bırakmıştı.

Bir hafta sonuydu. Güzel bir kahvaltının ardından evlerinin bahçesinde hoş zaman geçiren anne ve babası, kızlarına anlatmaları gereken şeyler olduğunu söyleyip Derya'yı karşılarına aldılar. Derya, babasının ve annesinin yüzündeki ciddiyeti anlayacak yaşta değildi, fakat bir şeylerin onun istediği gibi gitmediğinin de farkındaydı. Ona yaz dönemi için söz verilen tatilden vazgeçildiğini düşündü. Babasının ciddiyetle ona açıklayacağı şey, bundan daha kötü bir şey olamazdı. Derya, ellerini dizlerinin arasına kıstırıp dinlemeye başladı.

Babası, Derya'nın anne babasının başkaları olduğunu ve onu evlatlık aldıklarını anlattı, Derya daha evvel işitmediği bir sürü kelimeyle karşılaşmıştı. O kelimelerin anlamını bilmese de, o yaşına kadar gerçek anne-babası bildiği kişilerin öz olmadıklarını öğrenmek onu çok üzmüştü. Aslında küçüklüğünden beri kuzenleri, ona bunu her fırsatta söylüyorlardı. Derya'nın sahip oldukları, onların asla ulaşamayacağı şeylerdi. Onlar da kıskanıp çocuk akıllarıyla onu üzmek istiyorlardı. Ailesinin onun üzerine titremesini dahi kıskanırlardı. Bir gün, Derya ve annesi tartışırken buna teyzesi tanıklık etmekteydi. Kız kardeşinin bir hayli üzüldüğünü gören kadın, her şeyi sinirle ağzından kaçırmıştı: "Yeter be! Seni annen bile istememiş, sokağa atmış, sense sana ailenden bile öte olan bu insanlara neler yapıyorsun. Kendine gel! Onların yaptığını kimse sana yapmazdı. Şunu da unutma; onlar olmasaydı, sen şimdiye ya ölmüş ya da... Tövbe tövbe!"

Annesi bu sözlere çok kızmış, Derya'yı kucaklayıp oradan götürmüştü. Anne ve babası bütün bunları engellemeye çalışsa da bir türlü önüne geçemiyorlardı. Çoğu kez Derya'nın sağlıklı büyümesi için onları kimsenin tanımadığı bir yere yerleşmeyi bile düşünmüşlerdi. Ama kurulu düzen, iş ve daha birçok nedenden dolayı bunu yapamamışlardı.

Derya, her seferinde bu olanlardan çok etkileniyor, unutması aylar alıyordu. Tam unutuldu, normal hayatına döndü derken, bir gafla daha karşılaşıyorlardı. Bunların önüne geçemeyeceklerini anlayınca, aile terapistiyle de konuşup bu durumu Derya'ya açıklama kararı almışlardı. Babası, onun bu tür sözleri daha çok işiteceğini ve sonrasında daha da önü alınamaz şeylere sebep olabileceğini düşünüp Derya'ya her şeyi anlatma kararı almıştı.

O günden sonra birkaç ay evin içinde derin bir sessizlik oluştu. Kimse birbirine konu üzerine bir şey sormuyor, bir şey söylemiyordu. Derya da ses çıkarmıyordu, anne babası mutluydu, Derya'nın konuyu araştırmayacağını, kabullendiğini düşünüyorlardı. Tam o günlerden birinde Derya onlardan her şeyi öğrenmek istediğini söyledi, tüm detaylarıyla...

Derya'nın yaşadığı bu durum onu evlatlık alan ailesine olan inancını sarsmış, gerçek ailesini aramaya koyulmuştu. O yaşta bir çocuk için bu, sıra dışı bir süreçti. Evlatlık verildiği aile, onu tam bir prenses gibi yetiştirmiş, en iyi eğitimleri alması için çabalamış, onun bir dediğini iki etmemişti. Ama yine de anne babasının başkaları olduğu fikri onu dürtüklüyor, rahat bırakmıyordu.

Derya'nın ailesini bulma isteği, on altı yaşına geldiğinde sonuç vermişti. Bu dönemde babası da pek bir yardımcı olmuş, onun içini soğutmaya çalışmıştı. Sonunda gerçek annesini bulan Derya, başka ve belki de daha harika bir dünyaya adım atacağını zannederken, her şey bir anda tersine dönmüştü. Gerçek annesinin bir pavyonda çalıştığını ondan gizlemeye çalıştılar. Ancak Derya ısrar etti ve öğrendi, bunu pek önemsemedi. O, parçası olduğu kadına kavuşmak, onun gözlerine bakmak ve belki de kendi kokusunu öz annesinde tatmak istiyordu. Derya koşarak yanına gitti. Ona heyecanla sarılmak istedi. Kadın bir anlam veremedi, kolundan tuttu, dışarı çıktılar. Buradayken kadını daha net görebilmişti. Üzerinde kırmızı pulları olan dar ve kısa bir elbise vardı. Belirgin göbeğinden hiç rahatsız olmuyordu. Sarı, bakımsız saçları yağlanmış, gözlerinin altı da torba torba olmuştu. Alkollü olacak ki gözleri kapanıyor, kirpikleri titriyordu. Derya, heyecanla ona her şeyi anlattı. Kadın, ayaküstü dinledi Derya'yı ve sallana sallana konuştu onunla, "Bak güzel kız, neden buradasın bilmiyorum. Annen olduğumu söylüyorsun. Tamam, diyelim ki öyle ama ben sana annelik yapamam."

"Bunlar zamanla olur. İkimize bir şans verseniz. Birbirimizi tanımalıyız."

"Ay! Yeter be! Defol git başımdan. Seni kimden peydahladığımı bile bilmiyorum. Sana bir şey söyleyeyim mi?"

"Tabii, söyleyin."

"Benim evim yalnızca yetmiş beş metrekare ve o evde bir orospu var. O da benim. İkinci bir orospu yetiştiremem."

"İkinci bir orospu mu?"

"Tabii ya, ne zannettin? Orospunun kızı da orospu olur. Bu böyledir tatlım."

"Fakat..."

"Lan yeter be! Ne uzattın. Bundan sonra karşıma çıkma. Vallahi kızımmışsın değilmişsin dinlemem, seni insan içine çıkmaz ederim." Kadın ağzına geleni saymış, lafı bitince de hiç arkasına bile bakmadan dönüp pavyonun kapısından içeri girmişti. Derya, şaşkınlık ve üzüntü içinde kalakalmıştı. Böyle bir şey beklemiyordu. O kadın, öz annesiydi. Bir duygusal konuşma, belki bir özür ya da telafi edemeyeceğine dair duyarlı bir konuşma... Hiçbiri yoktu. Derya'yı bir çöp gibi başından savmıştı. O sırada omzuna dokunan bir elle kendine gelmiş, arkasını döndüğünde babasını görmüştü.

"Kızım asıl olan kimin seni doğurduğu değildir. Senin annen evde ve dört gözle dönmeni bekliyor. Senin baban benim. Biz ömrümüzün sonuna kadar seninleyiz. Sen bizim kızımızsın."

Derya, üniversiteye gidene kadar birtakım psikolojik sorunlarla baş etmek zorunda kalmıştı. Öz annesinin onu reddi, tüm umudunu yitirmesine sebep olmuştu. Tıp fakültesine girmek için hazırlandığı o sıralarda, bu durumu az da olsa kabullenmişti. Evlatlık verildiği aile yine onu bırakmadı. Derya, birkaç kere onların yanından ayrılıp kendisine ev tutup bir de iş bulacağını, kimseye yük olmayacağını söylemişti. Ailesi ona karşı çıkıp yük olmadığını, kızları olduğunu söylemiş ve onu ikna etmişlerdi.

Derya kırk sekiz yaşında, yaşına göre güzel bir kadındı. Kahverengi saçları, aralarına atılan gölgelerle ışıldıyordu. Kahverengi çekik gözleri ona Tatarmış gibi bir hava veriyordu. Yaşının da etkisiyle göz kapakları düşse de bu ona sevimlilik katıyordu. Minik bir burnu, ince dudakları vardı. Minyon yapısı onu olduğundan genç gösteriyordu. Vücudu ince ve narin yapılıydı. O bedenin narin, ince yapısında tek fazlalık karnıydı. Sanki hamile gibi önünde duran bir karnı vardı. Düşük bel lacivert pantolonu ve üzerine giydiği dar tişörtü bu karnı daha da belirginleştiriyordu. Ayaklarında ince topuklu lacivert ayakkabılar yeni alınmış gibi parlak görünüyordu.

Kırk sekiz yaşındaki bu kadın doğum uzmanı, bir kez evlenmiş ama çocuğu olmamıştı. Uzun zaman bir çocuğu olsun diye çok umut etmiş, defalarca tedavi görmüş ama sonuç onun beklediği gibi olmamıştı. Eşiyle mesleğinin ikinci senesinde tanışmış, on ay sonra da evlenmişlerdi. Aşk evliliğiydi. İlk yılları tam bir masal gibi romantik, duygusal ve heyecanlı geçmişti. İkinci yıla geldiklerinde, ikisi de bir çocuk sahibi olmak istemiş, fakat Derya'nın tüplerindeki tembellik bir türlü olağan sonucu vermemişti.

Derya, evliliğinin altıncı senesinde ani bir kararla eşinden boşanmak istemişti. Öncesinde bunu düşünmüşse de hiç enikonu planlamamıştı. Haliyle eşi bu durumu kabul etmemişti. Fakat Derya, ona bir çocuk veremeyeceğini, geç olmadan ondan boşanmasının yerinde olacağını söylemişti. Eşi ona defalarca "Çocuğumuzun olmaması seni sevmeme engel değil" dedi ama Derya, onun kendisinden boşanıp başkasıyla evlenmesinin yerinde olacağında ısrar etti. Hatta sürekli olarak kocasına "Beni gerçekten seviyorsan benden boşan ve beni bu yükten kurtar" diyordu. Derya'ya göre çocuk veremediği bir adamla evli kalması, adamın hayatından da çalmaktı.

Kocası kabul etmedi boşanmayı, aradan yıllar geçti, Derya çocuk olayını öyle bir takıntıya dönüştürdü ki, bu onda psikolojik rahatsızlığa yol açtı. Artık bir bebeği olacağına inanmaya başladı. Derya, olmayan çocuğu için sanki günler sonra doğum yapacakmış gibi bir dizi hazırlık içerisindeydi. Biberonlar, oyuncaklar, diş kaşıyıcıları alıyor, buna engel olamıyordu. Evinin bir odası çocuk kıyafetleriyle dolmuştu. Bu anormal alışverişine, odayı tıka basa doldurmaya devam ediyordu.

Bir de temizlik hastalığı çıkmıştı. Derya eve girdikten sonra daha kapının önünde soyunuyor, hemen banyoya girip duş alıyor, beş ya da daha fazla kez saçını şampuanlıyor, derisi kıpkırmızı olana kadar vücudunu yıkıyordu. Her sabah en az yedi kez el ve tırnaklarını fırçalıyor, evinde tek bir toz tanesi bile görmeye tahammül edemiyordu. Bu durum onun iş hayatını da etkiliyordu. Evin temiz olduğuna emin olmadan evden çıkmıyordu. Son işi mutfak tezgâhını temizlemek olan bu kadın, temizlik bezini sıktığında etrafa sıçrayan su damlalarını temizliyor, bez yeniden ıslanıyor, yeniden sıkıyor ve tekrar su damlaları oluşuyordu. Bu kısırdöngü bir saatten fazla zamanını alabiliyordu. Bu yüzden evine kimseyi davet etmiyor, kimsenin evine de gitmiyordu. Ne kadar aç olsa da dışarıda yemek yemiyor, hatta kimseyle tokalaşmıyordu. Bu durum, Derya'nın yaşamını gün geçtikçe güçleştiriyordu. Defalarca tedavi görmüş, bir sonuç alamamıştı, Ezgi'nin tedavi yöntemini kendisi için büyük bir şans olarak görmüş, katılmayı öyle kabul etmişti.

Ezgi dahil odadaki herkes pür dikkat Derya'yı dinliyordu. Bir ara Ezgi'nin gözü diğer hastalara takıldı. Onların, kendi dertleri dışında başka birinin sorununa bu derece meraklı olmaları, Ezgi'yi terapinin sonuçlarına dair ümitlendirmişti.

"Arkadaşlar, aslında sorun bu değil ki. Sorun, başka... Çok başka!"

Ezgi, sandalyesine oturdu. Derya'nın gözlerine bakmaya çalışıyordu. Onun anlatmak için can attığı ama anlatmaya cesaret edemediği bir şey olduğu ortadaydı. O sırada Ezgi'nin aklına bir şey geldi. Derya'nın dosyasında her şey yazıyordu ama iki şey yoktu. Biri, evlatlık olduğu diğeri ise bu bozukluğuna neden olan şey. Normalde, bu tür şeyler ufak bir ayrıntıdır ve hastanın dosyasında mutlaka yazar. Ezgi şöyle düşündü; "Eğer evlatlık olduğunu söylemediyse ve bunu burada söylüyorsa, hastalığının nedenlerini de iyi biliyor." Onu terapinin bir parçası olarak zorlamalıydı. Doğruldu ve Derya'ya seslendi.

"Derya Hanım, çocukluğunuzda büyük bir yara almışsınız, aslında kalbiniz, duygularınız, düşünceleriniz ve tüm kimliğiniz incinmiş ve bu yara sizin tüm yaşamınız, adeta dünyanız olmuş. Takıntılarınız belki de sizin tutunduğunuz bir şey, bir ambivalans. Bunun tepkisini de takıntılı kişilikle veriyorsunuz. Aslında bu bir meydan okuma, bir savaş değil mi? Ne ile savaştığınızı bizimle paylaşır mısınız? Sizinle birlikte savaşalım. Size yardımcı olalım."

Derya dudağını ısırdı. Gözleri kıpkırmızı olmuştu. Sesi titreye titreye konuştu. "Ezgi Hanım, mikroplar... Onlar..."

"Evet, onlar. Ne olmuş onlara?"

"Onlar işte, benim düşmanlarım onlar."

"Evet, sizi çok iyi anlıyorum. Peki, size ne yaptılar?"

"Bebeğimi aldılar benden."

O sırada Ezgi d"hil herkesin yüzü düşmüştü. Şaşırmışlardı da. Ezgi profesyonel olduğu için şaşkınlığını dizginleyebiliyordu ama diğerleri öyle değildi.

Derya, hamile kalmak için gördüğü tedavinin üçüncü senesinde hamile kalabilmişti. Fakat üç haftalıkken bebeğini kaybetmişti. Sebep olarak, annenin toksoplazma enfeksiyonu kaptığını bundan bebeğin de etkilendiğini söylediler. Derya, bu yıkımı zor atlattı. O gün Ezgi'nin karşısında olmasının sebebi de aslında o yapmış olduğu düşüktü. Onun bu durumuna sebep olan birçok şey vardı.

En önemlisiyse enfeksiyon sebebiyle bebeğini kaybettiğinden beri mikrop kapmaktan korkması ve hijyeni takıntı haline getirmesiydi.

"O daha küçücüktü. Fakat ondan da küçük şeyler, onu benden aldılar. Ezgi Hanım, bir bilseniz, ben onu ne kadar çok beklemiştim. O gitti, evliliğim, ailem, geleceğim ellerimden kayıp gitti."

O sırada garip bir şey oldu. Ezgi'nin gözünün önünde bir görüntü canlandı. Bir doktor, tok bir sesle şunları söylüyordu: "Bebeğin sağlık durumu gayet iyi. Bir kızınız oldu!"

Ezgi, kendisine geldiğinde, az evvel yaşadığı şeyin şokundaydı. Bugün ikinci defa olmuştu bu. Bir düş gibiydi ama düşten de daha gerçek... Derya'nın durumundan etkilendiğini düşündü ama bu zamana kadar daha da trajik hikâyeler duymuştu. Fakat hiçbirinde bunu yaşamamıştı.

Derya'nın konuşması bittikten sonra odada uzun bir süre sessizlik oldu. Tam da o anda Ezgi, hastaları düşünmeleri için serbest bıraktı. Belki bir kıyas ya da Derya'nın gösterdiği cesareti onların da göstermesi için bir destekleme aralığıydı bu. Ezgi derin bir nefes alıp diğer hastaya geçti. "Evet, kendinizi tanıtınız."

İkinci kişi bir erkekti. Orta boylu, kır saçlı ve yuvarlak yüzlüydü. Üstü başı pek düzenli değildi. "Ben Akgün Akel. Elli yedi yaşındayım. İki oğlum var. Ah, pardon üç oğlum var. Kafam yerinde değil bugün. Çok param var ama işim yok. Yani ne diyeyim? Pardon saçmaladım işte bu kadar lütfen beni hızlı geçin."

Adam kafasını sabit tutamıyordu. Göz kapaklarına her an yenilecek gibiydi. Ezgi kafasını salladı ve adamı onayladı. Hayatın adaleti işlerken, verdiği güzelliklere imrenerek bakar, her kötülüğü imtihandan ya musibetten biliriz. Fakat belki de adalet tam da bu şekilde işliyordur. Bir yandan alır, diğer yandan verirdi. Adaleti en keskin şekilde yaşayanlardan birisi de Akgün'dü. Türkiye'nin en büyük holdinglerinden birinin iki veliahdından biriydi. Elli yedi yaşındaydı, fakat fiziği seksenlerinde bir adamı andırıyordu. Bunda, iş stresi ve hayat koşturmasının etkisi vardı, fakat en büyük pay bağımlısı olduğu alkolündü. O bir bağımlı olduğunu düşünmüyor, yalnızca dünyanın bir zevkini bulmuş ve kendini oraya konuşlandırmış kabul ediyordu. Bu yüzden alkole bağımlı olduğunu kabul etmesi bir hayli zaman almıştı. Yine de tedavi sürecinde istikrarı sağlayamamış ve ara ara değişik hastanelere bu sebeple yatışı gerçekleşmişti. Tüm bunların hepsinde de tedaviden sonra en fazla beş ay temiz kalabiliyor, sonunda iradesine yenilip kendini kaybedene kadar içiyordu. Zaten son tedavi gördüğü hastaneden de kaçmıştı. Onun tedavisini zorlayan ve belki de böylesine sonuçsuz bırakan şey ise neden bu denli fazla ve kontrolsüzce alkol aldığını söylemiyor olmasıydı. Ne zaman ona bu soru sorulsa "Bilmiyorum" diye geçiştiriyordu.

Akgün'ün hayatını ilk mahveden, ilişkisinde gösterdiği başıboşluktu. Daha yirmi bir yaşında sevgilisi hamile kalınca onunla evlenmek zorunda kalmıştı. Kızı seviyordu, bu yüzden evlenmeleri onun için pek problem olmamıştı. Bebeğin doğumuyla erken gelen sorumluluklar onun üzerinde koca bir yük etkisi oluşturmuştu. Yirmi iki yaşında başlayan alkol sorunu, evliliklerine gölge düşüren ilk şeydi. Baba olmak, eş olmak ve kişisel sorumlulukların artması onu durdurmak yerine daha da körüklüyordu. Aşırı derecede alkol almaya devam ediyordu. Ayık olduğu zamanlarda işyerine uğruyor, işle ilgilenmeye çalışıyor ama pek başarılı olamıyordu. Ardından en ufak bir sorun gördü mü soluğu bir barda alıyordu.

Bu kendini bilmez yaşantı, onun hayata bakış açısını da önemli ölçüde değiştirmişti. Öyle ki çocuğu beş yaşındayken eşini terk etmişti. O sıralar hayatına giren sekreteriyle aşk yaşamaya başlayan

Akgün, bu genç kadın için oğlunu ve karısını bir çırpıda bırakmıştı. Sonrasında yeni aşkından da iki oğlu oldu. Akgün'ün hayatında böyle değişim ve dönüşümler olsa da, onun için evren tekdüzeydi. Sanki olaylar ona değmeden gerçekleşiyordu.

Bazen kendisini bir çıkmazda hisseden Akgün, bunlarla baş etmek yerine gördüğü ilk çıkış kapısına kendisini atıyordu. Bunlardan birisi ve belki de alışkanlık haline getirdiği şey ise intihardı. Üç intihar teşebbüsü olmuş, hepsinde ölmeye ramak kala kurtarılmıştı. Bu durum, ikinci eşini endişelendirince ondan da boşanma kararı almıştı. Depresif ve içe kapanık bir kişiliği vardı. Dostu yoktu ve yalnızlık onun en büyük zenginliğiydi. Ona kalsa, bir dost ya da arkadaşa gerek yoktu, bunlar yalnızca kafa şişirmek ve her şeye müdahale etmek için vardı. Akgün için ne kadar arkadaşın olursa, o kadar derdin var demekti.

Ezgi'nin gözleri Akgün'ün üstündeydi. Biraz toparlanmasını bekledi ve sordu: "Akgün Bey, alkol aldığınız zamanlarda ne hissediyorsunuz?"

"Bilmem! Aslında becerebilirsem, size alkol almadığım zamanlarda neler hissettiğimi anlatayım mı?"

Bu sırada Derya, Akgün'e memnuniyetsiz bir yüz ifadesiyle bakıyordu. Onun bu durumdan hiç hoşlanmadığı belliydi. Ezgi, Derya'nın tedirginliğini hissetmişti zira arada bir gözlerini onun üzerinde dolaştırıyordu.

"Ezgi Hanım, şey oluyor."

"Ne oluyor Akgün Bey?"

"Çok ses... Yani, sesler birbirine karışıyor. Konuşamıyorum. Düşünemiyorum. Karanlık bir yerdeyim ve yalnızca rahatsız edici bir gürültü ve beni boğmaya çalışan şeyler var. Alkol alınca bunlar yok. Hım! Sanırım en uzun konuşmam buydu."

"Peki, bize biraz çocuklarınızdan bahseder misiniz?"

"Olmaz."

"Neden?"

"Onları düşündüğümde yalnızca ağlama sesi var. Bebek ağlaması. Bir de ilk oğlumun sesi."

"Ne diyor size?"

"Geri gel! diyor."

"O ilk oğlunuzdan bahseder misiniz?"

Bunun üzerine Akgün bir kahkaha patlattı. "Ezgi Hanım, ben onun adını bile anımsayamıyorum ki. Nasıl anlatayım. Ha, şey... sarı saçları ve yemyeşil gözleri vardı. Eve girdiğimde o ufak ayaklarıyla bana koşmaya çalışır, beceremez düşerdi."

"Seni ahmak adam! Sen ne yaptığını zannediyorsun?" Herkes bir anda buz kesilmişti. Bağıran Derya'ydı. Ezgi bile bu tepkiyi beklemiyordu. Derya ayağa kalkmış, Akgün'e bas bas bağırıyordu. "Ne demek adını hatırlamıyorum? Anlamıyorum, sizin gibiler nasıl çocuk sahibi oluyor da ben olamıyorum? Neden yahu, neden?"

Ezgi, Derya'nın önüne geçip yüzünü ellerinin arasına aldı. Derya bir anda sustu ama Ezgi'nin ellerini yüzünden itmek için hamle yapmıştı ki bundan vazgeçti. Normalde, bunu başka biri yapsa onu ittiği gibi lavaboya koşar, yüzünü defalarca sabunlardı. Fakat Derya, ilk defa tiksinme hissi duymamıştı.

"Derya, terapi kurallarını hatırla. Burada, birbirimizin hayatına saygı duyacağız. Ayrıca sen zannettiğimizden de güçlü bir kadınsın. Bu tür hikâyeler senin canını yakamaz. İzin verme buna. Haydi, derin bir nefes al."

Derya onaylarcasına kafasını salladı. Sonra sakince yerine oturdu. Ezgi, Akgün'ün hastalığını tanımlamaya başladı.

"Arkadaşlar, alkol bağımlılığı bir hastalıktır. Kişinin alkol almak üzerine denetimini kaybetmesi; toplumsal hayatını, bedenini, ruhsal sağlığını olumsuz etkilemesine rağmen sık sık ya da sürekli alkol alma isteği duyması ve durumunu değerlendirememesi, değerlendirse bile alkol alma isteğini durduramamasıdır. Akgün Bey'in yaşadığı sorun da tam olarak bu."

Akgün, söz almak istermiş gibi elini kaldırdı.

"Buyurun Akgün Bey."

"Ezgi Hanım, alkol alma isteği, freni patlamış bir aracın içinde son sürat gitmek gibi. Durduramıyorsunuz. Bir de şu var ki; alkol olmasaydı, dünyada bir dakika bile nefes alamazdım. Nasıl ki balıklar için su önemliyse, benim için de alkol öyle."

"İnsanı bir an olsun kendisinden uzaklaştıran ve onu bilinçaltındaki o derin dünyada yolculuğa çıkartan şeylerden insanlık her zaman keyif almıştır. Alkol de bunlardan biridir. Çok eski çağlardan beri keyif verici, yatıştırıcı, uyuşturucu ve ilaç olarak kullanılan alkol, her ne kadar böylesi etkiye sahip olsa da bağımlısı olduğu bireyin yaşam süresini kısaltmaktadır. Alkol, fazlaca tüketildiğinde gözlere bağlanan bir bant gibidir. Kişi ne önünü ne de aynadaki suretini görür. Artık bambaşka bir dünyanın içinde, başına buyruk deli tay gibi koşturup durur. Öyle ki şimdilerde alkol her yıl yaklaşık yirmi iki bin ölüme ve iki milyona yakın ölümle sonuçlanan yaralanmaya yol açmaktadır.

Alkol bağımlıları artık bu şeyden keyif almak değil, kendilerinden başka bir benlikle yüzleşmek, belki de ayıkken yapamadıklarını yapmak için alkol kullanmaya başlarlar. Belki cesaret, belki biraz duygusallık belki de manevi açlık ihtiyaçlarını dile getirmek... Sebep ne olursa olsun, alkolün kendinden geçiren o dünyasına girdikten sonra zaptı mümkün olmayan bir kişiliğe dönüştükleri ortadadır. Alkolün bu aykırı dünyasından uzak kalan insan, yoksunluk gibi birtakım ruhsal ve bedensel sıkıntılar yaşar. İşte tam da bu noktada bağımlılık baş göstermiş demektir. Kişi kendisini mutsuz, içine kapanık ve tüm dünyadan soyutlanmış gibi hisseder. Sanki şefkatli ana kollarından acımasız kan emici insanların arasına atılmış gibi bir özsavunmaya geçer. Bunu başarması güçtür. Bunu kendisi değil alacağı o ilk kadehle başarmaya çalışır. Bir yoksunluğun içinde kulaç atmaya çalışır. Bağımlı alkol aldığında alma miktarı her seferinde bir tık artış gösteriyor, çünkü zamanla vücut alkole karşı tolerans göstermektedir.

Kişiliğimizin oluşumunun beyin fonksiyonlarımıza bağlı olarak geliştiğini düşünürsek, bunu olumsuz yönde etkileyen alkol, kişiliğimizi de dolaylı olarak olumsuz etkilemekte, kişi olmadığı biri gibi davranışlar gösterebilmektedir. Alkol yoksunluğu, uykusuzluğa sebep olduğu gibi kullanımı sırasında da sabah uyanmada da sorun yaşanabilmektedir. Tabii uyanır uyanmaz da aklında bir tek olabildiğince erken alkol alabilmek vardır. Böylesi bir psikolojik bağımlılık evresinde alkolün sahip olduğu yeni bir insan doğar. Bu insan, artık kendini alkolün kölesi haline getirir. Bunu elbette kabullenmezler. Bağımlı olduklarını kabul etmeleri uzun bir zaman alabilir ama bağımlılık, tasmasını çoktan geçirmiştir o insanın boynuna. Bir süre sonra kişinin alkol karşısında otokontrolü artık yok olmuştur. Tüm ipler karşı tarafa verilmiş, alkol emirler yağdıran bir patrona dönüşmüştür. Artık kişi mesleki hayatını bile devam ettirme konusunda sorun yaşar, hatta alkolün işine engel olduğunu değil de işinin alkole engel olduğunu düşünmeye başlar. Devamında bağımlının alkole karşı toleransı gelişir; yani aynı etkiyi yaratabilmek adına hep daha fazla miktarda tüketime ihtiyaç duyar. Bilindik terimle, bunun adı doyumsuzluktur. Her akşam ya da her alışta bunun kadehi, şişesi ya da bardağı artar. Son evrede ise artık bağımlı kişi alkol olmadan yaşayamaz hale gelir. Tedaviye karar veren insan, her ne kadar çok bir şey başarmamış gibi görünse de bu mühim bir adımdır. Artık bağımsızlığa giden bir yoldur bu. Fakat bu dönemde yalnızca bağımlı değil, yakın çevresi ve ailesi de ona destekte bulunmalı, kişinin bu savaştaki yükünü hafifletmelidir."

Ezgi, odanın sükûnetini yeniden sağladıktan sonra alkol bağımlılığı hakkında uzun uzun konuşmuştu. Konuşması bitince Akgün'ün ellerine baktı. Adamın elleri ince ince titriyordu.

"Akgün Bey, nasılsınız?"

"Ben mi? Şey, biraz endişeliyim. Dünya çok garip değil mi? Bütün insanlar birbirini dinliyor ama anlamıyor. Bir boşlukta gibiyim. Alkol olmayınca bütün dertler üst üste geliyor ve hepsini dibine kadar hissediyorum. Her şeye sahip olup hiçbir şeye sahip olamamanın verdiği acıyı hissediyorum. Bir çukurda olmak gibi ama sevdiğin bir çukurda; çünkü alkolsüzlük seni o çukurdan çıkarıyor ve gerçek dünyayla yüzleşiyorsun. Ama gerçek dünya çok kalbimi yaralıyor, göğsümü sıkıyor sanki tüm benliğimi ele geçirip beni boğmaya çalışan bir Azrail gibi. İşte benim için ayık kafalı olmak bu demek. Beni birçok uzman dinledi ama... Of! Yine saçma sapan şeyler söylüyorum. Şu an dünyanın garipliğinden bize ne, değil mi?"

Adamın, zihninin bölük pörçük olduğu ortadaydı. Ezgi yine donuklaşmıştı. Bir şeyler belirdi gözlerinin önünde. Bir kadın bağırıyordu: "Sen küçük bir orospusun. Bu saate kadar kiminleydin?" Ezgi sanki suyun altında dakikalarca kalmış da sonunda suyun yüzüne çıkmış gibi bir nefes aldı. "Allahım neden oluyor bunlar? Hem de terapiye başladığım bu ilk gün. Nedir bunlar?" Ezgi silkinip kendine geldikten sonra yeniden ayağa kalktı. "Evet, arkadaşlar ilk seansımızın sonuna geldik. Bir sonraki seansta ikinci arkadaşımızla devam edeceğiz."

Derya şaşırmıştı. "Ne yani, tedavi bu mu? Konuşmak, diğerlerinin de dinlemesi sonucu seansın bitmesi. Bu kadar mı?"

"Derya Hanım, daha evvel tam altı klinikte tedavi görmüşsünüz."

"Evet?"

"Peki, hangi birinde düşmanlarınızdan bahsettiniz?"

Derya afallamıştı. Bu doğruydu. O daha evvel hiçbir doktora bundan bahsedememişti. Sanki birilerine bunu söylese, onlar inadına Derya'ya mikrop bulaştıracaklarmış gibi geliyordu. Fakat o gün ilk defa orada bundan bahsedebilmişti.

-7-

Zamanla iyi bildiğinizi düşündüğünüz konularla ilgili fikirleriniz değişebilir. Yaşadıklarınız aynı olaylara farklı bakmanızı sağlayabilir. Belki de canınızı en çok acıtan kişi sizin en iyi öğretmeninizdir.

Ezgi koşarak depodan ayrıldı. O sırada cep telefonuna göz attı. Bir yığın cevapsız arama ve mesaj vardı. Tülin Hanım, sekteri Ayla ve Kenan aramış, ardından mesaj atmışlar. O sadece Kenan'ın mesajını açtı.

"*Akşam hazırlan, güzel bir yere yemeğe gidelim. İkimize de iyi gelir. Hem, seninle konuşmam gereken çok önemli bir konu var.*"

Anlaşılan Kenan bu akşam Ezgi ile konuşmakta ısrarcıydı. Geçen akşam konuşamamıştı ve canı bir hayli sıkılmış olabilirdi. Kenan böylesi reddedilişlere pek alışkın değildi. Ezgi "Belki de ayrılmak isteyeceğini söyleyeceksin, sevgilim," diye mırıldandı ve ekledi, "Bu beni üzer mi, inan onu bile bilmiyorum."

Mesaja ne yazacağını düşünürken, saat gözüne ilişti. On dört olmuştu. Ezgi, panikledi, zira daha Nişantaşı'na gidecek, hastalarını görecekti. Kliniğe vardığında Tülin ile karşılaştı.

"Ezgi, konuşmamız lazım."

"Hocam, iki danışanım var. Onlardan sonra konuşsak, olur mu?"

"Olmaz. Önemli..." Tülin Hanım, danışanları ikinci plana attığına göre gerçekten önemli bir mesele vardı. Ezgi, istemeyerek de olsa onun peşinden gitti. Tülin Hanım'ın odasına girdiler.

"Ne oldu hocam?"

"Onu sen söyleyeceksin Ezgi?"

Ezgi korkuya kapılmıştı. Depodan haberi olmuş olabilir miydi? İyi de Hasan'dan başka bilen yoktu ki? Ya hastalardan birisi söylemişse? Bunlar ve daha fazla soru Ezgi'nin zihninden hızla akıp gidiyordu. "Hocam, inanın sizi anlamıyorum."

"Ben de seni anlamıyorum. Aylardır buraya doğru düzgün geldiğin yok. Sabah üç danışan vardı. Dosyalarını ben aldım."

"Neden böyle bir şey yaptınız ki?"

"Çünkü onlar iki haftadır geliyorlar ama sen burada olmadığın için eli boş dönüyorlar."

"Çok özür dilerim, ben... unutmuşum."

"Unutmuş musun? Sen mi? Ezgi, sen bugüne kadar hiçbir danışanını unutmadın. Neler oluyor kuzum?"

"Şey... Doktora tezim kafamı kurcalıyor."

"Yine mi aynı konu?"

"Hayır, biliyorsunuz benim önerimi kabul etmediniz. Ben de yeni bir tez konusu arıyorum. Şu sıralar onunla meşgulüm."

"Hımm... Peki dediğin gibi olsun. Fakat burayı da bir daha ihmal etme."

Tülin Hanım, Ezgi'nin cevaplarıyla tatmin olmamıştı. Ondan kuşkulandığı ortadaydı. "Sen bir yerlerde yalan söylüyorsun ama nerede onu bilmiyorum" diye düşündü.

Ezgi, Tülin Hanım'ın odasından çıktığı gibi zaman kaybetmeden ilk hastasını aldı. Fakat üzerinde bir burukluk vardı. Neden olduğunu bilmiyordu. Halbuki terapinin ilk günü gayet iyi gitmişti. Derya, sırrını söyleyebilmişti. Bundan sonrası daha da kolay olacaktı Derya için. Akgün ise hiç olmazsa bir şeyler paylaşıyor, ortama ayak uyduruyordu. Ezgi, onun da diğer hastalarla aynı hızda iyileşmesini umuyordu.

Akşam olduğunda, Ezgi yorgun argın klinikten çıktı. Gün onun için çok yoğundu. Ayrıca zor danışanları olmuştu. "Zor" demek, yüzleşmekten kaçan, tüm savunma mekanizmalarını, yani kalkanlarını seans boyunca indirmeyen ve kendinden olabildiğince az bahseden demekti. Bu tip hastalar, olabildiğince az kelime ve az anlamlı ifadeler kullanarak kendilerini gizlerlerdi. Oysa geçmişin yükleri hayatlarını ve ilişkileri nasıl da etkileyip şekillendiriyordu. Başka bir rahatsızlıkla, başka bir semptomla, fobilerle, panik atakla, obsesif kompülsif bozuklukla ya da daha farklı bir sürü şikâyetle seansa geliyorlardı. Geçmişte tümüyle anlayamadığı, çözemediği, acı veren, değersiz ve yetersiz hissettirmiş ne varsa bunların çoğu zaman farkında bile olmadan, hayatlarında nasıl seçimler yaptıklarını, o duyguları tekrar tekrar onlara hissettirecek insanları nasıl hayatlarına çektiklerini fark etmeden yaşıyorlardı. Çoğu zaman bedenlerinde dolaşan dayanılmaz ağrılar, aşırı mutsuzluk, depresyon bazen madde kullanımı gibi dışarıdan görünen sembol sebeplerle geliyorlardı.

Ezgi arabasını almamıştı. Yürümek, yorulduğu yerde de bir taksiye binip eve öyle gitmek istiyordu. Yine topuklu ayakkabılarıyla yürümeye çalışırken kimseyle göz göze gelmemeye özen gösteriyordu. Tanıdık birilerini görmek istemiyordu. Zihni çok yoğundu. Onları toparlamaya çalışırken, tek istediği şey tek başına yürümekti. O sıra karşısında çatık kaşlı, ama gülümseyen kıvrımlı dudaklarıyla Hasan belirdi.

"Ezgi Hanımcığım, dünyanın en iyi, en güzel psikoloğu, muhteşem insan nasılsınız?"

"Ah! Beni korkuttun Hasan. İyiyim sen nasılsın?"

"Bugün yine harika bir iş çıkardınız. Sizden sonra dağılan hastalar, resmen büyülenmiş gibiydi. Özellikle de Derya Hanım... İçeride olup, terapiyi izlemeyi çok isterdim."

"Umarım istediğimiz sonucu elde ederiz. Bu arada, sen ne yapıyorsun burada?"

"Ha, şey... Alacağım bir miktar para kalmıştı da, onun için geldim."

Ah bu Hasan! Ezgi ile kahve içmek gibi bir şansı olup olmadığını merak ettiği için oradaydı. Fakat Ezgi'nin ne denli yorgun olduğunu görmüştü. Kahve içmeyi teklif etmeye çekindi. Reddedeceği belliydi. En azından bu reddi duymamak adına Ezgi'ye yalan söylemeyi tercih etti.

"Hasan, benim Kenan ile randevum var. Bir hayli de geç kaldım. Bana söyleyeceğin bir şey yoksa gidebilir miyim?"

"Ezgi Hanım, onunla evlenecek misiniz?"

Hasan, sorudan sonra gözlerini dikti. Kendisi bile nasıl bunu sorduğuna hayret ediyordu. Bu, onun sorabileceği kadar yüzeysel bir şey değildi. Zira Ezgi, ilişkisi hakkında kimseyle konuşmaz, bundan hoşlanmazdı bile. Birkaç defa özel hayatını deşmek isteyen gazeteciyi uyarmış, kâr etmeyince de Kenan, hepsini iş bulamaz hâle getirmişti. Gariptir, Ezgi bu soruyu garipsemedi. Sanki Hasan'ın bunu sormasından daha doğal bir şey yokmuş gibi yanıtladı. "Bilmiyorum Hasan. Şu an tek düşündüğüm şey, terapiler. Onun dışında zihnimi meşgul etmek istemiyorum. Şimdi, müsaadenle ben gideyim, olur mu?"

"Tabii Ezgi Hanım. Yarın kaçta açıyoruz depoyu?"

"Saat dokuzda terapi başlayacak. Sen, sekiz buçukta hazırlıkları bitirmiş ol."

"Peki Ezgi Hanım, iyi akşamlar."

Ezgi, geç kaldığının farkındaydı ama yine de yürümek istiyordu. En azından on dakika bile yürüse ona yeterdi. Günün yorgunluğunu üzerinden atması için bu ona gerekliydi. Yaklaşık on beş dakika yürüdükten sonra bir taksi çevirdi. Tabii bu sırada telefonu çalıyordu, ama bakmak istemiyordu. Akşam Kenan ile buluşmak için bile çok yorgunken, kalan enerjisini de telefon görüşmeleri yaparak tüketmek istemiyordu. Sessize almak için telefonuna baktığı sırada arayan kişinin Aslı olduğunu gördü. Hayatında Kenan dahil tek bir kişinin telefonunu açmazlık yapmazdı, o da Aslı'ydı.

Aslı, Ezgi'nin tek dostuydu. Öyle ki her şeyiydi. Ezgi, çocukluğundan beri pek arkadaş edinmezdi. Edinse bile çok kolay dostluklarından sıkılırdı. Onun tek değişmeyen arkadaşı Aslı'ydı. Aslı, Ezgi'nin ilkokul arkadaşıydı. O yıllardan beri birbirlerinden hiç kopmadılar. Aslı'nın bir gözü görmüyordu ve bu yüzden onunla çok sık alay ederlerdi. Bunu ona yapmayan tek kişi Ezgi olduğundan ondan başka bir dost edinme ihtiyacı da duymamıştı. Aslı'nın bir gözünün görmemesi doğuştan değil, ilkokulda yaşadığı bir talihsizlikten kaynaklanıyordu.

Aslı, üç yaşındayken anne ve baba sevgisinden mahrum kalmıştı. Özellikle annesi, iffetsiz bir yaşam tarzına sahipti. Gezmeye, tozmaya düşkündü. İkili ilişkilerinde oldukça rahattı. Evli olmasına rağmen, hoşlandığı erkeklerle cinsel birliktelik yaşamaktan çekinmezdi. Babası da dur durak bilmeden alkol alıyor, geceleri resmen sızıyordu. Onun ayık bir şekilde uyuduğu geceler yok denecek kadar azdı. Baba ve anne hem kızlarına hem de evlerine karşı çok ilgisizlerdi. Öyle ki evlerinde doğru düzgün yemek bile pişmezdi. Aslı, ilkokula başladığında Ezgi ile yakın arkadaş olmuş, tüm bunları ona anlatmıştı. Ezgi, evden kaçırdığı yemekleri Aslı'ya getiriyor, ona bir anne gibi bakıyordu. Öyle ki Aslı'yı yıkadığı, saçlarını taradığı zamanlar bile çok olmuştu. Talihsizliklerin peşini bırakmadığı Aslı, ilkokuldayken yaşıtı bir çocuğun gözüne çatal fırlatması sonucu, bir gözünün görme yetisini tamamen kaybetmişti.

Aslı beş yaşına yeni girmişken, annesi ortadan kaybolmuştu. Babası, karısını bir gün olsun merak edip aramamıştı. Aslı her gece annesinin geri gelmesi için dua edip geldiği hayaliyle uykuya dalıyordu. Annesizliğin üstüne bir de gözünü kaybetmesi, onu iyice içine kapanık biri yapmıştı. Onu ayakta tutan tek şey, Ezgi'nin dostluğu, dostluktan da öte kardeşliğiydi. Aslı'nın hüzünlü ve sert bir yüzü vardı. Bu yüzden insanlar hem onu çok merak eder, hem de olabildiğince uzak durmaya çalışırlardı.

Ailesiz, sevgisiz, kimsesiz Aslı inadına okuluna, derslerine çok çalışmış, başarılı bir eğitim hayatına sahip olmuştu. Liseden sonra yurtdışı eğitim burslarına başvurmuş, sınavları başarılı geçmiş, Londra'da hukuk okumaya gitmişti. Tüm bu sürede Ezgi onu maddi ve manevi hiç yalnız bırakmamıştı. Şimdilerde, Londra'da çok başarılı bir avukattı. İyi bir hayatı, sevdiği bir işi ve sevdiği bir çocuğu vardı. Yedi yaşındaki kızı onun hayat enerjisiydi. Çocuğu, doğduğundan beri bir yığın sağlık sorunu atlatmıştı. O yüzden Aslı ona bir şey olmasın diye resmen gözünün içine bakıyordu.

Ezgi, ürke ürke açtı telefonu, çünkü Londra'da tam yoğun iş saatiydi. Zaten ne zaman Aslı arasa tedirgin olurdu, bir de bu saatte araması endişesini katlamıştı.

"Alo!"

"Ezgim! Nasılsın?"

"Beni boş ver, her şey yolunda mı? Aslım, iyisiniz değil mi?"

"Ben iyiyim ama Meryem biraz hasta!"

Ezgi'nin korkudan elleri titremeye, başı dönmeye başlamıştı. Nefesi daralıyordu. Sanki gök yere inmiş, onu boğmaya çalışıyordu. O sakin, kendine güvenen kadın gitmişti. Tedirgin, eli ayağına dolaşan bir kadın vardı taksinin içinde. "Nesi var?" Ezgi, bunu sorarken sanki son nefesini veriyormuş gibi bütün nefesini dışarı verdi.

"Dur sakin ol! Fena üşütmüş. Ateşi çok yükseldiği için iki gün hastanede kalmamız gerekiyor. Haberin olsun diye aradım."

"Bana doğruyu söyle Aslı!" Ezgi bağırıyor, taksinin içinde tepiniyordu. O dik başlı, soğukkanlı Ezgi gitmiş, arabanın içinde titreyen bir kedi yavrusuna dönmüştü. Onun bu halini gören taksi şoförü de endişelenmişti.

"Ya Ezgi, sakin olsana! Ne oluyor? İyiyiz dedim, bana güven lütfen. Şimdi kapatmam lazım."

"Her aradığımda lütfen aç. Sakın iki çalmayı bile geçmesin."

"Tamam merak etme. Keşke söylemeseydim boşuna telaşlanıyorsun."

Telefonu kapattı ama Ezgi'nin canı çok sıkılmıştı. Eve giderken kendine marketten bir şişe şarap aldı. Ezgi normalde alkol almaz, tadı ona iğrenç ve tiksindirici gelirdi. Gençlik yıllarında birkaç kez marihuana denemiş ama hiçbir zaman devamlı kullanan bağımlı biri olmamıştı.

Evine vardığında ayakkabılarını fırlattı. O sırada aklına Derya gelmişti. Güldü. "Derya bunları görse, kesin kudururdu. Manyak kadın! O kadar temizlik ne için yahu?" Bir süre durdu, böyle düşündüğü için kendinden utandı. Bu düşündüğü şeyi nasıl olmuştu da bir an için bile olsa zihninden geçirebilmişti. Sanki birileri tarafından duyulmuş gibi ağzını kapadı ve kendi kendini azarlamaya başladı: "Ahmak! Kadının çocuğu ölmüş. Ne yapsın ya? Temiz olarak, anne olabileceğini, mikropları öldürerek bebeğinin katillerini öldürdüğünü zannediyor."

Salona geçti, Boğaz köprüsü ve Kız Kulesi manzaralı, geniş ve ferah bir evi vardı. Gelir gelmez hemen o en sevdiği şarkıyı çalmak için iPad'ine yöneldi ve Andrea Bocelli'yi açtı, ama tabii ki ilk önce en sevdiği *Bessame Mucho*'yu... Şarabı acemi hareketlerle açtı ve kendine bir kadeh doldurdu, ilk yudumunda yüzünü ekşitti ama yine de içmeye devam etti. Müziği daha derinlerinde hissediyordu içtikçe, üçüncü kadehine geçtiğinde "Quizas Quizas" çalıyordu. O sırada yatak odasına çıktı. Dolabına yöneldi. Bu gece Kenan ile özel bir gece olacaktı. İnce askılı tek kolu kapalı siyah bir elbise seçti. Siyah elbise, siyah saçları ve beyaz teniyle çok uyumluydu. Elinin tek bir hareketiyle saçlarını topuz yaptı. Yüzünde gündüzden kalan makyaj vardı, oturdu onu sildi. Hiç makyaj olmadan o duru teni, kalın dudakları, her şeyi gizleyebilen mavi gözleriyle ne kadar da güzel görünüyordu. "Güzellik her şeyi gizleyebilir mi? Yetersizliği, acıları, mutsuzluğu tek bir güzel beden kapatabilir mi? Ya da ne kadar kapatabilir?" diye düşündü içinden. Akşam için hafif bir makyaj ve iri inci küpelerle kıyafetini tamamlamayı düşünüyordu. Küçük ama diri göğüsleri kıyafetinin içinden belli oluyordu. Siyah parlak elbisesi ince ve zarif bedenini tamamıyla sarmıştı.

Ezgi, dışarı çıkmak için hazırdı. Aynada kendine baktı sonra kapıya yöneldi ama hemen aynanın önüne tekrar koştu ve yine kendine baktı. Kendi kendine kafasıyla "olur" işareti yapıp yüzünde alkolün de etkisiyle oluşan gülümseme ve memnuniyetle kapıya doğru yöneldi. Üçüncü kadehi de bitmiş, hafif başı dönmeye başlamıştı. O sırada telefonu çaldı. Kenan gelmişti. Hemen ayakkabılarını giydi ve şarabın tesiriyle hafif yalpalayarak aşağı indi, ağzına hemen naneli bir şeker attı. Sonra yeniden durdu. Arkasına baktı. Şarap şişesinde biraz daha içki vardı. Ona doğru uzandı. Tüm şişeyi, bir dikişte içti. Bu yaptığı şey ona çok mantıksız geliyordu ama o şişeyi boş görme isteğine engel olamamıştı. "Keşke," dedi, "biraz daha olsa." Ardından üstünü başını düzeltti. Kendi kendine "Alkol alma isteği, freni patlamış bir aracın içinde son sürat gitmek gibiymiş" diye mırıldandı. Bu söz kafasında yankılanıp durdu. "Bunu nerede duydum ben" diye düşündü. Kapıdan çıkmak istemiyordu. Tek istediği gerisingeri dönüp sabaha kadar içmekti. Bir ara eli saçına gitti. Yaptığı topuzunu bozmak istedi fakat yapmadı, çünkü o an kendisinden başka birinin bedeninde ve zihninde varlığını hissetti. "Kendini kontrol etmek bu denli zor olmamalı" dedi.

Derin bir nefes alıp kapıyı açtı. Kenan arabanın arka koltuğunda onu bekliyordu. Kenan'ın emektar şoförü Cemal Bey, koşarak yan tarafa geçip kapıyı Ezgi'ye açtı. Ama Ezgi sendeleyerek tam yere düşüyordu ki Cemal Bey onu kolundan yakalayıverdi. Bunu gören Kenan da telaşlanıp hemen dışarı fırladı. "İyi misin sevgilim?"

Ezgi gülerek ve hafif baygın gözleriyle "İyiyim, tamam" dedi. Arabaya bindiler ve Ezgi'nin o çok sevdiği otelin çatı katındaki İstanbul manzarasını doya doya görebilecekleri üç ay sonrasına bile rezervasyonları dolu olan restorana gitmek üzere yola koyuldular. Kenan gözlerini Ezgi'den alamıyordu. "Bugün ayrı bir güzelsin. Sadece güzel değil, bakışların, duruşun bir farklı."

Ezgi konuyu değiştirmek istiyordu. Hem Kenan'ın iltifatlarından artık etkilenmiyor, hem de onun bir şişe şarap içmiş olabileceğini sezmesini istemiyordu. "Neymiş bakalım anlatacağın, bu kadar acele ettiğine göre, önemli bir şey olmalı?"

"Anlatacağım hayatım, sabret."

Restorana girdiklerinde başka hiç kimse yoktu. Üç garson yan yana dizilmiş onları karşılamak üzere bekliyorlardı. Bu restoranı ilk defa böyle boş gören Ezgi şaşırmıştı. İçerisi ilk defa loştu, aydınlatmaları değişmişti. Yerlerde ara ara kırmızı kalplerin olduğunu fark etti, bu kalplerin parıltısı onun gözlerini alıyordu. "Ne kadar güzel" dedi Ezgi, "Her yer değişik... Tek biz miyiz?" diyerek kekeledi.

Ortada güzelce süslenmiş masalarına oturdular. Bir taraftan keman çalan bir müzisyen vardı. Ezgi'nin en sevdiği İspanyol ve İtalyan müziklerini çalıyordu. Yanlarına gelen garson, "Ne içersiniz?" dedi. Kenan "Karım alkol kullanmaz ama benim için belki şampanya içer" dedi.

"Ben... Olur, şarap da içerim aslında."

Kenan şaşırmıştı. Bir yandan da sevinmişti. Onun için restoranın en pahalı şarabını istedi.

"Nasıl geçti günün?"

"Çok yorucuydu. Yeni akademik çalışmalarım var. Bir çalışmamı Tülin Hanım onaylamadı ama o iş için elimden geleni yapacağım."

O sırada garson "Şarabı tatmak ister misiniz?" dedi Kenan'a. Ezgi bu sorunun üzerine hin bir gülümseme takındı.

"Hayır, ben tadacağım."

Kenan bir kez daha şaşırmıştı. Ezgi şarabı yudumladı. O an aklına Akgün gelmişti. Onun titreyen ellerini ve "Adını bile hatırlamıyorum" diye bahsettiği ilk oğlunu. Şarabın tadını saniyeler içinde unutmuştu fakat ondan yanıt bekleyen iki kişi vardı. Öyle gelişigüzel yanıt verdi. "Çok güzel, devam edin lütfen."

Ezgi, Kenan ile koyu bir sohbete dalmıştı. Uzun zamandır böylesine güzel muhabbet etmemişlerdi. Onları gören, yeni sevgili olduklarını düşünürdü. Ezgi bu sırada karşı koyamadığı alkol isteğini tatmin etmenin hazzını yaşıyordu. Orada ikinci kadehini içiyordu ama öncesinde bir şişe şarap bitirmişti zaten. Gözü, arada bir şişeye gidiyor, içkiye karşı derin bir açlık hissediyordu. Kenan, bir ara Ezgi'nin elini tuttu. Ezgi şarabını yudumluyordu ki duraksadı, kadehi ağzından çekmeden Kenan'ın eline baktı. Birden gülümsemesi kırıldı.

"Ezgi'ciğim, beğendin mi burayı?"

"Ne dedin sen?"

"Burayı diyorum, beğendin mi?"

"Burayı kim beğenmez ki? Benim de çok sevdiğimi biliyorsun zaten."

"Onu kastetmiyorum sevgilim; şu anki ambiyansı nasıl buldun?"

"Hımm! Hoş... Biraz da romantik. Ne için tüm bunlar?"

Kenan o sırada sandalyesinden kalkıp Ezgi'nin arkasına geçti. Onun omuzlarını tutup biraz bekledikten sonra omzundan öptü. Bu, Ezgi'nin çok hoşuna giderdi. Kenan, Ezgi'nin sol tarafına geçip diz çöktü. Ardından ceketinin iç cebinden bir kutu çıkartıp ona "Benimle evlenir misin?" diye sordu. O an restoranda büyük bir alkış koptu. Garsonlar ve diğer çalışanlar gülümseyerek bu romantik çifte bakıyorlardı. Ezgi ise neye uğradığını şaşırmış, öylece kalmıştı. Kenan'ın evlenme teklifi ona tam bir sürpriz olmuştu. Halbuki Kenan'ın bir ayrılık konuşması yapacağını düşünüyordu.

Ezgi yanıt veremedi. Fakat garip olan bir şey vardı. Ezgi, şaşkınlıktan ziyade öfkeyle bakmaya başlamıştı. Nefes almaları değişmiş, elindeki kadehi parçalamak istermiş gibi avucunda sıkıyordu. Kenan, ne olduğuna anlam veremedi. "Hayatım, iyi misin?"

Ezgi hayretle sağa sola bakındı. O an beyninde şimşekler çaktı. Karşısındaki adam Kenan değildi. Ondan çok başka biriydi ve ona evlenme teklif ediyordu.

"Kenan nerede?" Ezgi "Kenan nerede?" diye bağırmaya başladığında, herkes şaşırmıştı. Ayağa kalktı ve Kenan'ın üzerine yürümeye başladı. "Çocuğumu aldıracağımı zannediyorsan yanılıyorsun. Kimsin sen? Kendini ne zannediyorsun? Çocuğumdan kopmamı istiyorsun? Bu mu senin sevgin?"

Ezgi'nin saçının topuzu açılmış, darmadağın olmuştu. Herkesin şaşkın bakışları içinde hem bağırıyor hem de kadehini sağa sola savurup üzerine şarap döküyordu. Kenan şaşırmış gözlerle Ezgi'ye bakıyordu. "Ezgi, kendine gel. Ne oluyor?"

"Bırak beni. Senden nefret ediyorum, anlıyor musun? Nefret ne, biliyor musun? Mesela şu an üzerine kusmak istiyorum. Benim nefretimin yanında senin, kusmuğumda boğulman bile az kalır."

"Hayatım, sanırım çok içtin. İçki seni biraz çarptı gel otelde odamız hazır, gel."

Ezgi bir taraftan bağırıyor, bir taraftan da topuklu ayakkabılarını çıkarıyordu. Ayakkabısının metal sivri topuğunu Kenan'ın kafasına bütün kuvvetiyle fırlattı. Kenan "Ah!" diye kanamaya başlayan başını tutarken çalışanların şaşkın bakışları içinde çıplak ayaklarla asansöre doğru koştu. O sırada tüm restoran görevlileri Kenan'la ilgileniyor, ne yapacaklarını bilmez halde sağa sola koşturuyorlardı.

Kenan doğruldu ve asansörün kapıları kapanırken Ezgi ile göz göze geldi. Cemal'i aradı. "Ezgi kapıdan çıkacak, hemen onu tut."

Ezgi çıplak ayakları ve incecik siyah elbisesiyle sokağa fırladı. Cemal Bey onu görünce önce bir duraksadı, onu daha evvel böyle görmemişti ve nasıl davranacağını bilemedi. "Ezgi Hanım, durun! Ne oldu? Gelin lütfen, sizi bırakayım. Böyle nereye gidiyorsunuz?"

"Beni bırak Cemal, yoksa polis çağırırım."

Cemal, afalladı. Kenan'ın dediğini yapmazsa, başına gelecekleri biliyordu, diğer yandan Ezgi onu polis çağırmakla tehdit etmişti. Ne yapacağını bilmez bir halde Ezgi'ye doğru adım atıyor, sonra geri çekiliyordu. Cemal kararsızlık içindeyken Ezgi, çıplak ayaklarla koşarak gözden kayboldu.

Biraz sonra Kenan da aşağıya indi. "Ezgi nerede Cemal?"

Kenan, kanla kırmızıya boyanmış beyaz kumaş peçeteyi başına bastırmaktaydı. Cemal ne diyeceğini bilemedi. Korkmuştu. "Efendim, ne oldu size?"

Cemal, konuyu değiştirerek suçunu kapatmaya çalışıyordu. Kenan uzatmadı. Arabanın arka koltuğuna geçti. "Bırak şimdi bunları. Hemen Ezgi'yi bulmalıyız. Çabuk! Ne yöne gittiyse, o tarafa doğru git."

Ezgi'yi yakalayamadılar. Ezgi gözden kaybolmayı iyi biliyordu. Bu onun ustalaştığı şeylerden biriydi.

-8-

Bir davranışı uzun süre yaparsanız ona dönüşürsünüz.
Bir insan ne kadar iyi kavramlara kafa yorar,
okur ve düşünürse, olumlu bir insana dönüşmeye başlar.
Her insan kendi zihnini ve kişiliğini yaratır.

O gece çok soğuktu, ayaz vardı, sert bir soğuk insanın canını yakıyordu. Koşarak giden Ezgi'nin saçları sağanaktan sırılsıklam olmuş, çevredekilerin şaşkın bakışlarını fark etmeyerek içi su dolu çukurcuklara basıp sanki nereye gideceğini bilirmişçesine ilerliyordu. Onu görenler hayretle bakıyordu. Delirmiş bir kadın olabileceğini düşünenler de oldu, alkolü kaçırmış bir sarhoş olduğunu zannedenler de... Ezgi, kimsenin ne düşündüğünü önemsemezdi, bununla ilgilenecek vakti yoktu. Bir açığı, örtbas etmeye çalıştığı hataları ya da milletin diline dolanacak bir yaşantısı yoktu. Bu yüzden insanların olumsuz düşüncelerini hep görmezden gelmişti. Fakat o akşam farklıydı. Tuhaflıklar o gece Ezgi'nin üzerinde toplanmış gibiydi. İç gıcıklayıcı bir elbise, güzel mi güzel bir kadın ama ayakları çıplak ve deli gibi sokakta koşturuyor!

Ezgi'nin bu kadar sene oluşturduğu itibarlı kariyeri, herkesin ona hayran olması, psikoloji alanında fikri sorulacak ilk kişi olarak görülmesi, biriktirdiği her bir anı, her bir emek... Hiçbiri umurunda değildi, hiçbirinin o an bir anlamı yoktu. Sanki bir dehlizde gelişigüzel yürüyor, karşısına çıkacak ışığı arıyordu. Aslında o ışığı bulup bulmaması da çok dert değildi artık, o an Ezgi için zaman, anlamı olmayan sayı dizilerinden ibaretti. Aldığı nefes ona öyle ağır geliyordu ki, canını alacak olsalar, sesi dahi çıkmadan usulca teslim olacaktı.

Çevresindeki ışıklar gözünde bulanıklaşıyorken bir kısmı daha da parlaklaşıyor, diğer tarafları matlaşıyordu. Düşüncelerini bir düzene oturtamıyordu. Zihninde, bölük pörçük bir sürü şey vardı. Anlamsız veya işe yaramaz onca şey... Alkol bu işe mi yarıyordu? Ya da insana bu boşluğu, boşluktaki savruluşu mu yaşatıyordu? İnsanın kaygılarını yok etmeye, korkusuzca kendini, tüm biriktirdiklerini, emeklerini, sakladıklarını, korktuklarını, kaçtıklarını bir anda bir kenara atmaya mı yarıyordu? Ezgi neyin etkisi altında olduğunu bile unutmuştu.

Bir fragman izliyor gibiydi, biraz sonra bitecek ve normale dönecek hayat, diye geçiriyordu içinden. Danışanlarına söylediği sözler zihninde çarpışıyordu: "Hayatta yaşadığımız her anın, o anda hissettiklerimizin ve bu hislerin etkilerinin bir dersi ve bir mesajı var. Bu mesajı ancak berrak ve temiz bir zihinle görebiliriz. İnsan alkol aldığında, uyuşturucu kullandığında zihninin ne kadarı berrak, ne kadarı geçmişin gölgesinden kaçmaya çalışan kararmış körlüklerle dolu olduğunu anlayamaz."

Kafasının içinde sesler uçuşuyordu: "Bunu yenmeliyim, iradem ele geçirmesine izin vermemeliyim, zihnim körelmemeli."

Yere düşecekken, arkasından biri belini kavradı. "Ezgi Hanım, sırılsıklamsınız. Ayakkabılarınız bile yok! İyi misiniz?"

Ezgi hafifçe bedenini sağa doğru çevirerek ona yardımcı olmaya çalışan bu kişiyi tanımaya çalıştı. Bu Hasan'dı. Hasan şaşkınlık içinde sağa sola yalpalayan Ezgi'ye yardım etmeye çalışıyordu. Bir eliyle Ezgi'yi tutmaya çalışırken diğer eliyle de yıllardır giydiği, şişme, sarı renkli montunu Ezgi'ye giydirmek için çıkarmaya çalışıyordu.

Ezgi yana kayan ağzıyla "Sen de nereden çıktın?" diye sordu ve devam etti. "Hasan, kahve istemiyorum. Süslemeli latte de istemiyorum. Hele hele fındık aroması asla."

"Ne kahvesi Ezgi Hanım, unuttunuz mu ben artık orada çalışmıyorum."

"Orada çalışmıyor musun?"

O sırada Ezgi, kendini geriye doğru hafifçe savurdu. Gülmeye başladı. Bu gülmesi, kısa sürede kahkahaya dönüştü. "Hasan, kovuldun mu? İşsiz mi kaldın sen?"

Hasan, Ezgi'yi ilk defa böyle görüyordu. Şaşkındı. Onun söylediklerine de, yaptıklarına da anlam veremiyordu. "Ezgi Hanım, ben sizin yanınızda çalışmaya başladım ya, unuttunuz mu? Kâğıthane'de bir depoda, kliniğiniz var ya."

Ezgi bunu duyunca duruşunu dikleştirdi, kaşlarını çattı. "Allah belasını versin o kliniğin de, oraya gelenlerin de..."

Hasan hayretler içerisindeydi. Çocukcağız, ne yapacağını şaşırmıştı. Ona yardım etmek istiyordu ama Ezgi buna fırsat vermiyordu. "Ezgi Hanım, sakin olun! Her ne olduysa, size yardım edebilirim."

"Ne yapacaksın? Latte sütü... Yok, o değil. Latte süsü mü yapacaksın?"

"Ezgi Hanım..."

Ezgi beynine hükmedemediği gibi diline ve bedenine de hâkim değildi. Ayakta duracak gücü kalmamıştı. Ayrıca cümlenin sonundaki harfleri uzatarak ve alaycı ses tonuyla konuşuyordu.

Hasan, onun koluna girdi. "Ezgi Hanım, gelin sizi eve götüreyim. Orada çalışmadığımı bilmiyor musunuz? Neyse, siz iyi değilsiniz. Eve geçiyordum. Gelin sizi de eve bırakayım ne olur! Sanırım içtiğiniz ya da yediğiniz bir şey sizi etkiledi. İsterseniz hastaneye götüreyim. Belki de size zorla birileri bir şeyler yaptı, bir şeyler içirdi, öyle mi?"

Hasan'ın yüzüne oldukça alaycı bir bakış fırlatan Ezgi elini kaldırdı, Hasan geri çekildi, bir şey diyecek gibi gözlerini ona dikmişti, aniden kendinden geçti, Hasan yere düşmekten son anda kurtardı onu.

-9-

Bazı insanlara her baktığınızda yalnız kalmak için büyük bir istek duyarsınız. Hislerinize güvenin; neşenizi kaçıranlardan, sizi değersiz hissettirenlerden uzak durun.

Ezgi yatağından kalktı. Etraf karanlıktı. Zifiri bir karanlık vardı. Öyle ki kendi ellerini görmeye çalıştı ama başaramadı. Yürümeye başladı. Ne yöne gittiğini, nereye gideceğini bilmiyordu. O sırada bir ağlama duydu. Bu, yeni doğmuş bir bebek ağlamasıydı. "Bu sesin ne işi var burada?" diye sordu. Ezgi yürüdükçe ses yükseliyordu. Anlaşılan o sese doğru ilerliyordu. Az daha yürüdükten sonra üzerinde yuvarlak penceresi olan bir kapıdan sızan ışığı gördü. Bu, eski bir ameliyathane kapısı gibiydi. Onu görünce koşmaya başladı. Fakat hemen durdu. "İyi de, burası neresi? Ben neden buradayım?" dedi. Geri dönmek istedi ama arkası çok daha karanlıktı, korktu.

O kapıya yaklaştığında, duyduğu bebek ağlamasının içeriden geldiğini anladı. Yaylı ahşap, yeşil kapıyı açtığında içeride birkaç kişi gördü. Orası ameliyathaneydi. İçeri girip birkaç adım attı. Karşısında bir kadın, doğum masasında yatmaktaydı. O kadına bakınca "Saçları aynı benimki gibi simsiyah" dedi. Gerçekten de öyleydi. Sonra birden kadının bir eli kucağından kaydı. Onun eline bakınca bir şey dikkatini çekti. Kadının tırnakları yenmiş hatta kanamaya bile başlamıştı. "Bir insan neden bu kadar yer ki tırnaklarını? Neyin öfkesi bu?" dedi.

Ezgi'nin neden orada olduğuna duyduğu merak tırmanıyor, bir yandan da ameliyathanedekileri merak ediyordu. Biraz daha ilerledi. O ilerledikçe, karşısında duran insanların yüzü belirginleşiyordu. Tam o sırada Ezgi "Aman Allahım! Bu olamaz!" diye bağırdı. Bunu duyan ve kucağında bebek olan kadın Ezgi'yi fark etti.

"Kızım, sen mi geldin?"

Ezgi şaşkınlıktan küçük dilini yutacaktı. Kekeleyerek sordu: "Anne! Senin ne işin burada? O bebek..."

"Bak, bu senin bebeğin."

"Benim mi? Nasıl yani?"

Annesine iyice yaklaştı. Yaklaştığında, annesinin yanında Kenan'ı gördü. O an hayrete düştü.

"Kenan, senin ne işin var burada?"

"Bebeğimiz doğdu, hayatım."

"Ne bebeği Kenan? Ne oluyor? O benim değil, bu kadının..." Ezgi, bunu söylerken kafasını kadına çevirmişti ki gördüğü şey karşısında nutku tutulmuştu. "Ama bu... Bu kadın bana tıpatıp benziyor. Nasıl olur?"

Ezgi'nin annesi kızına yaklaştı. "Ezgi, o kadın sensin. Bak bu da bebeğin. Ama çok ağlıyor değil mi?"

"Evet, ağlıyor. Of! Neler oluyor anne?"

"Bebek ağlıyor kızım. Onu susturmalıyız."

Ezgi'nin annesi, ameliyat gereçlerinin olduğu metal kaba uzandı. Onun içindeki bir makası aldı. Ezgi annesini izliyordu. Annesi Ezgi'ye gülümseyerek baktı. Tam o sırada kadın, elindeki makası hınçla kaldırdığı gibi bebeğin gırtlağına sapladı. Bunu gören Ezgi, dehşet içinde dizlerinin üzerine kapandı. "Yapma anne! Bebeğimi almayın benden. Öldürmeyin onu."

Ezgi yerde yalvararak kıvranıyor, annesi ve Kenan kahkaha atıyorlardı. Ezgi çığlık çığlığa kalmıştı. Bir süre sonra sesi azalmaya başladı. Sonra hiç çıkmaz oldu. Bu durum onu daha da korkuya sürükledi. Oradan kaçmak için ayağa kalktı. Fakat kaçmak şöyle dursun, bir adım bile atamıyordu. Sanki onu tutan bir şeyler vardı. Ezgi "Burası cehennem olmalı" dedi. Ve bunu birkaç defa daha tekrarladı. "Burası cehennem olmalı!"

Ezgi gözlerini açmakta zorlanıyordu. Göz kapaklarında tonlarca yük varmış gibiydi. Bu da yetmezmiş gibi bedeni çok hantallaşmıştı. Sanki kafasına biri çekiçle vurmuş gibi yoğun bir ağrı hissediyordu. O sırada bir şeyler mırıldandı. "Burası cehennem olmalı!" Bir titreme aldı vücudunu, bu birkaç saniye sürdü. Durdu ve ardından bir kere daha titredi. Üşümüyordu ama gördüğü şeylerin tesiri, bedenine dahi etki etmişti. Bu titremeler ondandı.

Gözlerine giren ışık canını acıtıyor gibiydi. Başını ellerinin arasına aldığında saçlarındaki nemden yastığın da ıslandığını fark etti. Bir anda irkilerek yataktan doğruldu. Şaşkındı. Az evvel içinde olduğu ameliyathane yoktu. Annesi ya da Kenan da yoktu. O bebeğin ağlamasını da duymuyordu. Zihnini toparlamaya çalıştı. "Kâbus muydu?" diye sordu kendi kendine. Belki de hayatında ilk defa gördüğü şeyin bir kâbus olmasına sevindi. Rüyasındaki o sahneler aklına geldi, ürperdi. Onu bir an evvel hafızasından silmek istiyordu.

Etrafa ve üstüne başına bakınmaya başladı. Üzerindeki dün geceden kalma tek kolu kapalı askılı siyah elbisesi çamur içindeydi. İçinde olduğu odaya bakındı. Küçük bir odadaydı ve gıcırdayan eski yatak, sanki suntadan yapılmış gibi rahatsızdı. Yanında saman renginden biraz daha koyuca renkli komodin, bir bardak su ve küçük bir gece lambası vardı. Odanın sol tarafı kapıya doğru giden küçük bir koridor gibiydi ve o koridoru görmesi için de ayağa kalkması gerekiyordu. Neredeydi? Hiçbir şey hatırlayamıyordu ve dayanılmaz bir baş ağrısı çekiyordu. İnanılmaz susamıştı. Yandaki komodinin üzerindeki suyu aldı ve kafasına dikip bir nefeste içti.

Ezgi, dün akşamla ilgili hiçbir şey hatırlamıyordu. En son üzerindeki kıyafeti giyerken Andrea Bocelli'nin, "Quizas Quizas" adlı şarkısını dinlediğini hatırladı. Sonra evet, Cemal Bey kapıyı açmıştı. Ardından Kenan'ın sesi belirdi: "İyi misin hayatım?" diye soruyordu. Neden ona öyle bir şey sorma gereği duymuştu ki? Sonrasında Kenan ile yemeğe gittiler. Yemekteki sürpriz, garsonlar, hepsini hafif bulanık da olsa hatırlıyordu. Ağzındaki acı tada bakılırsa içtiği şarapları oldukça abartmıştı. "Ama ben hiç alkol içmem ki. Bu acı tat, ağzımı dilimi mayıştıran şeyi ne kadar içtim acaba? Neredeyim ve niye hiçbir şey hatırlamıyorum?" O sırada odanın kapısı açıldı ve içeriye doğru yürüyen ayak seslerini duyunca üzerine yorganı hızla çekti. Biraz sonra karşısında gördüğü tanıdık bir yüzdü. Şaşkınlıktan kekeledi.

"Hasan senin burada ne işin var? Benim burada ne işim var? Ne oluyor Hasan?"

Hasan sakince ve biraz da mutluluğunu gizlemeye çalışarak, sanki destanlardaki o kahramanlardanmış gibi övgüyle konuşup dün gece olanları tek tek anlattı. Ezgi, onun anlattıklarını duyunca olanlara inanamıyordu.

"...sonra siz kucağıma doğru bir anda bayılınca, bayılırken de 'Sakın beni hastaneye götürme, rezil olurum' dediğiniz için sizi evime getirdim."

Ezgi hâlâ kafasındaki puzzle'ın parçalarını birleştirmeye çalışıyordu. O sırada Hasan, kahvaltı tabağıyla geldi. "Buyurun, biraz bir şeyler yiyin Ezgi Hanım, dün gece iyi değildiniz hiç. Midenizde bir şey kalmamıştır. Hazırlıklı olsam size en özel kahvaltıyı hazırlardım ama kusura bakmayın."

"Ah çok özür dilerim Hasan, kustum mu? Ben hiç alkol almadığım için sanırım çarptı beni. Lütfen bu durum aramızda ve gizli kalsın."

"Tabii kimse görmedi merak etmeyin siz. Türkiye'nin değerli bir doktoru, kıymetli psikoloğumuzsunuz. Sizin sırrınız benimle ölüme kadar gidecek, hiç merak etmeyin."

Hasan sanki komutanından emir almış bir askerin ciddiyetiyle konuşuyordu.

"Hasan, saat kaç oldu?"

"07:30."

"Eyvah! Bugün terapi var."

"Ezgi Hanım, isterseniz iptal edelim. Ben danışanlarınızı ararım."

"Hayır, asla! Bunu iptal edemem. Hasan, telefonum nerede biliyor musun?"

"Hayır, çantanız yoktu Ezgi Hanım. Sadece elbiseniz vardı hatta ayakkabınız da yoktu."

"Tamam, Hasan lütfen telefonunu verir misin?"

"Tabii."

Ezgi biraz tedirginlikle Kenan'ın numarasını çevirdi. Kenan'ın "Alo" sesini duyunca önce sessiz bir beş saniye geçirdi. "Kenan ben Ezgi, gelip beni alır mısın?"

"Ezgi sen neredesin? Çıldırdım! Seni nasıl merak ettim, bir bilsen. Herkesi her yeri ayağa kaldırdım, herkes seni arıyor. Ne oldu öyle dün? Neydi bu olanlar? Kafayı yemek üzereyim." Kenan hiç durmadan bağırıyordu. Sesi telefonu patlatacak gibi giderek yükseliyordu.

"Sus Kenan! Gel ve beni al. Şimdi sana konum atıyorum."

Kenan, Ezgi'yi almaya geldi, onun kaldığı yeri ve Hasan'ı gördüğünde öfkesi artmıştı. Ezgi'ye bir şey sormadı. Fakat Hasan'a attığı bakışlar hiç hoş değildi. Hasan, suç işlemiş gibi mahcup olmuştu ama gece Ezgi'nin kahramanı Kenan değil, o olmuştu. Bu da mutluluğunu katlıyordu. Onun sevincine, Kenan'ın bakışları dahi gölge düşürememişti.

Ezgi yolda tek kelime bile etmemişti. Kenan bir şeyler öğrenmek için can atıyordu ama Ezgi'yi de tanıyordu. O an ona sormak, boşuna bir çaba olurdu, bir de Ezgi'nin öfkesiyle karşılaşabilirdi. Kenan, çantasını ve telefonunu getirmişti. Bir an bunların Kenan'da ne işi var, diye düşündü. Ezgi'nin evine geldiklerinde, Kenan da Ezgi ile eve girmek istedi. Ezgi, merdivende durdu.

"Kenan lütfen! Bir duş alıp çıkacağım zaten. Sonra konuşalım, olur mu?"

"Ezgi..."

"Kenan, rica ediyorum."

"Peki, akşam geleyim mi sana?"

"Haberleşiriz."

Ezgi'nin "Haberleşiriz" demesi tamamen kibarlığındandı. Kenan ile birkaç gün görüşmek istemiyordu. Dün gece neler olduğunu bilmiyordu ama çok fena şeylerin yaşandığı ortadaydı. Ezgi, Kenan'ı öpmek istediği sırada Kenan'ın başını fark etti.

"Ah! Başına ne oldu senin?"

"Ne mi oldu? Gerçekten hatırlamıyor musun?"

"Hayır."

"Hayatım, akşam mutlaka konuşalım. Olur mu?"

"Öyle olsun."

Ezgi eve girdiğinde, ayağındaki spor ayakkabıları çıkarıp bir kenara fırlattı. Birkaç adım atmıştı ki durdu. Sonra "Bu pis ayakkabıları nasıl olur da oraya fırlatırım. İğrenç!" dedi ve ayakkabıları kaptığı gibi çöp kutusuna attı. Ellerine iğrenerek baktı. "Ellerim mikrop kaynıyor. Allahım, bu çok mide bulandırıcı."

Üst kata, banyoya çıkacaktı ki bir şey ilişti gözüne. Boş şarap şişesi... Ezgi, ona tuhaf tuhaf bakıyordu. "Bunun ne işi var burada?" Bir an hatırlayamadı. "Eyvah! Eve hırsız girmiş!" Hemen çantasına sarıldı. Cep telefonunu çıkardı. Polisin numarasını tuşlamıştı ki vazgeçti. "Bir saniye... Hırsız olsa, neden şarap içsin ki?" Sonra salonuna baktı. Her şey gayet düzgün ve yerli yerindeydi. Ardından yine zihninde birtakım görüntüler belirdi. On dört ya da on beş yaşlarında beş altı genç, duman altı olmuş bir odada oturmuş, alkol alıp şarkılar söylüyordu. Sonra görüntü değişti. Bir bank ve üzerinde uyuyan bir genç kız gördü. Ezgi iki eliyle kafasını sıkmaya başladı ve bir tane daha: Bu kez kendisini gördü. Bir marketten bir şişe şarap alıyordu. Yerdeki şişeye yeniden baktı. O şişe, Ezgi'nin aldığı şişeydi.

"Bunu ben mi içtim? Fakat nasıl olur? Ben bunu yapmış olamam!"

Midesinin bulandığını hissetti. Yutkundu ama daha fazla dayanamayacaktı. Koşarak merdivenleri çıktı. Banyosundaki klozete kapandı. Kusuyordu. Aklına şarap içtiği geliyor, bu sefer daha da artıyordu bulantısı.

Yaklaşık on beş dakika kustuktan sonra klozetten kalkabilmişti. Elinin tersiyle ağzını sildi.

"Buralar battı. Hemen temizlemeliyim."

Temizlik malzemelerinin olduğu dolaba koştu. Bir şişe çamaşır suyunu aldığı gibi klozeti yıkamaya başladı. Fakat normal bir yıkama değildi bu. Klozet fırçasını deli gibi sürtüyordu. Sanki onunla savaşıyordu. Sifona basıyor ama temiz olduğuna ikna olmuyor, yeniden çamaşır suyu döküp baştan fırçalıyordu. Tam bir saati klozeti yıkamakla geçmişti. Bir ara durdu.

"Eyvah! Terapiye geç kalıyorum."

Hemen duşa girdi. Çıkar çıkmaz saçlarını kuruttu ve aynada kendine baktı. Kirli görünüyordu saçları. Sanki yeterince temizlenmemişti. Saçlarının üzerinde toz birikintilerini görebiliyordu. Hemen kurutma makinesini yana fırlattı ve tekrar duşa girdi. En az altı kez saçlarını şampuanladı tekrar ve tekrar... Sanki ikna olmuyordu temiz olduğuna. Sonra suyun ayarı yanlışlıkla soğuğa geldi. Kafasına ince ince çakıl taşı gibi batıyordu her bir su damlası. Bir anda kendine geldi ve duştan fırladı. Hızlıca giyindikten sonra makyajını da yapıp evden ayrıldı.

-10-

Eğer hep hatalarınıza ve kusurlarınıza odaklanırsanız, sahip olduklarınızın sadece bunlar olduğunu düşünürsünüz. Belki de sahip olduklarınızı küçümsüyor, sahip olmadıklarınızı aşırı gözünüzde büyütüyorsunuzdur.

Depoya girdiğinde onu Hasan karşıladı.

"Herkes geldi mi Hasan?"

"Geldi Ezgi Hanım, içeride sizi bekliyorlar."

"Mehmet Bey de geldi mi?"

"Geldi de, neden özellikle onu sordunuz? Anlamadım."

"Bilmem!"

Ezgi gerçekten neden özellikle Mehmet'i sorduğunu anlayamamıştı ama bu durum Hasan'ın hoşuna gitmemişti. Öylesine bir soruş da olabilirdi bu. Bunun altında bir şey aramak manasızdı ama Hasan'ı huzursuz etmeye yetmişti. Ezgi, vakit kaybetmeden odaya girdi. Danışanlara baktığında, keyfi biraz olsun yerine gelmişti. Özellikle onların yüzlerinin gülüyor olması Ezgi'nin çok hoşuna gitmişti. Herkese tek tek hâl hatır sorduktan sonra ikinci terapilerinin başladığını duyurdu.

"Evet, dün Derya Hanım'ı ve Akgün Bey'i dinledik. Bugün Zozan ile devam ediyoruz. Merhaba Zozan, seni tanımak istiyoruz."

Zozan, iri gözlü, kısa saçlı ve çok zayıf bir kızdı. Onun bu çelimsiz duruşu diğer hastaların dikkatini ilk günden çekmişti. O yüzden konuşmaya başlamadan evvel herkes dikkat kesilmişti. Zozan üzerindeki kazağını çekiştirmeye başladı. Sanki karnını iyice kapatmak istiyordu.

"Ben Zozan Cemaloğlu. Yirmi yedi yaşındayım. Anaokulu öğretmeniyim. Ben, Derya Hanım gibi birtakım şeylerle savaştığım için buradayım. O mikroplarla savaşıyor, ben ise kilolarımla..."

O sırada Akgün Bey kafasını kaldırdı. "Kiloların mı? Genç bayan, ben yanlış duydum sanırım. Biliyorsunuz, aklım pek yerinde değil. Kilolarım mı dediniz siz?"

"Evet, kilolarım. Yani, yaşadığınız şaşkınlığın farkındayım. Ben de biliyorum zayıf olduğumu ama bu bilinç kısa süreli oluyor bende. Her an bundan vazgeçip çok şişman olduğumu düşünebilirim."

Derya'nın kafası karışmış görünüyordu. "Ezgi Hanım, Zozan'ın anlattıklarından bir şey anlamadım."

Ezgi ayağa kalktı. "Arkadaşlar, Zozan anoreksiya hastası, yani o ne kadar zayıf olursa olsun, aynaya baktığında kendisini kilolu görüyor."

Bunu duyan diğer danışan Mehmet gülerek karşılık verdi. "Bunda ne var ki? Bütün kadınlar aynı şeyi yapıyor. Aynanın karşısına geçtiklerinde az biraz fazlalıkları olsa, bunu abartıyorlar."

Ezgi ve odadakiler gülüşmeye başladılar. Kısa süreliğine de olsa odadaki o terapi havası dağılmış, yerini samimi bir ortama bırakmıştı.

"Arkadaşlar, size biraz bu hastalıktan bahsedeyim: Yeme bozuklukları arasında yer alan Anoreksiya nervozayı günümüzde sık sık duymaya başladık. Sanıldığının aksine anoreksiya modern çağın bir hastalığı değildir. Çok geçmiş çağlardan beri bu hastalığın varlığı kabul edilmektedir. Anoreksiya terimi iştah kaybına, nervoza ise duygusal nedenlere işaret etmektedir. Anoreksiya nervozada kişi normal vücut ağırlığına sahip olmayı reddetmektedir. Kişi kilo almaktan çok korkmakta ve kilo veriyor olması bu korkusunu azaltmamaktadır. Kişi, çok düşük kiloda olsa dahi kilo almamak için aşırı bir çaba harcar. Ayrıca kişinin beden biçimini nasıl algıladığıyla ilgili belirgin bir bozukluk vardır. Kadınlarda aşırı düzeyde zayıflama, menstrüasyon dönemlerinin kaybolmasına ya da düzensizleşmesine neden olur. Çok fazla kilo kaybetmesine rağmen kendini normal hatta bazen kilolu görebilir. Hastalar kilo kaybetmek için önce aldıkları gıdaları azaltma eylemine giderler. Ek kilo verme yöntemleri olarak da laksatif veya idrar söktürücü kullanabilirler ya da aşırı egzersiz yapma gibi yöntemler kullanabilirler. Yeme bozukluğu olan hastaların önemli bir bölümü 12-35 yaş arası kadınlardır. Kadınlarda erkeklere oranla yirmi kat daha fazla görünmektedir. Sosyo-kültürel olarak kilo vermenin onaylanması veya zayıf kişilerin daha çok beğenilmesi; mükemmeliyetçi obsesif (takıntılı), özgüveni az, sosyal olarak içe dönük olunması anoreksiyaya yakalanma olasılığını yükselten etmenlerdendir. Bu rahatsızlık psikiyatrinin en önemli ve en acil tedavisi gereken hastalıklarının başında yer almaktadır. Evet, bunu biraz da Zozan'dan dinleyelim."

Zozan, Diyarbakırlı bir ailenin yedinci ve son çocuğuydu. Diğerleri erkekti. Ailenin tek kızı oydu. Baskıcı bir ortamda yetişmişti. Okuması, eğitim alması hatta ve hatta arkadaş edinmesi, onlarla gezmesi dahi yasaktı. Bu yüzden içine kapanık bir kızdı. Evdeyken tek eğlencesi televizyondu. Oradaki dünya, onun hayatı olmuştu. Zozan bir süre sonra kendisine oradakileri idol edinmeye başladı. Magazin programlarında ya da dizilerde gördüğü kadınlar gibi çekici, güzel ve en önemlisi zayıf olmak istiyordu. Kendisi çok kilolu sayılmazdı, balıketi denilebilirdi. Gerçi ergenlik dönemindeki bir kız için bu, gayet normaldi. Fakat Zozan bir süre sonra bunu takıntı haline getirmeye başladı.

Genç kız, önceleri tükettiği temel gıdaları azaltmaya başladı. Ardından televizyonda gördüğü uydurma diyet listelerini denemeye başladı. Başarılı olmuştu. Yavaş yavaş kilo vermeye başlıyordu ama bu, onun için yeterli değildi. Daha fazla ve hızla zayıflamak istiyordu. Artık yeteri kadar gıda almayı reddeder olmuştu. Bu durum bir yıla yakın sürdü ve Zozan kırk beş kiloya kadar indi. Fakat Zozan'ın zayıfladığına inanması mümkün durmuyordu. Bu durumu ailesi pek önemsememişti. Ta ki Zozan bir gün bayılıp da Diyarbakır devlet hastanesine kaldırılana kadar. Oradaki doktor onu tedavi etmek istese de olmadı. Zozan tedaviyi reddetti. Bu arada kilosu düşmeye devam ediyordu. Doktor, aileye kızlarını İstanbul'a götürmelerini söyledi. Aile, önce bunu yapamayacakları söylese de, kızlarının ölümle sonuçlanabilecek bir hastalığının olduğunu duymaları onları endişelendirmişti. Annesi, kızının gözlerinin önünde ölmesine izin veremezdi.

Zozan'ın en büyük ağabeyi İstanbul'da öğretmendi. Çok geçmeden annesi ve babası genç kızı alıp onun yanına gittiler. Kızcağız, ilk tetkiklerden sonra bir psikiyatri hastanesine yatırıldı. Oradaki tedavisi bitince Diyarbakır'a geri döndüler lakin hastalığı tekrarladı. Aile iki ay sonra İstanbul'a döndü ve aynı tedavi yine yapıldı. Bu şekilde tam beş defa İstanbul'a gelip gittiler. Sonunda kızcağız, ağabeyinin yanına yerleştirildi. Burada, biraz daha özgür kalan kız, ağabeyinin de yardımıyla liseyi okudu. Ardından üniversiteyi kazandı. O sıralar rahatsızlığı biraz duruldu. Fakat ne zaman mezun olup anaokulu öğretmenliği yapmaya başladı, hastalığı nüksetti. Artık kendisi de bu durumdan ciddi zararlar görmeye başlayınca, bu hastalıktan kurtulmayı arzular oldu. Ezgi onun imdadına yetişmişti. Belki de o depo, Zozan'ın kurtulması için son kapıydı. O da bu kapıdan içeriye girmekte bir an bile tereddüt etmedi.

Zozan, ona dikilmiş gözler eşliğinde anlatmaya başladı: "Bir kadının zayıf olması, onun güzelliğini artıracak tek şey gibi geliyordu bana. Diyarbakır'da, o küçük evde, dışarıdan kopmuşken, televizyondan gördüğüm şey buydu. Aynaya baktığımda kendimi zayıf görmek istiyordum. Çok şey denedim. Aç uyudum. Annemin yaptığı o harika yemekleri yiyemiyor, yediğimde ise uzun uzun ağlıyordum. Her yemek yediğimde kendime küfürler edip pişman oluyordum. Önüme bir yemek konduğunda, o an açsam "Yersen her şeyi mahvedeceksin!" diyordum. Bu benim için cinayet işlemek kadar kötü bir şeydi. Kilo vermeye başladım ama aynadaki bedenim hiç de öyle durmuyordu. Ellerimin üzerindeki kemikleri görmem gerekiyordu. Gerdanıma baktığımda kemiklerimin sırıtmasını istiyordum. Kemiklerim belirginleştikçe mutlu oluyor, kendimi zafer kazanmış sayıyordum. Tüm bunlar iyi hoştu da, sağlığım iyiden iyiye bozulmaya başlamıştı. Sürekli başım dönüyor, ellerim uyuşuyor ve bayılmalarım oluyordu. İlk hastaneye kaldırıldığımda, kandaki değerlerim yetersiz çıkmıştı. Bir süre tedavi gördüm. Hatta birkaç kere hastanede yatarak tedavi gördüm. Fakat zayıf olma isteğim ve yemek yemeyi reddetmelerim düzelmedi. Şimdilerde kendimi gerçekten kötü ve sağlıksız hissediyorum. Günlük işlerimi dahi yapamıyorum. Sonuç olarak, işte buradayım."

Ezgi, Zozan'ı dikkatle dinledi. Dinlemekten çok, dalıp gitmiş gibiydi. Öyle ki genç kız konuşmasını bitirmesine rağmen Ezgi ona bakmaya devam ediyordu. Bakışları, yumuşaktı fakat sanki kızın üzerinden bir şeyler anımsamaya çalışıyormuş gibiydi. Sonra birden kendine gelip "Evet" dedi ve konuşmasına devam etti. "Arkadaşlar, sizce güzellik nedir ve bir ölçüsü var mıdır?"

İlk Derya söz aldı. "Temiz olan her şey güzeldir. Ya da, evet, kirli olan da güzeldir. Misal, heykelleri yontan ya da çamura şekil veren sanatkârlar... Kirleniyorlar ama o kirin içinden muhteşem şeyler çıkartıyorlar. Şimdi aklıma, tamirhanedeki ustalar ve çıraklar geldi de; onlarsa bozuk olan arabaları tamir ediyorlar. Yine güzel bir şey çıkartıyorlar. İnşaat işçileri veyahut da çöpçüler, onlar da hep elleri yüzleri kirli fakat harika işler ortaya koyuyorlar."

Ezgi biraz düşündü. "O zaman, güzel bir şeyi ortaya koymak için evvela kirlenmek mi lazım?"

Akgün: "Bence güzellik, kişisel ve hatta özgün bir kavramdır. Benim için bulanık zihinden daha güzeli yoktur. Arkadaşımız, çok zayıf olmayı güzellikle bağdaştırmış fakat ben hayatım boyunca çok zayıf kadın ya da erkekleri çirkin, itici buldum."

Mehmet: "Güzellik, senin bakış açındır. Çirkin ya da kötü olana karşı senin bakış açın, o şeyi güzelleştirebilir. Tabii güzellik algısı da değişkenlik gösterebilir. Ben, bugün güzel bulduğum şeyi yarın çirkin bulabilirim. Ayrıca bunun yalnızca benimle alakalı bir şey olduğunu düşünmüyorum. Örneğin Japon kadınlarda çarpık dişler yine Japon erkeklerine güzel gelirken, Türk erkeklerinin o kadınları çekici ya da güzel bulduğunu düşünmüyorum."

Ezgi: "O zaman diyebiliriz ki güzellik kültüre, cinsiyete, sosyal yapıya ve eğitime göre değişkenlik gösterebilir. O zaman neden dünyaca belirlenmiş beden ölçülerine sahip olmayı güzel olmak addediyoruz?"

Derya: "Ezgi Hanım, burada etkin faktör medyadır. Dizilere, filmlere bir bakın. Hangisinde şişman bir kadın ile kel bir erkeğin büyük aşkı konu ediliyor ki? Bu durumu sindiremesek de bizim yaptığımız, sürüye uymak."

Ezgi, bu şekilde herkesin katılım gösterdiği bir terapiyi organize etmekten gurur duyuyordu. Onun için güzellik algısının ne olduğu bilinmez ama o an, onun için güzel olan tek şey, terapinin böylesine muhteşem gitmesiydi.

İkinci seansın ortalarına yaklaşılmıştı. Herkes kaygılardan, korkulardan, küçük yaşlarda nelerden korkmuş olabileceklerinden bahsediyordu. Korkuları paylaşıyor olmak çoğu zaman o korkuları azaltan, başkasında gördüğümüzde daha kolay çözülebilir hale getiren bir eylemdi.

Ezgi, iki seansı da yalnızca danışman-danışan prosedürü bağlamında yapmıyor, danışanlarına her şeyi bir bir anlatıyordu. Bu, dışarıdan bakan için sıkıcı ya da yersiz görünebilirdi fakat oradaki beş kişi, Ezgi'yi can kulağıyla dinliyorlardı.

"Korku; gerçek veya beklenen bir tehlike ile yoğun bir acı karşısında ağız kuruması, kalp ve solunum hızlanması, nefesin kesilmesi, kasların kasılması veya daha karmaşık fizyolojik değişimlerle kendini gösteren duygudur. Korku, genelde belirli ve bilinen somut durumlarla ve tehditlerle ilgilidir. Oysa kaygı, gelecekte tehlikeli bir şeylerin olabileceğine dair bir belirsizlik duygusudur. Hayatımız boyunca korku ve anksiyete, önümüzde bir duvar engeli olarak görülür ve bu duyguların üstesinden gelebilecek olan tüm çabamız bize sanki zorlama veya boş görünebilir. Gerçekten hayatını kaygı ve korkuları yüzünden çok kısıtlı geçiren insanlar var. Aslında farkında olmasak da, erken yaşlardaki tecrübelerimizin ve baskılarımızın, nasıl bizi etkilediğini ve yönettiğini fark edemeyebiliyoruz. Çocukluğunuzdan şimdiki halinize kadar hayatınızın farklı dönemlerinde sizi endişeli ve güvensiz hissettirmiş olan durumlara bakın. Ortak olan bir şeyler olduğu dikkatinizi çekti mi? Birbirinden farklı ve ilişkisiz olaylar gibi görünen durumlara aynı düşüncelerle, duygularla ve davranışlarla tepkiler verdiğinizi fark ettiniz mi?"

O sırada Akgün, önce diğerlerine baktı. Bir şey söyleyeceği belliydi. Ezgi, başıyla ona söz verdi.

"Benim de korktuğum kaygılandığım çok fazla şey var. Mesela, köprüden geçerken çok korkarım."

"Neden korktuğunuzu hiç düşündünüz mü Akgün Bey?"

"Bilmiyorum, aslında sanırım biliyorum; çünkü babam, şey... O, köprüde arabayı kenara çekip yirmi yıl önce intihar etti. Babama çok düşkündüm. Benim kıymetlimdi. Ama o en çok, en başarılı olanımıza yani ağabeyime düşkündü. Ağabeyimde her zaman her işi çekip çevirecek güç, atılganlık ve zekâ vardı. Mantığı ve yaratıcılığıyla her şeye çözümler bulabiliyordu. Ben ise ailenin en duygusalıydım. Babamdan ya da annemden gelebilecek sevgi kırıntısı için gözlerinin içine bakardım. Anne ve babam bensiz seyahate gittiklerinde kapıda onları beklerdim. Yemek yemezdim ve hastalık numarası yapardım. Ağabeyim ise hiç umursamaz, harıl harıl ders çalışmaya devam ederdi. Ben onlar yokken okula bile gidemezdim. Babamı kaybettiğimde iflasın eşiğindeydik ve babam onun için kendini öldürdü. Çalışmaktan, iş hayatından ölesiye nefret ettim ve belki de kendimi sabote etmek için hep alkol aldım. İçtim işe gidemedim, sarhoş oldum toplantıları iptal ettirdim. Tabii ağabeyim bu halimi gördükçe artık bana hiç sorumluluk vermemeye başladı. Ben de alkole daha çok sığındım, daha çok sorumluluktan kaçtım. Çünkü sorumluluk benim hayatta en çok sevdiğim insanın ölmesine sebep olmuştu."

Akgün nefes almakta zorlanıyormuş gibi oldu ve bir eliyle de sanki çok büyük bir ağrı çekiyormuş gibi göğsünü tuttu. Yüzü küçük olan Akgün'ün sadece yüzü değil sanki bedeni de ufaldı ve suratındaki her bir çizgi daha da derinleşti. Neyse ki kendisini toparlayabildi. "Ve... yani... bu kadar." Akgün'ün gözleri dolmuş, kafasını da yere eğmişti yine.

Derya bir anda söze girdi. "Ben hiç alkol kullanmadım ama alkol kullanan biriyle yaşamak nedir, çok iyi biliyorum. O yüzden ne kadar zor bir şey olduğu konusunda Ezgi Hanım'a katılıyorum. Ama hayatımda ilk kez bir alkol kullanıcısına üzüldüm, o da Akgün. O kadar zayıf ve çaresiz görünüyordu ki bilmiyorum yani bir kararsızlığa düştüm. Bazen nefret ediyor olmanın, bir insanı daha da tutsak haline getirdiğini düşünüyorum. Affedememek belki de hapishanede kalmak gibi bir şey. Affetmek, kırgınlığın, kızgınlığın, incinmişliğin tutsaklığından özgürlüğe çıkmaktır. İnsan önce kendini affetmeli, çünkü başkasına kızarken, haksızlığa uğradığında, mutsuz hissettiğinde aslında kendini de hapsediyor. Başkalarından nefret eden bir insanın kendinden nefret etmemesi mümkün değil. Mutsuzluğa, nefrete, çaresizliğe, sevmemeye, sevilmemeye tutsak oluyor. Affetmek aslında kaybettiğiniz gücü bir anlamda yeniden kazanmaktır. Affettiğinizde bir nefrete son verirsiniz ama hayatınızın daha sağlıklı ilk dönemi başlar. Geçmişten alacağınız dersi alın ve geçmişi öldürün çünkü geçmiş zaten ölüdür. Ben daha önceleri obsesif kompülsif yani takıntı hastalığından tedaviye başvurdum ve aslında ilaç tedavisi takıntılarımı azaltmıştı ama sonra bir terapistten bu konuda terapi almaya başladım. Orada asıl olayın kirlilikle ya da bebeğimi kaybetmeme sebep olan enfeksiyonlara açtığım savaş değil, annemle savaş olduğunu öğrendim. Çünkü ben evlatlıktım ve beni evlatlık veren annem ise tam bir faciaydı. Ben onu bulduğumda pavyonda çalışan alkolik bir kadındı. Onu daha görmeden ondan nefret etmiştim. Sonra ilk karşılaşmamız, bana davranışı ve çalıştığı yerde gördüklerimden sonra nefretim daha da arttı. Sadece ondan değil alkolden, kolayca hamile kalan kadınlardan, anne vasfı taşımadığı halde sanki eşya doğurup satarmış ya da verirmiş gibi başından defeden vicdansız lanet olası her kadından nefret ettim."

Diğer tüm danışanlar şaşkınlıkla onu dinliyordu. Ezgi bile Derya'nın bu itirafı karşısında şaşkındı. Sonra gözyaşlarını silerek burnunu art arda çektikten sonra devam etti Derya. "Terapide çok şey öğrendim, evet bu benim aşırı temizlik ve titizlik takıntımın aslında hayatımın bir kamuflajı olduğunu öğrendim. Neden ben devamlı temizlemeyle uğraşıyordum? Neden hep pis olduğumu düşünüyordum? Çünkü ben pis, değersiz olmasam annem beni severdi ve başkasına vermezdi. Beni bir pislikmişim gibi başından atmazdı. İşte ben anneme kızdığımı sanırken hep kendime kızdım. Anneme pislik derken kendimi pislik gördüm."

Hıçkırıkları kelimelerine karışıyor sanki bu hızlı akışa o da şaşırıyordu. "Affetmek yapılan bir hatayı unutmak değildir. Yapılan hatanın sizde yarattığı acıdan kurtulmak için adım atmaktır. Affetmek, o kişiyle ilişkinizi devam ettirmeniz gerektiği anlamına gelmez. Bundan sonraki hayatınıza onsuz devam edecek olsanız da ona karşı hissettiğiniz ve olumsuzluğuyla içinize kadar işleyen o boğucu hissiyatı üzerinizde taşımamak ve özgürleşmek için affetmek gerekir. Akgün Bey'in anlattıklarından sonra yaşadığı şeylerin onu alkole ittiğini gördüm. Bireysel terapilerde annemi affedemedim ama şimdi anne; bana bok gibi davransan da, çöplükmüşüm gibi beni sokağa atsan da seni affediyorum. Çünkü ben artık bu hastalığı taşımak istemiyorum. Senin yükünü, pis enerjini de istemiyorum."

Derya'nın gözlerinden yaşlar o kadar hızlı akıyordu ki, Ezgi'nin aklına küçükken seyrettiği animeler geldi. Oradaki karakterlerin gözlerinden yaşlar çeşme gibi fışkırıyordu ve çocuklar bu hali komik buluyordu. Bunu bilerek isteyerek hatırladı Ezgi, yoksa Derya'ya üzülmeye, terapinin kontrolünü kaybetmeye başlayacaktı.

Ezgi "Lütfen bir on dakika ara verelim" dedi ve koşar adımlarla portatif tuvaletin içine girdi. Eli kalbindeydi, aynaya döndü. Gözleri hafif kızarmış sanki berraklığını kaybetmişti. Gözlerini, mavi yerine gri görüyordu. Üzüldüğü zaman göz rengi de değişirdi Ezgi'nin. Hüznün rengi sanki ilk önce gözlerine vururdu. Hüzünleniyor olmak, acıyor ya da üzülüyor olmak şu anda hiç istemediği bir şeydi.

O bunları düşünürken kapıyı Mehmet çaldı. "Ezgi hanım iyi misiniz? Yirmi dakika oldu, içeridesiniz. Terapiye devam etmeyecek miyiz?"

"Hayır, bugünlük bu kadar yeter. Terapiyi kapatma konuşması yapamayacağım. Biraz rahatsızlandım. Haftaya görüşmek üzere... Lütfen diğerlerine de iletin."

Mehmet sessizleşmişti. Ezgi'nin kendini iyi hissetmediği ortadaydı. "Tabii ben iletirim merak etmeyin. Yardım edecek bir şey var mı?"

"Yok, çok teşekkür ederim."

Ezgi, elleriyle lavaboyu tutuyordu. O sırada gözlerini aynadan ellerine kaydırdı. Ne kadar da çirkin ve kaba elleri vardı. O an, geceki kâbus aklına geldi. Halbuki gün boyunca bunu hatırlamaması gerektiğini kendine telkin etmişti. "Kontrol edemiyorum!" diye mırıldandı. "Artık düşüncelerimi kontrol edemiyorum. Bu, benim felaketim olur. Ezgi, kendine gel ve ne yapman gerektiğini, ne için burada olduğunu, o insanları neden buraya topladığını unutma."

Gözü hâlâ ellerindeydi. Beş yaşından beri tırnaklarını yiyordu. Gerçi şimdi protez tırnaklarla elleri biraz kamufle oluyordu ama iri kemikli, kuruluktan kırışık olan elleri çoğu kadınınkinden hatta erkeğinkinden bile çirkindi. Tabii kendi kusurlarını görme seansı burada bitmiyordu. Yine eli, yanık koluna gitti.

Onu okşayıp yaraya uzun uzun baktı. İnceledi. Dalgalı derinin üzerinde gözlerini iyice gezdirdi. Bunu yaparken tam da o anı, yani kolunun yandığı o günü görüyordu. "Gerçekten hata bende miydi?" diye sordu. Ardından, o gün onunla ilgilenmemek için yırtınan annesinin surat ifadesini anımsadı.

Ezgi, o gün gelen komşulardan biraz rahatsız olmuştu. Ne annesinin ne babasının kalabalık bir soyu yoktu. O yaşına kadar gördüğü insanlar iki elin parmağını geçmezdi. O gün eve toplaşan komşuları onu seviyor, gelen geçen yanağından makas alıyor, ona iltifat ediyorlardı. Ezgi bunlardan pek memnun kalmadı ve annesinin resmen bacağına yapıştı. Ağabeyi ona göre daha bir başına buyruktu. Hemencecik odasına kapanıp işin kolayını bulmuştu. Ezgi'nin bu amansız sığınmasından bunalan annesi, ona "Bugün beni rahat bırak!" demişti. Bunu, kaşlarını çatarak ve dişlerini sıkarak söylemesi, o yaştaki Ezgi'yi biraz ürkütmüştü. Annesinin dediğini yapıp onun yanından ayrıldı. Salonun bir yanında sus pus otururken, komşu çocuklarından biri onun yanına gelip oyun oynamayı teklif etti. Ezgi bu teklifi geri çevirdi. Eh, çocukluk işte; bunu duyan komşu çocuğu Ezgi'yi itti ve kaçtı. Ezgi, buna fena kızdı. Kızın peşine düştü. Diğer çocuklar, o sırada ebelemece oynamaktaydı. Ezgi ve o kızın da aralarına katıldığını düşündüler; çünkü koşturmaları onu anımsatıyordu. Ezgi'den bir ya da iki yaş büyük başka bir çocuk peşlerinden mutfağa kadar koştu, Ezgi'yi sobelemek için onu itti.

Ezgi, o anı düşününce lavaboda çığlık attı, yeniden canı yanmıştı. Sonra aynaya baktı ve "Hayır" dedi. "Hayır, hata bende olamaz. Ben daha ufacık bir çocuktum. O gün olması gereken annem benimle ilgilenmesiydi. Hepsini geçtim, onca çocuğun olduğu yerde, o kadar misafirin geldiği bir zamanda süt kaynatmak akıl işi miydi? Elbette değildi. Bu... Bu hata benim değil; bu büyük hata annemin! Onun sorumsuzluğunun cezasını ben çektim. Onca zamanımı acı içinde, hastanelerde geçirdim. Kim yüzünden? Annem yüzünden. Ne kadar da sorumsuz bir kadın!"

Ezgi kin dolu gözlerle bakıyordu. Bir ara bakışları yumuşadı. Gözlerini bir bulut tabakası kaplamış gibi ağır ağır kapattı. Sonra aynaya arkasını döndü. Kolunu kapattı ve bu defa kendine yüklenmeye başladı. "Aslında, bu bir hata ya da bir dalgınlıktı. Belki de bu şey her halükarda olacaktı. Anneme yüklenmem boşuna. Ben, kusurlu olmalıymışım. Kendimden iğrenmem istenmiş. Öyle de oluyor zaten. Bu şey, kadercilik mi? Hayır, ben kaderci değilim ama olması gereken şeylerin de eninde sonunda gerçekleşeceğini biliyorum. Bu olacaktı. Ben, bir lekeyle yaşayacaktım. Kolumda, kocaman bir süt lekesi ile yaşamak... Bu hissi kimse bilemeyecek." Ezgi koluna bir kere daha baktı ve "Beni öyle utandırıyorsun ki!" dedi. "Süt lekesi, süt lekesi" diye bağırdı.

Mehmet gittikten sonra içeriden konuşma sesleri duyulmaya başlandı. Ezgi kulağını kapıya dayadı. Danışanların aralarındaki fısıldaşmalar oradan duyuluyordu. Herkes, onun iyi olup olmadığını merak ediyordu. Ezgi'nin bir anda içi sızlamıştı. Umulmadık bir haber almış gibi hissediyordu.

"Neden beni bu kadar merak ediyorsunuz? Benim iyi ya da kötü olmam neden umurunuzda? Daha kaç gün oldu tanışalı? Neden bana bunu yapıyorsunuz? Neden işime taş koyuyorsunuz? İyi değilim ben, tamam mı? Hem de hiç iyi değilim."

Sesler tamamen kesilince tuvaletin kapısını açtı. Hasan onu beklemekteydi. Hasan'a "Gidebilirsin" deyince, çocukcağızın gözü arkada kala kala ayrıldı oradan. Ezgi ellerine baktı tekrar. Ardından üstüne başına ve yerlere...

"Her yer ne kadar da pis ve tozlu."

-11-

Sadakat gri olmaz; ya siyahtır ya da beyaz. Çok sevdiğinizi söylediğiniz birini aldatmanın, çok sevdiğinizi söylediğiniz birini dolandırmaktan pek bir farkı yoktur. İkisi de bir hata değil, size güvenen birinin kalbini bile bile kırmayı göze aldığınız bir seçimdir.

Kenan kapıyı çaldığında Ezgi uyumaktaydı. Zilin sesini duyunca açmak istemedi. Yatağından çıkmak istemiyordu. Fakat zil susacak gibi değildi. Bıkkın bir hâlde aşağıya indi ve kapıyı açtı. Karşısında görünce akşam Kenan'ın geleceğini hatırlamıştı.

"Sen mi geldin?"

"Beni beklemiyor muydun?"

"Üzgünüm, uyumuşum."

"Beni içeri almayacak mısın?"

Salona geçtiklerinde Ezgi gözlerini açmakta zorlanıyordu. Kenan evvela ona sarıldı. Ezgi bu sarılmanın kısa sürmesini umuyordu zira Kenan'ın ona dokunması Ezgi'yi cezbetmiyordu. Ezgi, Kenan'dan ayrılıp ona kahve içmek isteyip istemediğini sordu.

"Kahve içmeye değil, seninle konuşmaya geldim. Dün geceki çocuk mevzusu neydi?"

Ezgi, bu sorunun üzerine yüzüne soğuk su çarpılmış gibi ayıldı. "Ne çocuğu?"

"Bilmiyorum hayatım, ben de sana soruyorum. Dün akşam sana evlenme teklifinde bulundum. Fakat sen bağırıp çağırmaya başladın."

Kenan geceyi tüm detaylarıyla anlatmaya başladı. "Dün seni almaya geldim, daha arabaya binerken bir sorun olduğunu anladım aslında. Yalpalıyordun. O çok sevdiğin mekânı kapatmıştım senin için. Arabaya bindik, oraya gittik. İçeri girerken fark ettin sanki bir şey olacağını. Tıklım tıklım olan mekânda kimse yoktu. Ortada sadece bir masa vardı. Bütün mekânı senin için süslemişlerdi. Masamıza geçtik. Beni çok şaşırtan bir kararla içki içmeye başladın. Şarap istedin ve hızlı hızlı içtin. Müzik çalıyordu etrafımızda, sana bütün bunları beğenip beğenmediğini sordum, 'hoş, romantik, niçin bunlar' dedin. Kalktım, sana evlenme teklif ettim. Ondan sonra sen dondun kaldın. Bana bağırdın, çocuk dedin, Kenan nerede dedin, sen de kimsin dedin, ayakkabını kafama fırlattın ve kaçıp gittin. Neler oluyor Ezgi? Ne çocuğu?"

Ezgi ayağa fırladı. "Bu şeydir... Ben, bu aralar... Dedim ya canım, işte yoğunluk falan... Her zamanki öfke patlamaları işte!"

Ezgi paniklemişti. Kenan, Ezgi'nin bu durumuna bir anlam veremedi. Kenan'ı bir şeylere inandırmak Ezgi için oyundan farksızdı fakat o an öyle endişelenmişti ki, Ezgi'yi tanımayan biri bile onun bu halinden rahatsız olabilirdi. Kenan, ona soracaktı ve bu şey kaçınılmazdı. Ezgi bunun önüne geçmeliydi. Kenan tam konuşmaya başlamıştı ki Ezgi onun dudaklarına yapıştı, deli gibi öpüyordu.

Kenan, Ezgi'yi yumuşak bir şekilde geri itti. "Sevgilim, bir şey soracağım ama bana..."

"Hayatım, boş ver. Bu akşam bir şey konuşmak istemiyorum."

Ezgi ellerini Kenan'ın vücudunda tutkuyla dolaştırıyordu. Bir yandan da onun ceketini çıkarıyor, gömleğinin düğmelerini açıyordu. Kenan onun bu isteğine kayıtsız kalamadı. Ezgi'nin bedenine hayranlığı, onun bu çekime kapılmamasını imkânsız kılıyordu. Ezgi öpüşmesine ara verdi ve birkaç adım geri çekildi. Ağır ağır üzerindekileri çıkarmaya başladı. O soyundukça Kenan kendinden geçiyordu. Ellerini Ezgi'ye uzattığında, Ezgi hınçla onun ellerini itekledi. Sinsi bir gülüşle Kenan'a yöneldi. Onun kemerini yavaşça çözdü ve dudaklarını Kenan'ın kaslı karnında ve kasığında dolaştırmaya başladı. Kenan parmaklarını Ezgi'nin saçlarına doladı ve onu sertçe kendisine çekip oturdukları kanepenin üzerine yatırdı.

"Senin için ölüyorum!" Kenan, Ezgi'nin kulağına hayranlığını fısıldıyordu. Ezgi, Kenan'ın tutkusunu gördükçe daha da yükseliyordu. Kenan önce boynunu ardından göğüslerini öpmeye başladı. İkisi de, şehvetin kollarına bırakmışlardı kendilerini. Uzun uzun seviştiler. Kenan'ın Ezgi'nin vücudunda dolaşan elleri, Ezgi'yi uzun zamandır hiç olmadığı kadar keyiflendiriyordu. Biraz sonra ikisi de tamamen çıplaktı. Birbirlerine karışan nefesleri, ikisini daha da tahrik ediyor, arzuları doruğa tırmanıyordu.

O an mükemmeldi. Ezgi aldığı zevkten sarhoş olmaya başlamıştı ki zihni, bu muhteşem ana gölge düşürmüştü. Bir arabanın içinde sevişen iki kişiyi gördü. Sarışın genç bir erkek ve ondan çok daha küçük bir kız vardı. Kız, üç kere tekrarladı: "Yapma! Yapma! Yapma!"

O sırada Kenan'ın sesi Ezgi'yi kendisine getirdi. "Nasıl yani?"

"Ne?"

"Yapma diyorsun, neyi yapmayayım?"

"Ben mi dedim onu?"

Kenan, Ezgi'ye tuhaf tuhaf bakıyordu. Sonra onun üzerinden kalktı. İç çamaşırını ve pantolonunu giyip Ezgi'ye kıyafetlerini uzattı. "Sevgilim, benimle ilgili bir sorun mu var?"

"Ah! Hayır, biliyorsun sana bayılıyorum."

Ezgi, belki de bir tek yatakta Kenan'a bayılıyordu. Kenan, ona ne kadar özel ve güzel olduğunu hissettirmeyi iyi biliyordu.

"Bilmiyorum, uzun zaman sonra sevişmeye başladık ve sen yapma dedin."

"Ben... çok özür dilerim, o an başka bir şey düşünüyordum."

"Başka bir şey mi? Benimle seks yaparken başka bir şey mi düşünüyordun? Sana inanmıyorum. Bu dediğin şey hakaretten farksız."

Ezgi özrünün kabahatinden beter olduğunu anlamış ve çok utanmıştı. Durumu toparlamak için her zamanki gibi ustaca bir yalan söylemesi gerekiyordu. "Kenan, sen beni yanlış anladın. Seninle uzun zaman sevişmedik, tamam. Fakat bu yüzden erken orgazm olacaktım. O yüzden başka şeylerle ilgimi dağıtmak istedim. Bilirsin işte, o an erken olsun istemiyorsan bunu yaparsın."

Kenan'ın tavrı yumuşamaya başlamıştı. Ezgi, kollarını onun boynuna doladı ve kısık bir ses tonuyla son vuruşunu yaptı. "Hem, bunun suçlusu ben değilim, sensin. Bu kadar harika bir fiziğe sahip olup aynı zamanda bu denli muhteşem sevişen bir erkeğin kollarında kendimi tutamıyor olmam benim hatam olamaz."

Ezgi yine yapacağını yapmış, Kenan'ı tavlamayı başarmıştı. Kenan, üzerini giyindikten sonra saatine baktı. "Hayatım, benim gece uçağım var."

"Öyle mi? Nereye gidiyorsun?"

"New York'ta bir toplantım var. Sabah erken bir saatte ve geceden gitsem iyi olur. Biraz dinlenmiş olurum."

"Kaç gün kalacaksın?"

"Aslında üç gün orada olmam lazım ama daha erken gelmeye çalışacağım."

"Peki, sana iyi yolculuklar."

"Aslında, senin de benimle gelmeni isteyecektim. Sana da iyi gelirdi. Hem, bir hafta kalırız, tatil sana iyi gelir."

"Ah, mümkün değil. İşlerin bu aralar çok yoğun. İstanbul'dan ayrılamam."

"Peki, öyle olsun."

Kenan gittikten yaklaşık bir saat sonra duşa giren Ezgi, son zamanlar kendisinde olan değişikliği, tuhaflığı düşünmeye başladı. O kesitler, duygusal devinimler, alkol alması, Kenan'a yaptıkları ve nicesi... Sanki kendisini kontrol eden başka bir güç varmış gibi hissediyordu. O, böylesi bir dengesizlikten nefret ederdi. Duygularını kontrol altına alamamak, onu fikirsel ve ruhsal açıdan zayıflatıyordu.

Duştan çıktıktan sonra yatak odasına gitti. Dolapta saklanmış eski küçük bir sandığın içinden deri kaplı bir defter çıkardı. Defteri de alıp yatağının kenarına oturdu.

"Seni asla açmamam lazım, hatta yakıp kül etmem lazım. Fakat yapamıyorum."

Birkaç dakika defterin kapağını okşadıktan sonra eli titreye titreye rastgele bir sayfa açtı.

"Tanrı, Erol'u yaşadıklarıma karşı sus payı olarak vermiş olmalıydı!"

İlk cümleyi okur okumaz dehşetle gözlerini kırpıp defteri derhal kapattı ve sandığına geri koydu. Ezgi'nin o sırada cep telefonu çalmaya başladı. Aslı'nın arıyor olabileceğini düşünüp koşarak salona inip telefonuna sarıldı. Fakat tanımadığı bir numaraydı. Aramayı reddetti. Salonun ortasında bir ileri bir geri dönmeye başladı. Bir yandan da "Fakat bu nasıl olur?" diye soruyordu. Çok geçmedi, bu dolanması hızlandı. Sanki çok büyük bir hata yapmış gibiydi. İki eliyle kafasını sıkıp "Neler oluyor sana? Neler çeviriyorsun?" diye kendine sordu. Kafasına sormak, pek de normal bir davranış olmasa da, Ezgi'nin bir yerlerde hata yaptığı ve bunun da iradesi dışında olduğu belliydi.

"Tabii ya... Kenan'ın evlenme teklif ettiği gece ben kendimden geçtim. Erol... Of! Allahım, çıldırmak üzereyim."

-12-

Çocukluğunuz sırtınızda bir kamburdur.
Çocukluğunuz ne kadar travmatik ve zor ise sırtınızdaki kambur o kadar büyük olur, bu da bu yükünüzle, insanların önünde eğilmenize ya da insanları ezmenize sebep olur.

Ezgi üniversitenin ikinci senesine geldiğinde, Erol'la tanıştı. O sıralar ilişkilerinde pek dikiş tutturamazdı. Onun öfke nöbetleri ve ilişkilerden çok çabuk sıkılması, sürekli sevgili değiştirmesine neden oluyordu. Yeni bir ilişkiye başladığında, ilk zamanlar her şey yolunda olurdu fakat Ezgi bir süre sonra yoğun hisler beslediği sevgilisine karşı nefret beslemeye başlıyordu. Sebepsiz yere kavga çıkartıyor, vuruyor, kırıyor, saldırıyordu. Beş altı gün sonra pişman oluyordu, ama neye yarar. Onun o halini bir kere gören, değil Ezgi ile sevgili olarak devam etmek, arkadaş olarak bile kalmak istemiyordu. Fakat Erol farklıydı. Ezgi ne yapmış olursa olsun onu seviyor, ondan vazgeçmiyor ve en önemlisi onun bu hallerinin sebebini anlamak istiyordu. Onu yargılamıyor ya da yadırgamıyordu. Sevecen, naif, ince ruhlu biriydi. O sıralar Ezgi'nin ihtiyacı olan her şey Erol'da fazlasıyla vardı.

Erol çok zengin bir ailenin iki çocuğundan biriydi. Bir kız kardeşi vardı. Psikoloji okumayı seçmişti. Bu bölüm, Erol'un ikinci üniversitesiydi. İlk önce anne ve babasının zorlamasıyla hukuk bölümüne girmiş, bitirdikten sonra da kendi istediği bölüme girmişti. Erol'un babası da avukattı. İstanbul'un en büyük hukuk firmasına sahipti. Annesi pedagogdu, mesleğini çok kısa bir süre yapmış, sonra da kendini çocuklarına adamıştı. Aldığı eğitimin ve mizacının da etkisiyle çok iyi iki evlat yetiştirmişti. Erol'un kız kardeşi ise mimarlık okumuştu ve büyük firmalardan birinde baş mimar olarak çalışıyordu. Tam da herkesin özenebilecekleri bir yaşantıları ve aile saadetleri vardı.

Erol tüm olumlu özellikleriyle Ezgi'nin kalbini çalmayı, onun hayatında baş köşeye oturmayı başarmıştı. İlişkileri bir ayrıl bir barış, iki sene sürmüştü. Ezgi'nin dersleri çok iyiydi. Hocalarının gözdesi olmayı başarmıştı. Onu tanıyan herkes buna şaşırıyordu, nasıl oluyor da gezmeyi, eğlenmeyi çok seven bu asi kız, bütün derslerden hep yüksek puan alıyordu? Bu hali, okulda tam bir merak konusuydu. Hal böyle olunca, ona özenenler de bir hayli fazlaydı. Ezgi okulunu birincilikle bitirdi ve ardından da yüksek lisansa kabul edildi.

Ezgi okuluna ve gelecekteki kariyerine odaklandığı sırada hamile olduğunu öğrendi. Bu, beklediği bir şey değildi. Çok üzüldü. Annelik ve o, birbirlerine tamamen uzak şeylerdi. Erol'un da aynı isteksizliği göstereceğini zannederek durumu ona söyledi, fakat aksine Erol çok mutlu oldu. Aldığı haber onu sevindirmiş, Ezgi ile hemen evlenmek istemişti. Çok geçmeden apar topar evlendiler. Aileler, durumdan memnundular. Özellikle Ezgi'nin annesi, onun Erol'la evlenerek hayatının en büyük şansını yakaladığını düşünüyordu.

Ezgi hamileliğin üçüncü ayında, doktorunun isteğiyle amniyosentez testi yaptırdı. Doktorun bu isteği, herkesi çok telaşlandırmıştı. Sonuçları bekledikleri o günler, herkes için bir hayli sancılı olmuştu. Ezgi çok dua etmişti. Her şeyin yolunda gitmesi ve bebeğin sağlıklı olması tek arzusuydu. Testin sonucu olumsuz gelmişti ve bu, aileye kara bir gölge gibi inmişti. Ezgi'nin kullandığı antidepresan ve kaygı azaltıcı ilaçların bebeğe zarar verdiğini ve bebeğin omurgasında ciddi bir problem olduğunu söyleyen doktor, bebeğe spina bifida tanısı koymuştu. Ezgi'nin bu bebeği doğurması çok riskli olacaktı. Doğacak bebek büyük ihtimalle sakat olacaktı. Ezgi haberi aldığında inanamadı, doktorun odasındaydı, sinir krizi geçirdi, bağırdı, çağırdı. "Bir testle buna nasıl karar verebiliyorsunuz? Siz aklınızı mı kaçırdınız?"

"Ezgi Hanım, bugün her hastalığın sonucunu öğrenmek için bir testin bazen gerçekten de yeterli olduğunu siz de biliyorsunuz. Anlıyorum neler hissettiğinizi fakat biraz sakin olmanızı rica edeceğim."

"Etmeyin, çünkü şu an sakin falan olamam." Ezgi, doktorun karşısında sinirden tir tir titriyordu. O haliyle yağmur altında kalmış yavru bir kediyi andırıyordu. Oldukça çaresiz ve yapayalnız görünüyordu. Ona yardım edecek tek şey, sakinliğini korumaktı ama duydukları, onun sakin kalmasını olanaksız kılıyordu. Kırılması an meselesi olan bir kristale dönmüştü. Tuzla buz olmak işten bile değildi.

Doktor, ona yaklaştı ve yumuşak bir ses tonuyla önerisini sundu. "Ezgi Hanım, en doğrusu bebeği almamız."

"Ne? Siz aklınızı mı kaçırdınız? Bebeğimi öldürmemi mi istiyorsunuz?"

"O bebeğin doğması, sizin ona yapacağınız en büyük işkence olacak. Bu sizi mutlu edecek mi?"

"Ya dediğiniz gibi sakat değilse? Bu ihtimal de var değil mi?"

"Var ama çok çok düşük bir olasılık bu. Bebeği doğurmadan onun normal olup olmadığını bilemeyiz."

"O zaman doğuracağım."

"Ya engelliyse?"

Doktor, Ezgi'yi ikna etmeye çalıyordu. Öyle bir bebeğin hem bakımının zor olacağını hem de doğumunun çok riskli olduğunu söyleyip duruyordu ama Ezgi, doktoru anlamakta zorlanıyordu. Her ne kadar kariyerin doruklarına tırmanmak istese de, karnındaki o bebek, Ezgi'ye muhteşem duygular hissettirmişti. Erol'un hayatına girmesiyle kendini kontrol etmesi kolaylaşan Ezgi, hamile olduğunu öğrendiğinden beri kendini çok daha hafiflemiş, durulmuş hissediyordu. Bebeğini kucağına alacağı günü hayal etmek ona huzur veriyordu. Aslında doktor, Ezgi'ye bir bebeği almaktan değil, bir kadının tüm güzel hayallerini ve huzurunu almaktan bahsediyordu.

Bu haber, Ezgi'yi olduğu kadar Erol'u da yıkmıştı. Baba olacağı günü beklerken şimdi bebeğinden koparılıyordu. Ezgi de durmadan kendisini suçluyor, o ilaçları kullanırken hamile kalmaması gerektiğini söyleyip duruyordu. Bu bir yandan, seçim yapmak zorunda kalmaları diğer yandan, karı-koca iyice köşeye sıkıştırılmışlar gibi hissediyordu. Ezgi bebeğini aldırmak istemiyordu. Başka doktorlara da gitmek gerektiğini söyleyip duruyordu.

Bütün bunlar yetmezmiş gibi bir de Ezgi'nin annesi kızına baskılar yapıp duruyordu. "Ezgi, bu bebek sayesinde Erol gibi harika bir adamla evlendin ama bu bebek hayatınızı mahvedecek. Kurtul ondan!"

"Kurtul ondan mı? Anne, sen ne dediğinin farkında mısın? Bir bebekten kurtulmak o kadar kolaysa sen neden yapmadın? Bir ağabeyim var zaten, bana ne gerek vardı? Aldırsaydın."

"Böylesine bana karşı itaatsiz ve özensiz olacağını bilsem, hiç düşünmem aldırırdım seni. Aklını başına topla ve doğru olanı yap. Ha, doğru olan şeyin de bebeği doğurmak olmadığını biliyorsundur."

Annesinin söylediklerinin duygudan yoksun şeyler olduğunu düşündü. Ezgi'yi anlayan ve ona hak veren kimse yoktu. Erol bile bebeğin alınması taraftarıydı fakat bunu, onu kırmak ya da üzmek istemediği için söyleyemiyordu. Karısını kaybetmekten çok korkuyordu. Ezgi yıkılmıştı. Ne karar vereceğini bilmiyordu. Doktorlar bir an önce karar vermesi gerektiğini söylüyordu. Öfke hissetmeye çok alışkındı ama üzüntü, neredeyse ilk kez hissettiği bir duyguydu. İçi acıyordu. Bebeği aldırmaktan başka yolunun kalmadığını anlayan Ezgi, bir gün kararını tüm aileye açıkladı. Herkes bu habere çok sevindi. Onların mutlu olduğunu görmek, Ezgi'nin resmen midesini bulandırmıştı. Ezgi'nin nefreti, üzüntüsüyle birlikte büyüyordu. Fakat genç kadının bir isteği vardı. Kürtajı İstanbul'da yaptırmak istemiyordu. "Bebeğimin ölümüne sevinen insanların arasında gözyaşı dökemem" deyip yurtdışında kürtaj olma kararı aldı. Londra'da yaşayan yakın arkadaşı Aslı'yı aradı, onun yanına gitmeye, orada kürtaj olmaya karar verdi. Onun durumuna bir hayli üzülen Aslı, arkadaşının isteği üzerine alanında başarılı bir doktordan randevu almıştı. Aslı'nın bu isteğine Erol ve Ezgi'nin annesi karşı çıktı. İstanbul'da da iyi doktorların olduğunu, oraya gitmesinin manasız olduğunu söylediler. Ezgi isteğinde ısrar etti. Erol da onunla gitmek istiyordu. "Sen bu yükü tek başına kaldıramazsın. Bu bebeği aldırmak seni daha mutsuz ve öfkeli yapacak. Ne olur! Senin yanında olmak istiyorum. Bırak sana destek olayım."

"Hayır! Ne sen ne bir başkası... Kimse benimle gelmeyecek. Bir tek Aslı olacak yanımda."

Herkes şaşkınlık içindeydi. Çaresizce kabul ettiler. Hazır çocuğu aldırmaya karar vermişken, caymaması için Ezgi'nin tüm isteklerini kabul ediyorlardı. Ezgi yurtdışına gitti, bir hafta içinde de hastaneye yattığına dair fotoğrafları yolladı, kimsenin telefonlarına çıkmadı. Aslı, annesi ve Erol ile görüştü, kürtaj olduğunu, çok üzüldüğünü, bir süre kimseyle görüşmek istemediğini söyledi. Aradan epey zaman geçti, Ezgi aradı. Yüksek lisans eğitimine Londra'da devam etmek istediğini, bir süre dönmeyeceğini söyledi. Orası Ezgi'ye Erol'dan ve ailesinden daha iyi gelmişti. O sürede Erol'la sürekli yazıştılar, Ezgi adım adım ondan uzaklaşıyordu. Eğitimini tamamladıktan sonra İstanbul'a dönen Ezgi, ilk iş olarak Erol'dan boşanma kararı aldı. Erol, bunu beklemiyordu ama karısının gerekçesi büyüktü. "Çocuğumun kürtaj edilmesine sesin çıkmadı. Amacın benim yanımda gibi görünmek, ortayı bulmaktı. Bunu anlayabiliyordum. Eğer sen gerçekten yanımda olmuş olsaydın, o bebeğin kürtaj edilmesine izin vermezdin. Sana her dokunduğumda o bebeğe ihanet etmiş olacağım. Mutlu olmak şöyle dursun, her an acı çekeceğim. Beni bu ıstıraptan kurtar ve boşanmayı kabul et."

Erol istemeyerek de olsa Ezgi'den boşandı. Ezgi ise boşanır boşanmaz kendisini işine, hastalarına ve kariyerine adadı. Sıkıntılarından kurtulmanın en iyi yolu kaçıştı. Bu kaçış da Ezgi'yi işine yönlendirmişti. O saatten sonra yalnızca kariyerine ve hedeflerine dönük yaşayan biri oldu. Bir daha hiçbir ilişki yaşamadı, Kenan hayatına girene kadar da bunu hiç istemedi.

Hem kariyerindeki başarı, hem de Kenan ile yeni bir ilişkiye başlaması ona iyi gelmişti. Ezgi artık bu travmalardan ve acılardan kurtulduğuna ve normal insanlar gibi hayat sürebildiğine inanmıştı. Aradan çok zaman geçmişti. Kenan'ın evlilik teklifi yaptığı gece, geçmişin sancıları nüksetmeye başlamıştı. Kontrolünü kaybetmesi, karşısında Kenan yerine Erol'u görmesinden kaynaklanmıştı ve açtığı o defter, eskiden tuttuğu bir günlüktü, günlükten okuduğu bir cümle korkularını depreştirmişti.

-13-

"Nasıl olsa gitmez" diye yaptığın her şey,
bir gün "keşke dönse"lere dönüşür.

Ezgi, endişeyle salonun ortasında dolanmaya devam ederken, telefonu ikinci kere çaldı. Yine bilinmedik numara arıyordu. Anlaşılan arayan her kimse durmayacak, Ezgi açana kadar aramaya devam edecekti. Bu sefer yanıtladı. "Efendim?"

"İyi akşamlar, Ezgi Hanım'la mı görüşüyorum?" Arayan incecik sesli bir kadındı.

"Evet, benim."

"Ezgi Hanım, ben Mehmet Bey'in sekreteri Figen."

Ezgi bir an için hafızasını yokladı. Mehmet'in kim olduğunu düşünüyordu. Birden anımsadı; Mehmet, terapinin üyelerinden biriydi. Meraklanmıştı. Mehmet'in sekreteri Ezgi'yi neden arasındı? "Buyurun Figen Hanım."

"Mehmet Bey'in yarın sizinle bir yemeği varmış sanırım."

Ezgi "Yemek mi?" diye sordu kendi kendine. Danışanlarıyla yemeğe çıkmazdı ki o. Mehmet'e ne zaman ve ne için yemek sözü vermiş olabilirdi ki? "Ah!" dedi Ezgi, sanki bir şey anımsamış gibi. Terapi gizliydi. Onlar da bundan kimseye söz etmemek için sözleşme imzalamışlardı. Mehmet, sekreterine terapi yerine yemek olduğu şeklinde not aldırmıştı anlaşılan. "Evet, doğru. Bir yemek sözümüz vardı."

"Mehmet Bey, yarın o yemeğe katılamayacak. Bunu size bildirmek istedim."

Ezgi endişelenmişti. Bu terapi sıradan bir terapi değildi ve kimse keyfine göre gitmemezlik yapamazdı. Ezgi, sesini yükselterek sordu: "Neden?"

"Kendisi iki saat evvel hastaneye kaldırıldı. Ne zaman taburcu edilir, bilmiyoruz."

"Ne? Nasıl yani? Neden?"

"Bunu size söyleyemem. Üzgünüm."

"Fakat..."

"İyi geceler Ezgi Hanım." Kadın, Ezgi'nin konuşmasına fırsat vermeden telefonu kapatmıştı.

Ezgi gerisingeri numarayı aradı ama telefon meşguldü. "Hemen araya nasıl telefon görüşmesi alabildin be kadın?" Ezgi, sinirle telefonu koltuğa attı. "Bu olamaz! Yarın ne olursa olsun, o terapide olmalı. Ayrıca hastaneye kaldırılacak kadar ne olmuş olabilir ki?"

Ezgi, yardım almak için Kenan'ı aradı. "Efendim hayatım."

"Kenan, neredesin?"

"Havaalanına gidiyorum. Ne oldu? Kötü bir şey yok ya."

"Aslında var. Benim bir arkadaşım hastaneye kaldırılmış ama hangi hastane olduğunu öğrenemiyorum. Sen öğrenip bana haber verir misin?"

"Sen bana bilgilerini yolla ben hemen sordurtayım. Hastaneyi ve yerini mesaj atarım."

Ezgi, Mehmet'in bilgilerini Kenan'a yolladıktan on beş dakika sonra onun kaldırıldığı hastanenin adı gelmişti. Kenan eli kolu uzun bir adamdı. O olmasa, Ezgi terapi üyelerini ve diğer tüm önemli bilgileri edinemezdi. Ezgi, mesajı alır almaz giyinip evden ayrıldı. Yol boyunca da Mehmet'in önemli bir şeyinin olmaması için dua edip durdu.

Hastaneye geldiğinde sinirden titriyordu. Terapi sürecinin zora düşeceği ihtimali onu delirtmişti. İçeriye girip danışmaya Mehmet'i sordu.

"Kendisi şu an sütur odasında."

"Ah! Neden? Kaza falan mı yapmış?"

"Doktorundan bilgi alabilirsiniz."

Ezgi koşar adım Mehmet'in olduğu odaya girdi. İçeride bir doktor ve iki hemşire vardı. Koluna dikiş atıyorlardı. Ezgi bunu görünce korktu. Mehmet'in yanına gitti. "Mehmet Bey, ne oldu size?"

Mehmet, Ezgi'yi görmeyi beklemiyordu. Hem şaşırmış hem de utanmıştı. Kolunu ve yapılan işlemi gizlemeye çalışır gibiydi ama ne mümkün. "Ezgi Hanım, burada ne işiniz var?"

"Sizin için geldim. Merak ettim. Sekreteriniz aradı da."

"Benim için mi? Ama neden?"

"Bir atak geçirdiniz zannettim ve yardımcı olabileceğimi düşünüp geldim. Görüyorum ki durum çok farklı."

Mehmet'in dikişleri tamamlanmıştı. Koluna sekiz dikiş atılmıştı. Sargısı da tamamlandıktan sonra odada yalnız kalmışlardı. Mehmet mahcup olmuş gibi omuzlarını çökük oturuyordu. "Ezgi Hanım, beni bu halde görmenizi istemezdim. Çok özür dilerim."

Mehmet konuşurken bir yandan da gözleri kayıyordu. Sanki günlerce uyumamış gibiydi. Kelimeler ağzından zar zor çıkıyordu. Odanın kokusu Ezgi'nin midesini bulandırmıştı. Bir klinik sahibi olmasına rağmen hastanelerin kokusuna tahammül edemiyordu.

Kolu yandıktan sonra sürekli hastaneye gitmek zorunda kalmıştı, hastaneler her zaman onun çocukluğunu elinden alan yerlerdi. Okulda ya da oyunda geçireceği en güzel zamanlarını acıyla hatırladığı ameliyatlarla geçirmişti. Mehmet'e baktı. "Böyle düşünmeyin, ben sizin doktorunuz aynı zamanda terapi arkadaşınızım."

"Ben..."

"Tamam, siz ne olduğunu anlatın."

-14-

Yalnızlık uzun vadede insan doğasına aykırıdır.
Kişinin potansiyelini azaltır, verimini düşürür,
sevmekten korkma...

Mehmet, üç kardeşin en küçüğü olarak dünyaya geldi. Bir ablası ve bir de ağabeyi vardı. Anne babası uzunca bir süredir anlaşamıyorlardı, Mehmet'in doğumundan kısa bir süre sonra da birbirlerine iyice yabancılaştılar. Evde iki yabancı gibi yaşayan karı-koca, Mehmet dört yaşına geldiğinde yollarını tamamen ayırmıştı. Mehmet'in annesi evi terk etmiş, birkaç ay sonra da babasına boşanma celbini yollamıştı. Babası ayrılmak istememişti. Ona göre evlilik ne denli kötü olursa olsun, ortada çocukların olması boşanmayı ortadan kaldıran bir sebepti. Karısı evi terk edince çaresiz kabul etmişti boşanmayı. Evdeki üç çocuğa bakmak, onlara hem annelik hem de babalık yapmak artık ona kalmıştı.

Mehmet'in babası, bir süre sonra üç çocuğun bakımının altından kalkamaz olmuş ve akrabalarının bulduğu bir kadınla hayatını birleştirmişti. Evlilik çocuklara iyi gelmemiş, bir yetim evinde daha masal gerçek olmuştu. Baba evde olmadığında, üvey anne çocuklara ve özellikle Mehmet'e şiddet uygulamaya başlamıştı. Ağabeyi ve ablası, Mehmet'i korumaya çalışıyor, şiddetin dozu artıp kendilerine de yönelince bundan vazgeçiyorlardı. Bu durumu babalarına söylediklerinde, üvey anne, "Çocuklar beni sevmediği için yalan söylüyorlar. Çocuk işte..." deyip onu ikna etmeyi başarıyordu. Olan bu üç küçük kardeşe oluyordu. Diğerleri hemen hemen her şeyin farkındaydı ve mücadele etmeleri gerektiğini biliyor, kendilerini de müdafaa edebiliyorlardı. Fakat Mehmet daha çok küçüktü. Anne şefkatine ihtiyacı olduğu yaşta üvey anne şiddeti görüyordu.

Kötü olan aile hayatı yetmezmiş gibi Mehmet'in okul hayatı da daha anaokulunda kâbusa dönmeye başlamıştı. Babası onu mahalledeki anaokuluna yazdırmıştı. Vasat bir okuldu ancak evden daha iyi gelmişti Mehmet'e. Diğer çocuklar da aynı mahallenin çocuklarıydı. Evlerde konuşulanlar bu yaştaki çocuklara kadar inmişti. Çocuklar ona "Senin annen orospuymuş. Sizi bırakıp başka bir adama kaçmış" demeye başlamış, Mehmet'in oradaki günleri de kâbusa dönmüştü. Yine böyle bir sataşma esnasında elindeki çatalı fırlatan Mehmet, okul arkadaşının gözüne zarar vermişti. Bu olaydan sonra Mehmet çok değişmişti. O günden sonra üvey annesine karşı gelmeye başlamış, babasını dinlemez olmuştu.

Mehmet on iki yaşına geldiğinde artık zaptedilmesi zor bir çocuktu. Geçimsiz, öfkeli ve sorumsuz olmuştu. Okumak istemiyor, arkadaş edinmiyor ve evden olabildiğince kaçıyordu. Huzursuzdu. O yaşta bir çocuğa göre fazla tedirgin hareketleri vardı. Üvey annesinden pek hoşlanmadığı ortadaydı ama gün geçtikçe bu durum kızışıyor, Mehmet onu görmeye dahi tahammül edemiyordu. Üvey anne için de durum pek farklı değildi. O da Mehmet'i bir asalak gibi görüyor, evden ayrılacağı günü merakla bekliyordu. Dışarıda boyundan büyük işlere kalkışan Mehmet, çok sayıda kavgaya karışmış, defalarca çocuk şubeye düşmüştü. Evden bazen bir hafta, bazen iki hafta kaçıyor, köprü altlarında, terk edilmiş inşaatlarda, kendisiyle aynı kaderi paylaşan çocuklarla kalıyordu. Babası yorulmuş, artık peşinden koşmayı bırakmıştı. Bu gidişlerde kafasına ne zaman esse eve o zaman dönüyor, odasına kapanıyor, günlerce uyuyor, sonra da geldiği gibi kalkıp gidiyordu.

Yine evden uzak kaldığı bir aradan sonra eve geldiği bir gün, birtakım sesler duydu. Bir kahkaha, kulaklarını tırmalıyordu. Bir erkek kahkahasıydı bu. Babası değildi. Gür, kalın, çatallı bir ses... Elindeki ayakkabılarını, ayakkabı dolabına koymaktan vazgeçip yere fırlatan Mehmet, merak edip sesin geldiği odaya yöneldi. Odanın kapısını açtığında üvey annesini başka bir adamla yatakta görmüştü. Kadın, babasını aldatıyordu.

Apar topar giyinmeye başladılar. Mehmet'in ise sinirden gözü dönmüştü. Deliye dönen Mehmet, mutfaktan bir ekmek bıçağı aldı ve odaya koştu. Adam bıçağı görünce panikledi ve Mehmet'in koluna bir tekme savurdu. Mehmet tekmenin verdiği acıyla elindeki bıçağı sağa sola savurmaya başladı. Birkaç yerinden yaralanan adam, Mehmet'i yere fırlatıp kaçmayı başardı.

Mehmet altı sene ıslahevinde kaldı. Babası, ağabeyi ve ablası sık sık ziyaretine geldiler. Oradayken biraz daha durulmuştu. Cezaevinin disiplini ona yaramıştı. İçeride kaldığı dönemde kitaplar okumuş, liseyi dışarıdan bitirmiş ve üniversite sınavlarına hazırlanmıştı. Dışarı çıktığında babası ve kardeşleriyle huzurlu bir yuva hayali kuran Mehmet, gelen bir mektupla yeniden karanlığa gömülmüştü.

Mehmet,

Benim küçük oğlum. Biliyorsun, annen bizi terk ettikten sonra çok zor zamanlar yaşadık. Zaten annenle evli olduğum dönemde evliliğimin bir cehennem hayatı gibi olduğunu sana defalarca anlatmıştım. Fakat üvey annen hayatıma girince işler değişti. Oğlum, ben hayatımda ilk defa mutlu oldum. Bunları sana şunun için söylüyorum; son yaptığın şeyden sonra üvey annen senden çok korktu ve eve gelmeni istemiyor. Bunu söyledim diye senin yanında olmadığımı falan düşünme. Senin için belediyenin iş verdiği taşeron şirketlerden biriyle konuştum. Sağ olsun, arkadaşımdı, beni kırmadı. Yoksa aldığın cezadan dolayı iş bulman da imkânsız olacaktı. Kalacağın yere gelince de, babaannenle konuştum. Biliyorsun, kendisi yalnız yaşıyor. Ona da ses olursun. Oğlum, beni seviyorsan eve gelme. Zaten şunun şurasında ne kadar ömrümüz kaldı ki. On bilemedin yirmi sene... Bırak da onları da huzur içinde geçireyim.

Baban

Mehmet, mektubu aldıktan sonra yıkılmıştı. Babasının o kadını affetmesine, onun mutluluğu için oğlunu evde istememesine anlam veremiyordu. En güvendiği insan onu yarı yolda bırakmıştı. "Ben bu saatten sonra kime güvenebilirim ki?" dedi.

Mehmet, ıslahevinden çıktıktan sonra babasının istediği gibi babaannesinin yanına yerleşti. Bir çimento fabrikasına işçi olarak girdi. Özel bir üniversitede tam burslu olarak kazandığı hukuk fakültesi, onun hayata karşı ilk zaferi olmuştu. Hem okuyor hem de çalışıyordu. İyi bir öğrenciydi, fakat sert mizacı değişmemişti. Asabi, kimseye güveni olmayan kişiliği, yaşı büyüdükçe öne çıkmıştı. Kimseyi kırmaktan çekinmeyen Mehmet, haksızlığa hiç tahammül edemiyordu. Başkasına yapılan haksızlığa bile sessiz kalamıyor, ya küfrediyor ya da şiddet gösteriyordu. Uzun bir süre hiç kız arkadaşı olmadı. Ne zaman biriyle tanışsa, yoğun kıskançlık duygusu ve maço tavırlarıyla baş edemediğinden, ilişkileri hep tanışma aşamasında kalıyor, ileriye gidemiyordu.

Üniversitede de yalnız bir zaman geçirdi Mehmet. Arkadaş çevresi ondan uzaktı. Özel üniversitede okuması, onun arkadaş edinmesini zorlaştırıyordu. Okulundaki öğrenci profili ona pek uymuyordu. Zengin ailelerin çocukları, dersler ve okul dışında bir gündeme sahip, hayatı görmemiş, geçirmemiş bu insanlarla ne paylaşabilirim, deyip duruyordu.

Okulun öğrencilere sunduğu birçok imkândan Mehmet gibi birkaç öğrenci faydalanıyordu sadece. Kütüphane bunlardan biriydi, devasa kütüphaneye ilgi çok düşüktü. Kütüphaneye gittiği günlerden birinde Selim ile tanıştı. Selim de zengin bir ailenin çocuğuydu, ama diğerlerine benzemiyordu. Konuşması, duruşu, yürüyüşü, hiçbir şeyi benzemiyordu. Mütevazı bir insandı. Bu yönü Mehmet'i etkilemişti. Mehmet ile Selim çok iyi arkadaş oldular. Selim onu bir süre sonra ailesiyle de tanıştırdı.

Selim'in babası Şemsi Bey, Mehmet'teki sadakati ve disiplini görmüştü. Ona birkaç sefer yardım etmeyi teklif etti ancak Mehmet gururluydu, bu teklifi geri çevirdi. "O zaman benim yanımda çalış boş vakitlerinde, ben de sana burs vereyim" dedi. O şartla kabul etti Mehmet. Şoförlükten evrak takibine kadar birçok işe koşturdu. Aradan zaman geçti, Şemsi Bey'in en güvendiği adam oldu. Dört gözle okulunu bitirmesini bekliyor, "Seni oğlum gibi seviyorum, önemli işler vereceğim sana" diyordu. Okuldan mezun oldu Mehmet. Şemsi Bey, oğlu Selim ile Mehmet'in mezuniyet törenine aynı heyecanla katıldı. "İkisi de benim evladım" diyordu herkese. Mezuniyetten sonra Mehmet'e önemli bir görev verdi Şemsi Bey.

Yıllar yılları takip etti; Mehmet, Şemsi Bey'in şirketinde müdürlüğe yükseldi. Şemsi Bey, Mehmet'in bir gün yuvadan uçup gideceğini biliyordu, yine de ona bütün imkânları seferber ediyordu. Bir gün görüşme istedi Mehmet, Şemsi Bey'den. Odasına girdi, önünü ilikledi, karşısına oturdu. O söze girmeden Şemsi Bey konuşmaya başladı:

"Bak Mehmet oğlum. Seni Selim'den ayırmam, öz oğlum gibi severim. Çalışkan, zeki ve dürüstsün. Bütün mal varlığımı sana teslim etsem gözüm arkada kalmaz. Yıllarca kendi işinin patronu olmayı hayal ettiğini biliyorum. Burası senin de işin. Buraya da kendi işin gibi bak. İstersen işlerin bir kısmını tamamen sana devredeyim. Sadece iyi bir yöneticiyi değil, en güvendiğim adamlarımdan birini de kaybetmek istemem. Yine de sen bilirsin, hayallerinin peşinden gitme diyemem sana. Ama şunu bil ki, sıfırdan başlamak çok zor. Burada her şeyin sahibisin. Maaşına da, kâr payına da, ortaklık payına da sen karar ver. Gitmeni istemem."

Mehmet çok duygulandı, kalktı Şemsi Bey'in elini öpmek istedi, Şemsi Bey izin vermedi. Tekrar yerine oturdu.

"Ben... çok teşekkür ederim size. Bana gerçekten bir baba oldunuz. Sizinle çalışmak, tecrübelerinizden faydalanmak çok büyük bir şans benim için. Ne öğrendiysem sizden öğrendim. Sizin izinizden yürümek en büyük hayalim. Sizin de söylediğiniz gibi, küçüklükten beri kendi işimi kurma hayalim var. Bu hayalimi ne pahasına olursa olsun gerçekleştirmek istiyorum. Sizin bana ihtiyacınız yok, benim iyiliğim için kalmamı istiyorsunuz. Yine de ne zaman bir emriniz olsa, ben bir evladınız olarak herkesten önce koşmaya hazırım. Yeter ki emredin. Müsaadeniz olursa, ben şansımı denemek ve kendi işimi kurmak istiyorum."

"Sen kararını vermişsen, bize de ailen olarak sana destek olmak düşer delikanlı. Her zaman yanında olduğumu bil."

Mehmet ile Şemsi Bey uzun uzun sarıldılar. Bir hafta dinlenen Mehmet hemen iş hayatına atıldı. Küçük bir çimento fabrikası açtı. İşleri çok iyi gitti. İki yılın sonunda büyümeye başladı fabrikası. Dürüstlüğü, çalışkanlığı dillere destan olmuştu iş dünyasında. Başta Şemsi Bey olmak üzere birçok kodaman tarafından da destekleniyordu. Bütün bunlar Mehmet'in kısa sürede büyümesine yol açtı. Birkaç fabrika daha açan Mehmet, binlerce kişiye iş veren bir işadamı olmuştu. Çok para kazanması, saygın bir yere gelmesi, onun kişilik özelliklerinde hiçbir değişikliğe yol açmadı. Mehmet hâlâ adalet için savaşıyor, hâlâ haksızlığın karşısında çelik gibi bir iradeyle duruyordu.

Öfke sorunu devam ediyordu. Sinirlendiği zaman hiçbir şey görmüyordu gözü. Bu durum kişisel ilişkilerine de yansıyor, beraberlikleri çok kısa sürüyordu. Tanıyan herkesin "Çok güvenilir biri" diye anlattığı Mehmet, kimseye güvenmiyordu. Kime güvense ona ihanet edecek, kimi sevse onu aldatacak diye düşünüyordu.

Öfke problemi, güvensizlik ve aşırı yorgunluk hayatını olumsuz etkiledi. Bir süre sonra panik atak teşhisi konuldu. Bir psikiyatri kliniğinden düzenli olarak tedavi aldı ancak pek bir sonuca varamadı. Biraz olsun iyiye gitse de, şimdilerde panik ataktan bir hayli şikâyetçiydi. Bu, onun hayatını ve kariyerini önemli ölçüde etkiliyordu.

Çok cesur, girişken ve atak bir adam olan Mehmet, devamlı olarak insanların onun arkasından iş çevirdiğini düşünüyordu. Yaşadığı yoğun mutsuzluk ve şüphe duyguları onun hayatını resmen cehenneme çeviriyordu. Mehmet'in hayatı boyunca bir yanı buz bir yani ateş olmuştu.

-15-

Aşka açık kalplerin yarasında büyüyoruz,
sevmeyi seviyoruz kırılma endişesiyle, ya sevmezse korkusuyla
yanmayı seviyoruz; aşkın ateşiyle, ateşin acısından korkarak,
seviyoruz sevmeyi ayrılıktan korkarak, yetinmeyerek, yine de
sevmek güzel diyoruz acıya rağmen.

Mehmet, Ezgi'nin onu merak edip ziyaret etmesine sevinmişti. Bu hissi bilmiyordu. Birileri tarafından merak edilmek, birilerinin onun için endişelenmesi ona tuhaf bir huzur vermişti, ilk defa böyle bir duygu yaşıyordu. Babaannesi beş sene evvel vefat etmişti ki zaten ondan evvel de hastaydı. Kadıncağız kendine zor yetiyordu. Mehmet neredeyse tek başına büyümüştü. Onun duygularını paylaşacağı kimsesi olmamıştı. Ne sevincini, ne üzüntüsünü, ne başarısını, ne de başarısızlığını paylaşacağı kimsesi olmamıştı. Yaptıklarını "Bak, ben yaptım!" deyip gururlanacağı kimsesi yoktu. Bu yüzden hüznünü de, sevincini de hep tek başına yaşadı. Şimdi onu merak eden biri vardı yanında. Ezgi'nin ilgisi, terapiden kaynaklı bir ilgi olsa da, Mehmet'i sevindirmişti.

"Mehmet, anlatmayacak mısın?"

Ezgi'nin samimi bir şekilde ona adıyla hitap etmesi şaşırtmış aynı zamanda mutlu etmişti. "Ezgi... Yani şey, Ezgi Hanım."

"Sorun değil, bana adımla hitap edebilirsin."

"Ezgi, ben yapmadım bunu... yani kolumu."

"Peki, ne oldu?"

"Şirketimin genel müdürü, işçilere benim iznim olmadan fazla mesai yaptırıyormuş. Hayır, bu da yetmezmiş gibi fazla mesai ücretlerini ödemiyor, onların parasını cebine indiriyormuş."

"Sen ne yaptın bunu duyunca?"

"Onun evine gittim bu akşam. Benim öfke kontrolü problemim malum... Pek iyi bir konuşma geçmedi aramızda. Sonra beni kapıya attı. Önce kaba kuvvet uygulamak istemedim ama onun işçilere, ardından bana böylesine saygısızlık etmesi sinir krizi geçirmeme sebep oldu. Kapıyı açmayınca ben de bahçe kapısına yöneldim. Onu kırmaya çalıştım ama olmadı. Yan taraftaki zannediyorum mutfak camıydı, oraya yumruk atınca cam kırıldı ve sonuç bu."

"Çok fena!"

"Seslerin üzerine şoförüm geldi. Beni sakinleştiremeyince sağlık ekiplerini çağırmış."

"Sen bir de o halde eve girmeye mi çalışıyordun?"

"Evet. Ne yapayım, öfkemin muhatabını elime geçirmedikçe rahatlayamıyorum. Ezgi, senden bir şey istesem."

"Tabii. Nedir?"

Doktor, bu gece müşahede altında kalmam gerektiğini söyledi ama ben bunu yapamam. Burası beni daha da fena yapar."

"Peki, ben konuşurum doktorunla."

Ezgi, Mehmet'in doktorundan izin aldı. Çıkmadan evvel doktoru onu uyardı: "Kendisini iki sakinleştirici iğneyle zor durdurduk. Derin bir uykuya ihtiyacı var. Hemen eve götürün. Pansumanlarına mutlaka gelsin. Duruma göre on ya da on beş gün sonra da dikişlerini alırız."

Ezgi, Mehmet'in koluna girip onu incitmemeye çalışarak arabaya taşıdı. "E, Mehmet, senin şoförün nerede?"

"Sorma! Onun da kalbini kırdım. Eve girmeme engel olduğu için onu bir süre görmek istemediğimi söyledim."

"Peki, sorun değil, ben götürürüm."

Mehmet, arabaya bindiğinde kafasını tutamaz olmuştu. Gözlerini zor açıyordu. Bir şeyler mırıldanmaya başladı. Ezgi onu anlamaya çalışıyordu. "Bir şey mi dedin Mehmet?"

"Özür... Özür dilerim. Bu geceni mahvettim."

"Ah! Ne önemi var. Hem, arada bir böyle şeyler de gerekli. Durağan bir hayat insanı bir süre sonra sıkıyor. Hem fena mı, hastamı yerinde görmüş oldum."

Ezgi, son dediğinin üzerine güldü. Onun bu gülmesine Mehmet'in de eşlik edeceğini zannediyordu ama onun sesi tamamen kesilmişti. Arabayı yavaşlatıp Mehmet'e seslendi ama o, çoktan uyumuştu. Ezgi arabayı tamamen durdurdu. "Çok iyi! Şimdi ben senin evini nasıl bulacağım?"

Sekreterini aramak geldi aklına. Hemen aradı, kapalıydı telefonu. Ne yapacağını bilemeden bir süre bekledi. Mehmet'e baktı. İnsan uykudayken ne kadar masum ve savunmasızdı. Vuran, kıran, öfke nöbetleri geçiren adam, şimdi bir bebekten farksızdı. Tebessüm ederek bir süre onu öylece izledi. Acımıştı. "Demek başıma kaldın bu gece!"

Saniyeler içinde Ezgi'nin gülümsemesi kesildi ve Mehmet'e bakışları değişti. Kısa bir süre içerisinde o şefkat dolu sevimli bakışları gitmiş, onun yerini öfke dolu bakışlar almıştı. Birden gaza basıp küpüne zarar sirke gibi trafiğe daldı. "Acımak öyle mi? Acımak, affetmek ne biliyor musun? Bunlar, enayilerin ve aptalların yapacağı şeyler ve ben bir aptal değilim. Kimse merhameti hak etmiyor."

Son zamanlardaki tuhaf hâli yine kendini göstermişti. Arabayı çok kontrolsüz bir şekilde kullanıyordu. Evin önüne geldiğinde derin derin nefes alıp vermeye başladı. Yan koltukta uyuyan Mehmet'e baktı. Ona bakınca yavaş yavaş sakinleşmeye başladı. Bu hızlı duygu değişimi onun sinirlerini yıpratmıştı. Ağlamaya başladı. On dakika kadar hıçkıra hıçkıra ağladı. Ağlama krizi geçtikten sonra hızlıca yüzünü gözünü sildi ve Mehmet'e döndü. "Şimdi tek sorunumuz, seni eve nasıl taşıyacağım, niye uyudun be adam?"

-16-

Sev ve değer ver ama kim ne kadar hak ediyorsa o kadar sev... Hak ettiğinden fazla sevmek, fazla vermek her zaman senin değerinden götürür.

Ezgi bir iki kere Mehmet'i taşımak istediyse de, bunu başaramadı. Bir ara Hasan'ı arayıp ona gelmesini istemeyi düşündü, "Ona da yeterince rezil oldum, daha fazla olamam" deyip vazgeçti. Mehmet'i eve taşımanın bir yolunun olmadığını anlayınca, evden iki battaniye getirdi. Birini Mehmet'in üzerine örttü diğerini de kendine aldı.

Sabah beş buçuk sularında Mehmet kendine geldi. Usulca gözünü açtığında karşısında Ezgi'yi gördü. Uyuyordu. Önce bunun bir rüya olduğunu düşündü. Ezgi, neden onun yanında uyusundu ki? Doğrulup etrafa bakındı. Bir evin bahçesinde, arabanın içindeydi. Yan koltukta da Ezgi uyuyordu. Ne olduğunu anlamaya çalıştı. "En son Ezgi beni hastaneden çıkardı. Ah! Sakinleştiricinin etkisiyle arabada sızdım demek. Fakat Ezgi neden yanımda uyuyor? O neden bu arabanın içinde hem de bu soğukta refakat etti ki?"

Mehmet, Ezgi'nin yaptığına anlam veremiyordu. "Bu büyük bir fedakârlık..." diye mırıldandı. Ezgi'ye seslenecekken vazgeçti.

"Benim yüzümden uykusuz kaldı, biraz daha uyusun" dedi. Kafasını koltuğa koyup onu izlemeye başladı. Güzel gözleri kapalıydı. Burnu, dudakları, kaşları, çenesi, elmacık kemikleri kusursuzdu. Mehmet onun yüzünü inceliyordu. Bu inceleme, Mehmet'i meraklandırıyordu. Hem böylesine güzel bir kadının yanında uyandığına hem de o kadının gece boyunca Mehmet'in kahrını çekmiş olduğuna hem şaşırıyor, hem de çok seviniyordu.

Biraz sonra Ezgi uyandı. Mehmet'in onu izlediğini görünce tebessüm etti. "Günaydın, bu sabah nasılsın?"

"Şimdi tam bir doktor gibi konuştun."

"Unuttun mu, ben senin doktorunum."

"Orası kesin... Beni birçok noktadan iyileştireceksin."

"Efendim, anlamadım."

Mehmet söylediği şey karşısında utanmıştı. Ağzından çıktığına pişman oldu, hemen toparlandı. "Yani iyileşmek için sana geldim. Onun için o grup terapisindeyim ya."

"Ah tabii... Bu arada gerçekten sadıkmışsın. Sekreterine bile terapiden bahsetmemiş, yemek organizasyonu olarak geçiştirmişsin."

"Evet. Ben kimseye güvenmem. Bu yüzden kimsenin bana olan güvenini de sarsmamaya gayret gösteririm."

"Bu çok iyi bir şey."

"Belki de öyledir. Fakat ben, kimseye güvenmeme konusunda kendimden bir hayli... Bir saniye, konuşmamız gereken şey bu değil ki? Biz neden arabadayız?"

Ezgi, Mehmet'in sorusunun üzerine kahkaha attı. "Çok ağırsın o yüzden buradayız. Seni eve taşıyamadım."

"Ve sen de beni burada yalnız bırakmak yerine arabada benimle uyudun."

"Seni nasıl bırakırım? Şu haline bir bak. Ayrıca benim için de değişiklik oldu. En son yedi sene evvel çok sevdiğim bir rock grubunun konserinin biletini gişe açılır açılmaz almak için gece arabayı gişenin önüne çekip orada sabahlamıştım. Bana o yıllarımı hatırlattı."

Saat henüz erken olduğundan Ezgi kahvaltı teklifinde bulundu. Mehmet başta kabul etmedi. Ona daha fazla yük olmak istemiyordu. Fakat Ezgi, onun iyice dinlenmeden yanından ayrılamayacağını söyleyince teklifi kabul etti. Eve girdiklerinde Mehmet'e duş alması için banyoyu gösterdi. Ona temiz havlular ve Kenan'dan kalan eşofmanlardan verdi. "Koluna su değdirme. Enfeksiyon kapabilir."

Mehmet, Ezgi'nin bu uyarısı karşısında resmen mayışmıştı. Bu kadar ilgiyi, uzatmalı sevgilisinden bile görmemişti.

Ezgi üzerini değiştirip mutfağa indi. Oraya geçerken, kapının hemen yanında duran boy aynasına gözü takıldı. Aynada kendisini süzdü. "Kilo mu aldım ben?" diye düşündü. Kalçasına, karnına, bacaklarına ve yanaklarına tek tek baktı. "Yok yok kesinlikle kilo almışım!" Biraz daha kendisini baktıktan sonra "Of! Ben ne yapıyorum ya?" deyip mutfağa girdi.

Ezgi yemek yapmayı bilmezdi. Evde misafir ağırladığı falan da yoktu. Hani, annesi ya da yurtdışındaki ağabeyi ziyaretine gelecek olursa bir yardımcı tutardı. Yemekleri ve hizmeti o yapardı. Fakat kahvaltı hazırlamayı seviyordu. Keyfi yerinde olduğu sabahlarda kendisi için muazzam bir masa hazırlar, uzun uzun kahvaltı yapardı. Bugüne kadar başkası için hazırladığı ilk kahvaltı Mehmet için olacaktı. Kenan bile bundan mahrum kalmıştı. Mehmet'e kahvaltı hazırlamak Ezgi'nin kendisini daha iyi hissetmesine sebep olmuştu. Keyifliydi. Birisi için böylesine basit şeyler yapmanın keyfinin başka bir lezzeti olduğunu düşündü. Bir de şarkı mırıldanmaya başladı. İçinde garip bir heyecan da belirdi. Masanın üzerine kızarmış ekmekleri, omleti, portakal suyunu ve peynirleri özenle yerleştirdi. Hiçbir şeyin eksik olmasını istemiyordu.

O sırada Mehmet'in merdivenlerden indiğini duydu. "Ezgi, bu eşofmanlar kimin? Baksana, sanki üzerime göre..."

Mehmet, Kenan ile aynı boylardaydı, fakat Mehmet daha bir erkeksi yüz ve vücut hatlarına sahipti. Kenan'ın salt yakışıklılığının yanında, Mehmet'in çekimi ve karizması vardı.

"Sen onu boş ver de, masaya gel. Bu kahvaltı senin için. Düzgünce yap. Bakayım, kolun nasıl?"

"Biraz sızlıyor."

"Olacak o kadar. Annem, ben ne zaman düşsem 'Yaramazlığın sonu gözyaşıdır' derdi."

"Ha, ben yaramazım, öyle mi sevgili doktorum?"

"Yok değil hani."

Ezgi ile Mehmet arasında samimi bir sohbet başladı. Kahvaltı boyunca birbirlerine espriler yaptılar, işleri üzerine konuştular. Gerildikleri, hüzünlendikleri oluyordu ama aralarındaki enerji, olumsuz havayı çarçabuk dağıtabiliyordu. Sanki o masada doktor hasta değil de, yıllardır süregelen bir dostluk ya da ilişki varmış gibiydi. Ezgi, terapi saatinin yaklaştığını haber verdi. Hazırlanıp evden çıktılar.

"Yalnız Ezgi, benim eve gidip üzerimi değiştirmem gerekiyor."

"Seni bırakabilirim."

"Dünden beri yeterince yük oldum sana. Ben İsmet'i, yani şoförümü çağırırım."

"Yük olmadın aksine ben çok güzel zaman geçirdim."

"Dün geceki felaketin üzerine seninle zaman geçirmek bana da kendimi iyi hissettirdi."

Arabada müzik dinleyerek ilerlediler. Ezgi, onu yol üzerinde bir yere bıraktı. Saatine baktı, terapiye bir saatten fazla bir zaman vardı. Kliniğe uğramaya karar verdi. Bunca şey yaşarken bir de kliniktekilerin dikkatini üzerine çekmek istemiyordu. Ezgi, kliniğe giderken Aslı'yı aradı. Onu ve kızını merak ediyordu. Ezgi'nin tembihlediği gibi telefon ikinci kere çalmadan açıldı.

"Aslı?"

"Ah, Ezgim, nasılsın?"

"İyiyim ben, siz nasılsınız? Meryem nasıl oldu?"

"Prenses çoktan ayaklandı bile. Bugün okullarında bir etkinlik var. Kraliçe'nin doğum günü kutlamaları için hazırlıklara onu da dahil ettiler."

"Çok sevindim. Sen nasılsın?"

"İyiyim hatta çok iyiyim. Bu geçtiğimiz ay doktorumun denediği yeni tedavi yöntemiyle gözümde yüzde onluk bir görme yetisi gelişti. Eğer bir aksilik olmazsa, altıncı ayın sonunda yüzde kırklara çıkabileceğini söylüyor."

"Sen ne diyorsun? Bu şahane bir haber. Orada, senin yanında olmalıyım. Terapilerim biter bitmez buradaki görevimi tamamlamış olacağım. Sonrasında da hep birlikte olacağız."

"Terapiler mi? Ezgi, bunu bana söylememiştin."

Aslı'nın sesi düşmüştü. Tedirgin ve şüpheci konuşmaya başladı. Ezgi, onu sakinleştirmeye çalıştı. "Aslım, her şey yolunda. Aklın bende kalmasın. Emin ol, her şey istediğim gibi gidecek."

Telefonu kapattıktan sonra derin bir nefes aldı. Her şeyin yolunda olması Ezgi'yi rahatlatmıştı. Kliniğin önüne geldiğinde, içeri girip girmeme konusunda kararsız kaldı. Oraya girmek istemediğinden değil yine Tülin Hanım ile karşılaşmaktan çekindiği için kararsızlık yaşıyordu. Ona kaçamak cevaplar vermek istemiyor, yalan söylemek zorunda kalmaktan nefret ediyordu.

Ezgi odasının bulunduğu kata geldiğinde sekreteri bir elinde telefon, diğer eliyle de Ezgi'ye "Bekleyin!" işareti yapıyordu. Koşar adım Ezgi'nin yanına gelen sekreter, ona telefon olduğunu söyledi.

"Ezgi Hanım, Erol isimli biri hatta, sizinle görüşmek istiyor."

"Yok de. Meşgul de. Ne bileyim, uydur işte bir şeyler, görüşmek istemiyorum."

"Fakat iki gündür arıyor."

"Ayla!"

Ezgi ses tonunu yükseltince, Ayla telefondaki kişiye "Ezgi Hanım burada yoklar, ne zaman geleceğini de bilmiyorum" dedi. Ezgi'nin eski eşi telefonu hemen kapatmadı. Ayla'ya bir şeyler söyledi. Ayla "Tamam, ileteceğim" deyip telefonu kapattıktan sonra Ezgi'ye baktı. "Şey..."

"Şey ne? Ne oldu?"

"Size bir not iletmemi istedi."

"Umurumda bile değil." Ezgi, arkasını döndü ve topuklu ayakkabısının yerde çıkardığı kalın seslerle yürürken Ayla arkasından seslendi.

"Ezgi, neler çevirdiğini biliyorum. Çok yakın bir zamanda bunları delilleriyle gün yüzüne çıkartacağım!"

Ezgi dondu kaldı. Yürümesi birden kesildi. Ayla'nın bu söylediği, Ezgi'nin şu hayatta duymayı isteyeceği son şeydi. Birkaç saniye öylece kalakaldı. Arkasını dönmek istemiyor, bir yandan da öylece yürüyüp gidemeyeceğini biliyordu. Aklından yığınla şey geçti. Kalbi hızla atmaya başladı. Sonunda ağır ağır arkasını döndü. "Bu ne demek Ayla?"

"Telefondaki kişinin notu buydu Ezgi Hanım."

Ezgi'nin başından aşağıya kaynar sular dökülmüştü. Şu günlerde zihninin ve bedeninin ona oynadığı oyunlar yetmezmiş gibi bir de sırları mı açığa çıkacaktı. Hemen odasına girdi ve Erol'u aradı. Onun sesini duymak, Ezgi'nin canını sıkmıştı. Kötü bir adam değildi ama onun yüzünden bebeğini kaybetmişti. Bu sesi duymak, Ezgi'yi o kötü günlere geri götürüyordu. Erol ile tam yirmi dakikalık bir telefon görüşmesi yaptı. Bu görüşme sonlandıktan sonra odasından çıktı. Ayla'ya "Bugün danışan almayacağım!" deyip kattan ayrıldı. Asansöre bindiğinde aynaya baktı. Baktıkça yüreği sıkışıyordu. Nefesi daralıyor, elleri titriyordu. Daha fazla dayanamayacaktı. Kapıya yöneldi, üst üste "iptal" butonuna bastı. İstediği anda durmayan asansöre mi yoksa az evvel yaptığı görüşmeye mi sinirlenmişti bilinmez, tüm kuvvetiyle asansörün aynasına bir yumruk attı. Aynada bir şey yoktu. Bir kez daha vurdu. Yine değişen bir şey yok. Bu kez arka arkaya çıldırmış gibi vurmaya başladı. Durmuyordu.

O sırada kapı açıldı. Klinik doktorlarından Burçin, Ezgi'ye sarıldı. "Tamam, geçti. Ezgi Hanım, bana bakın!" Burçin, Ezgi'nin yüzünü kendine çevirdi. "Bana bakın. Evet, şimdi daha iyisiniz. Çok iyisiniz. Geçti!" Ezgi, Burçin ve diğer birkaç hasta ile asistan doktorun ona baktığını gördü. O sırada yerde oturuyordu. Burçin, diğer hastaları uzaklaştırdı. "Tamam, yok bir şey. Ufak bir kaza işte. Lütfen dağılın."

"Burçin, ben çok özür dilerim."

"Ezgi Hanım, Tülin Hanım'a haber vermemi ister misiniz?"

"Hayır hayır, buna gerek yok. Ben iyiyim. Bilirsin işte bir anlık öfke patlaması. Geçti işte. Şimdi gayet iyiyim."

Ayağa kalktı, üstünü başını üstünkörü düzelttikten sonra lavaboya gitti. Suyu açtı ve yüzüne dört beş defa çarptı. Evet, biraz daha iyiydi.

-17-

Sen kimsin, neye üzülüp, neye sevinirsin, hayattaki amacın ne, en son neye mutlu oldun, en son neye üzüldün, nasıl birine âşık olursun, nasıl birinden nefret edersin, vicdanın neye sızlar, kime neden üzülürsün, kalbini ne kırar, neyi kıskanırsın, neyden keyif alırsın sen kimsin?

Terapinin onuncu dakikası olmasına rağmen Ezgi açılışı yapmamıştı. Öylece durmuş elindeki notlara bakıyordu. Aslında derin derin düşüncelere daldığı belliydi. Bu durum odadakilerin dikkatini çekmişti.

Mehmet seslendi. "Ezgi Hanım?"

"Mehmet... yani Mehmet Bey, buyurun." Mehmet'e bakar bakmaz istemsizce gülümsedi fakat bu defa gülümsemesi dudağının kenarında birkaç kırışmadan ibaret değildi. Bayağı bayağı gözlerinin içi gülüyordu. Mehmet'in de ondan aşağı kalır yanı yoktu. Bu durum nasıl olduysa Akgün Bey'in dikkatini çekmişti. Sinsi bir gülümsemeyle boğazını temizledi. Ezgi ve Mehmet, Akgün'e baktılar. Kafası gayet dik, gözleri çok canlıydı.

Ezgi merak etti. "Akgün Bey, en son ne zaman alkol aldınız?"

"Bilmiyorum ama dün bir damla bile almadığıma eminim."

Derya: "Gerçekten mi? Bunu nasıl başardınız?"

Akgün omuzlarını dikleştirdi. "Bilmiyorum. Canım da istedi halbuki. Fakat vücudumun isteğine boyun eğmezsem, bunun bana kendimi iyi hissettireceğini biliyordum. Öyle de oldu zaten. Daha önce aldığım tedavilerde bir zorlama vardı. Yani, hastanedeydim ve gözetim altındaydım. Her gün tahlil ve alkol kontrolü yapılıyordu. İtiraf edeyim, bir an evvel tedavinin bitip de o yerden kurtulacağımı hayal ettiğim için alkol almadım. Yani, rahat rahat alkol alabilmek için orada alkol isteğimi dizginlemiştim. Yalnız, dün ilk defa kendime faydası olacağını düşündüğüm için kullanmadım."

Ezgi notlarını büyük bir titizlikle aldı. Akgün'ü tebrik etti. "Evet şimdi kaldığımız yerden devam edelim. Evet, Mehmet Bey, sıra sizde."

Bunu duyan Zozan, sanki o ana kadar orada değilmiş gibi birden Mehmet'e dikkat kesildi. Onu bir anda dikkatle dinlemeye başlaması, Ezgi'nin gözünden kaçmamıştı. O an Ezgi, çok garipsediği bir duygu hissetti: Kıskançlık... "Yok canım!" dedi içinden. Silkinip Mehmet'in konuşmasını dinledi.

"Herkese merhaba. Ben Mehmet. Kırk üç yaşındayım. Sanayiyle ilgilenen bir işadamıyım. Demir-çelik ve çimento fabrikalarım var. Ben, panik atak ve öfke kontrolü sorunlarıyla buradayım."

Zozan: "Mehmet Bey, Allah'tan sizin durumunuz bizden halliceymiş."

Ezgi her zaman olduğu gibi açıklamasını yapmak için ayağa kalktı. "Panik atak, en kısa tanımıyla ani olarak ortaya çıkan endişe-kaygı nöbetidir. Bu endişe ve kaygı nöbeti kişinin vücudunda bazı fiziksel belirtilerle kendini gösterir, bu nedenle çoğu zaman kişide yoğun bir korku ve rahatsızlık duygusu yaratır. Çağın hastalığı olan ve olumsuz şartların yaşanmasıyla ortaya çıkan panik atak, beklenmeyen bir zamanda ve mekânda ortaya çıkabilir."

Derya: "Yani korku temelli bir şey mi?"

"Onu birazdan açıklayacağım. Öncesinde şunu söyleyeyim: Elbette bu şekilde yoğun korku içinde olan kişi, kendisine çok kötü bir şey olacağını, kalp krizi geçirdiğini ya da geçireceğini, hatta öleceğini düşünür. Yaşadığı fiziksel semptomlarda sorununun kanıtını bulduğunu düşünen, yoğun korku ve anksiyete içindeki kişi, bulunduğu ortamı terk edip, oradan bir an önce uzaklaşmak ister ve yardım alabileceği en yakın sağlık kuruluşuna gitmek ister. Çoğu zaman gidilen hastanede ya da acil serviste bir müdahale gerekmeden yaşanan belirtiler geçer ve kişi kendini iyi hisseder."

Akgün Bey, söz istemek için elini kaldırdı. "Ezgi Hanım, bu Zozan ve Derya Hanım'ınkilerden de daha ilginç bir şey gibi geldi bana. Peki, belirtileri nelerdir?"

"Akgün Bey, beyin yaratıcının en muhteşem eseridir. Bu denli muhteşem bir eserin kusurları da sıra dışı oluyor haliyle. Sorduğunuza gelince, panik atak hastaları her atakta ölüm korkusunu hissederler. Bu kolay ve basit bir tablo değildir. Kişi, her atak yaşadığında tüm gerçekliğiyle ve vücudun tüm sistemleriyle belirtileri yaşar. Bu belirtilerse çarpıntı, kalp atımlarını duyumsama ya da kalp hızında artım olması, terleme, titreme ya da sarsılma, nefes darlığı ya da boğuluyor gibi olma duyumları, soluğun kesilmesi, göğüs ağrısı ya da göğüste sıkıntı hissi, bulantı veya karın ağrısı, baş dönmesi, sersemlik hissi, düşecekmiş ya da bayılacakmış gibi olma, kontrolü kaybedeceği ya da çıldıracağı korkuları, ölüm korkusu, üşüme, uyuşma, karıncalanma, ürperme ya da ateş basmalarıdır. Bu belirtilerden en az dördü ortaya çıkarsa panik atak tanısı konulabilir. Panik atak kişinin hayatını sınırlandıran, yaşam kalitesini düşüren zorlu bir hastalıktır. Çoğu hasta atak gelir de müdahale yapılamaz korkusuyla hastanelerden çok uzaklaşmamaya çalışır. Yaşam şartlarını her an hastaneye ulaşabilecek şekilde düzenler. Bu da kısıtlı bir iş hayatına, gittikçe zorlaşan bireysel ilişkilere ve sınırlı bir sosyal hayata neden olur."

Derya biraz düşündü. Aklına bir şey gelmiş gibi söze başladı. "O zaman bu da obsesif kompülsif bozukluktan çok da farklı değil. Yani, sonuçta ikisi de hayatın gidişatını ciddi ölçüde etkiliyor. Peki, bu hastalığın tedavisi var mı?"

Ezgi, evvela Mehmet'e baktı. Hem Derya'nın sorusuna yanıt vermeden evvelki bir hazırlanış hem de Mehmet'e bakmanın kendisinde uyandırdığı hissi yine yaşamanın isteğiyle bakmıştı ona.

"Panik bozukluğu, tedavisi mümkün olan bir hastalıktır. İlaç tedavileri panik bozukluğu tedavisinin temelini oluşturmaktadır. Düşüncelerimizin, duygularımız ve davranışlarımız üzerinde çok güçlü bir etkisi var. Ataklara sebep olan, görünüşte otomatik düşüncelerin ve yanlış yorumların farkında olmayabilirsiniz. Psikoterapiler, özellikle bilişsel davranışçı terapiler duygu, düşünce, davranış ve belirti ilişkisini anlamamıza ve üstesinden gelmemize yardımcı olacaktır. Psikoterapi hastada panik atağa neden olan etkenlerin bulunup ortadan kaldırılması esasına dayanır. Hastaya panik atakla baş etme mekanizmaları öğretilir. Atağı yatıştıracak nefes alıp verme ve gevşeme teknikleri öğretilir. Bunun dışında panik bozukluğun altında yatan sebepler de psikoterapilerle giderilmeye çalışılır." Bu sırada, bir şey Ezgi'nin dikkatini çekmişti. Ne o gün ne de diğer terapiler boyunca Alev hiç konuşmamıştı. Bütün konuşulanları ilgiyle dinliyor ama katılıma kayıtsız kalıyordu. Onun henüz aktif bir katılım göstermemiş olması, Ezgi için olumlu bir ilerleme değildi. "Alev Hanım, isterseniz biraz da sizi tanıyalım."

Alev diğerlerinden daha da içe kapanıktı. Diğerleri de çok rahat sayılmazlardı ama açılmayı başarmışlardı. İlerleyen seanslarda bu giderek artacaktı. Alev, eliyle alnını okşadı. Sanki zoraki orada tutuluyormuş gibi bir yüz ifadesi takındı. "Merhaba, ben Alev." Alev'in, görünüşünün aksine güçlü bir sesi vardı. Kendinden emin ve kararlıydı. "Alev Atmaca, kırk yedi yaşındayım. Özel bir bankada genel müdür yardımcısıyım. Bir evlilik yaptım ve boşandım. Bir çocuğum... Yani..." Alev duraksadı. İşte tam o sırada Ezgi durduk yere dişlerini sıkmaya başladı. Bunu yapması çok anlamsızdı. Sanki Alev onun can düşmanıymış gibi bakıyordu ona. Alev o kısa duraksamadan sonra konuşmasına devam etti. "Şu an bekârım ve borderline kişilik bozukluğumla boğuşuyorum. Yani adından da anlayacağınız üzerine sınırda bir kişiliğim var. Ezgi Hanım bu konuyla ilgili size bilgi verecektir ama ben, bu kişilik bozukluğunun bendeki tanımını yapayım. Hani sinemalarda ya da çizgi filmlerde gördüğümüz, birinin bir yanında melek diğer yanında şeytan olması durumu var ya, onu gerçekten yaşıyorsunuz. Size durumu daha net bir örnekle anlatayım; bugün deli gibi sevdiğiniz adamı ya da kadını yarın bir kaşık suda boğasınız geliyor. Mesela bir kişi belirgin bir hastalığı olmasa bile dönem dönem depresyona girebilir değil mi? Bu durumdan kurtulmaları haftalar ya da aylar alabilir. Fakat ben yirmi dört saat içinde defalarca düşüncelerimle depresyona girip çıkıyorum. Yine aynı gün içinde defalarca dünyanın en mutlu insanı olabilirim ya da bahtı kara kişiler gibi dolaşabilirim. Bunlar yumuşak duygular değil. Uç, adı gibi sınır duygular ve ben bunların arasından gidip geliyorum."

Ezgi unuttuğu bir şeyi hatırlamış gibi bir hışımla ayağa fırlayıp "On beş dakika ara verelim!" dedi. Dışarı çıkar çıkmaz Hasan'ı çağırdı. Hasan, içeride terapi varken, dışarıda resmen kapı nöbeti tutuyordu. Koşarak Ezgi'nin yanına geldi. "Buyrun Ezgi Hanım."

"Hasan, sen sigara kullanıyor muydun?"

"Evet de, neden sordunuz?"

"Bir tane versene. Bir de çakmak ya da kibrit, ne bileyim ver işte."

"Siz sigara kullanıyor muydunuz?"

"Kullanıyorum Hasan, neden sordun?"

Hasan şaşkındı. Onu daha evvel sigara içerken görmemişti. Aslında kimse görmemişti. Ezgi, sigara ve çakmağı aldığı gibi lavaboya gitti. Kapıyı iki kere kilitledi. Sigarasını yakıp derin bir nefes almasıyla öksürmesi bir oldu. Boğazı yırtılacakmış gibi öksürüyordu. Kesilince, elindeki sigaraya baktı. Sonra bakışlarını üzerinde gezdirdi. "Ben sigara kullanmam ki? Bunu neden yaktım ben?" Sigarayı söndürdükten sonra aynaya baktı. Yüzü ona öyle çirkin gelmişti ki, kendisine iğrenerek bakmaya başladı. Boynuna, saçlarına, gözlerine bakıyordu. Sonra ciddileşti ve aynadaki yansımasıyla konuşmaya başladı. "Kimsin sen? Ezgi olmadığın ortada. Peki, kimsin ve neden haftalardır yakama yapıştın? Bana bak, seni öldürürüm. İnşa etmeye çalıştığım o muhteşem geleceğime engel olmaya çalışan sen olsan, seni bile öldürürüm. Beynimden, bedenimden, aklımdan çık git!" Elini yüzünü yıkayıp makyajını düzelttikten sonra dışarıya çıktı. Hasan'a baktı.

"Ne oldu Ezgi Hanım?"

"Bir daha sigara kullanmayacaksın. En yakın zamanda bırak. Yoksa seni kovarım. Soluğu kapının önünde alırsın. Değil bundan sonra herhangi bir kafede çalışmak, marketteki o adi, ucuz, tek içimlik kahvelerden bile alamazsın."

"Ezgi Hanım!"

"Tamam, kes kes kes!"

Hasan, onunla konuşan kişinin Ezgi olduğuna inanamıyordu. Bu kadın Ezgi olamazdı. O naif, kibar, zerre kadar egoist olmayan kadın gitmiş kaba, anlayışsız, tehditler savuran biri gelmişti. Ezgi terapi odasına girdiğinde Hasan olayın şaşkınlığındaydı. Kendi kendine mırıldandı. "Allah Allah, ne oldu bu kadına?" Ezgi'nin normal hâli olmadığına emindi. Hele ki geçen geceki o hâline de tanık olduktan sonra onun son zamanlarda zor bir süreç yaşadığını, bu durumunun da ondan kaynaklı olabileceğini düşündü.

Terapi, karşılıklı konuşmalar halinde devam etti. Derya, son zamanlar artık eskisi kadar duş almadığından bahsetti. Akgün, bugün de alkol içmeyeceğini belirtti. Zozan ve Mehmet, durumlarında henüz bir değişiklik olmadığını söylediler ama aslında Zozan kendisi açısından büyük bir gelişme kaydetmişti.

"Ezgi Hanım, nedenini inanın bilmiyorum ama yıllar sonra ilk defa canım pasta çekti."

Ezgi gülümsedi. "Bu, senin için harika bir gelişme. O zaman buradan çıkar çıkmaz güzel bir pastane buluyorsun ve harika bir pasta yiyorsun. Anlaştık mı?"

"Anlaştık Ezgi Hanım."

"Ya da dur, ben sana harika bir yer önereceğim. Oraya git. Çilekli pastaları enfes..."

Terapinin bitmesine on dakika kala Ezgi bir sonraki terapi hakkında bir şeyler anlattı. "Arkadaşlar, ilk üç terapiyi bitirdik. Tanıştık, hastalıklarımızı tanıdık. Birbirimize karşı bir güven ve samimiyet oluşturduk. Önümüzdeki üç gün terapi yok. Bu üç gün boyunca düşünmenizi istediğim bir şey var: Geçmişinizde sizi üzen, zorlayan, asla unutmadığınız ve her hatırladığınızda size aynı duyguları en baştan yaşatan şeyi ya da en büyük pişmanlığınızı iyice düşünüp bir sonraki seansta anlatmanızı isteyeceğim. Burada tamamen açık olmanızı ve çeşitli sebeplerle gizlediğiniz şeylerin sizi iyileştirmek yerine daha da kötüye götüreceğini bilmenizi isterim. Şimdi, sorusu olan varsa alayım."

Kimsede soru soracak hâl kalmamıştı zaten. Üç gün sonra olacak bu şeyi daha şimdiden düşünmeye başlamışlardı. Bu yapacakları şey Ezgi'nin anlattığı kadar kolay değildi. Hele ki bunu başka insanların önünde anlatmak, onlar için dünyanın en zor şeyiydi. Fakat terapinin amacı da buydu; kendilerini aşmak ve benliklerindeki onları rahatsız eden tüm hikâyeleri dışa vurarak onlardan kurtulmak.

Terapi bitip dağılmaya başladıklarında Ezgi, Zozan'ın koluna girdi.

"Bir saniye." O sırada Ezgi'nin gözü Hasan'ı aradı. Hasan onu fark edip yanına koştu. "Hasan."

"Efendim Ezgi Hanım."

"Senin şu eski çalıştığın yer vardı ya..."

"Evet."

"Şimdi Zozan Hanım'ı alıyorsun ve oraya götürüyorsun. Ona harika bir latte yapıyorsun ve o enfes çilekli pastalardan ikram ediyorsun."

Hasan, Ezgi'yi dikkatle izliyordu. Az evvelki o katı Ezgi gitmiş, eski sevecen Ezgi gelmişti. Hasan bir an sesli düşündü: "Bu hâli daha iyi!"

"Efendim Hasan?"

"Şey... yani ben size demedim. Tamam, ben ilgilenirim kendileriyle."

-18-

Hayatınız daha iyiye gitsin istiyorsanız, yeniliklere ve değişime açık olmanız gerekir. Yaşam ya yürekli bir serüvendir ya da bir hiç.

Ezgi eve döndü, duşunu aldı, biraz kitap okuduktan sonra yatağına uzandı. Uyumak istemiyordu. İçinde garip bir heyecan vardı. O gün çok farklı duyguları kısa sürelerle yaşamıştı. Öncesinde Mehmet ile harika bir kahvaltı yapmış, ardından Erol'un telefon görüşmesi onu mahvetmişti. Sonrasında terapideki olumlu gelişmelerle yeniden mutlu olmuştu. Şimdi ise karmaşık birçok şey düşünüyordu ama asıl zihnini kaplayan tek bir şey vardı, o da o an Mehmet'in ne yapıyor olduğuydu.

Bu kadar zaman sonra bir erkeği merak etmesi, Ezgi'nin yaşayacağı şey değildi. Onu aramak istedi. Fakat hemen sonra "Bu doğru olmaz" deyip vazgeçti. Yataktan kalktı, evin içinde öylesine dolaşmaya başladı. Yine fikir değiştirip Mehmet'i aramaya karar verdi. "Neden doğru olmasın, adamın kolunda sekiz tane dikiş var ve onu merak ediyorum. Bu gayet normal değil mi?" Mehmet'in numarasını çevirmişti ki yine aksi karar alıp telefonu yatağının üzerine fırlattı. Hemen arkasından telefonu çalmaya başladı. Korkmuştu. "Eyvah! Yoksa Mehmet'in telefonunu çaldırdım mı? Rezil oldun kızım, rezil!" Telefonuna baktı, arayan kişinin Kenan'ın olduğunu görünce rahatladı.

"Efendim?"

"Sevgilim nasılsın?"

"İyiyim Kenan. Sen nasılsın?"

"Her şey yolunda... O arkadaşın nasıl oldu?"

"Arkadaşım? Ah, evet o. Gayet iyi. Çok teşekkür ederim ilgilendiğin için."

"Ne demek hayatım, senin için önemli olan herkes benim için de önemlidir. Sevgilim, benim kapatmam gerekiyor. Toplantıya ara verilmişti, ben de bir sesini duyayım dedim. Gece ararım. Tabii uyumamış olursan."

"Tamam, konuşuruz sonra."

Ezgi telefonu kapattıktan sonra Kenan'ın cümlesini tekrarladı. "Senin için önemli olan herkes benim için de önemli."

"Tabii ya, Mehmet benim için önemli. Onu aramamda ne sakınca olabilir?" diye düşündü. Telefonunun kilit ekranını açıp heyecanla Mehmet'i aradı. Daha ilk çalmada Mehmet telefonu meşgule aldı. Bu Ezgi'yi üzmüş, bununla da kalmamış, sinirlendirmişti. Siniri Mehmet'e değil, kendineydi. "Sana ne Ezgi, sana ne! Ne merak ediyorsun? Neden arıyorsun?" deyip kendine bağırıyordu. O sırada kapının zili çaldı. Ezgi, kimin gelmiş olabileceğini düşündü. "Tabii ya, annem! Başka kim olur ki. Habersizce, çat kapı başka hangi vatandaş gelir ki?" Ezgi'nin annesi ona gelirken önceden haber vermez, kızının müsait olup olmadığını sormazdı. Sanki bunu kasti yapıyor gibiydi. Kadın daha kapıdan girer girmez sağa sola aranır gözlerle bakıyordu. Ezgi'nin açığını ya da gizlediği şeyleri kolluyor gibiydi. Araları pek sıcak değildi fakat eskiye nazaran hatırı sayılır ölçüde bir anne-kız ilişkileri vardı.

Ezgi, bezgin bir şekilde kapıyı açtığında gördüğü manzara onu şaşırttı. Kocaman bir çiçek buketi duruyordu. Ezgi iki adım geri çekilip çiçeği tutanın kılığına baktı. Yüzünü göremiyordu. Belli ki erkekti. Gri kumaş pantolon pek bir pahalıydı. Ayakkabılar cilalıydı. Ceketinin az bir kısmı görünüyordu ama itinalı bir terzinin elinden çıktığı belliydi. Ezgi'nin aklına biri geliyordu ama o böyle şeyler yapmazdı. Çiçekleri yüzünden indiren adam "Filmlerde böyle mi yapıyorlardı?" diye sordu. Ezgi çok sevinmişti. Gelen tam da tahmin ettiği gibi Mehmet'ti. Fakat Mehmet'i dosyasında okuduğu kadarıyla tanıyordu ve o böyle şeyler yapacak bir erkek değildi.

"Sen, neden böyle bir şey yaptın ki?"

"Dün geceki ilgin ve bu sabahki o enfes kahvaltı için teşekkür etmek istedim. Aradın ama zaten kapının önündeydim o yüzden meşgule attım kusura bakma. Yalnız, şu çiçekleri elimden alır mısın? Bana alerji yapıyor da."

"Ne? Senin çiçeğe alerjin mi var?"

"Tabii ya, var. Ayrıca yalnızca çiçeğe karşı değil, böyle romantik her şeye bir alerjim var benim. Hem beceremem de."

"Mehmet, harikasın yahu! Ben de bir şey zannettim. Demek alerji ha! İlginçmiş."

"Ya, ne demezsin. Bir de bana sor."

Ezgi gün içerisinde yaşadığı tüm stresi bir anda unutmuştu. Yalnızca bu değil, Mehmet'in karşısında resmen çocuklaşmıştı. Yüzü gülüyor, mutlu oluyor, kendini güvende hissediyordu. Onu içeriye davet etti. Kendisi de üzerini değiştirmek için odasına çıktı. O sırada yine günlüğünün olduğu dolaba yöneldi. Fakat dolabı açmadı. Eliyle ona dokunup "Az kaldı. Çok yakında seni alevler içinde göreceğim ve o günden sonra her şey bambaşka olacak" dedi.

Ezgi ve Mehmet kahvelerini yudumlarken, koyu bir sohbete dalmışlardı. Mehmet, Ezgi'ye kız arkadaşını anlattı. "Onunla tanıştığımızda ben kırkıma basmıştım ve o yaşa kadar hiç uzun soluklu bir ilişkim olmamıştı. Onun adı Gülçin. Aklı fikri alışverişte. Yanılmıyorsam, bir iş yemeğinde tanıştık. İş yemeği dediysem, onun da bu yemekle ilgili olduğunu düşünme o zaten bu tür şeylerden nefret eder. İş yaptığım şirket sahiplerinden birinin kızı. Bizim ilişkimiz öyle normal ilişkiler gibi başlamadı. O yemekten sonra kendisi beni ziyarete geldi. Ardından nasıl olduğunu anlamadığım bir şekilde yemeğe çıktık. İki gün sonra da birlikte bir davete katıldık, derken baktım ki biz sevgili olmuşuz. Müdahale etmedim. Akışına bıraktım. İlişkimizde sorunlar oldu, hâlâ da oluyor ama ne oluyor nasıl oluyorsa biz yine kaldığımız yerden devam ediyoruz. O gerçekten çaba harcıyor ama onun gösterdiği çabanın çeyreği bende yok. Şimdilerde evlenmek istiyor, ben de onunla resmen köşe kapmaca oynuyorum. Biliyorum onunla evlenirsek, çok geçmez boşanırız. Ben böyle olsun istemiyorum. Bir kere evlenmek, evlendiğim kadınla da kocaman bir ömür sürmek istiyorum. Ne derler hani; mezara kadar."

Gülüştüler. Ezgi, karşısındaki erkeğin kibarlık ve kabalık arasında gidip geldiğini görebiliyordu. Mehmet'in anlattıklarına bakılırsa, son yirmi dört saat içinde Ezgi'ye gösterdiği inceliği hiçbir kadına göstermemişti. Ezgi, onun son lafını tekrarladı. "Demek mezara kadar. İlginç. Mehmet, sende biraz maçoluk var galiba."

"Maço mu? Hiç hoş değil. Benim ruhum iri, hepsi o."

"Ruhun mu iri?"

"Hani şişman olduğunu kabul etmeyenlerin bahanesi vardır ya 'Benim kemiklerim iri' derler, işte benim de ruhum iri. Maço değilim aslında."

"Mizah anlayışın hoşuma gitti. Eğlenceli birisin."

"Sana şimdi bir şey diyeceğim ama çok klasik olacak."

"Söyle."

"Bana bunu söyleyen ilk kadınsın. Kadınlar beni beğenirler ama bu sert ve kaba tavırlarımdan dolayı hepsi resmen koşarak uzaklaşır. Fakat sen, eğlenceli biri olduğumu söylüyorsun."

Ezgi bu duydukları karşısında kendini kaybetmeye başladı. Sevdiğini saplantı haline getiren hastalarının, ilişkilerine başladıkları zamanı anlatırken duydukları hisleri düşündü. Bu duyguları kendisi yaşayabilir miydi? Bu ona uzak bir ihtimal olarak geliyordu. Şimdi ise Mehmet'in karşısında sevgilisiyle ilk görüşmesini yapan liseli bir kız gibi heyecanlıydı. O gecenin bitmesini ve bu güzel sohbetlerinin sonlanmasını istemiyordu.

Mehmet ise kendi aşk hayatını anlatırken yaşadığı bezginliği de hissediyordu. Çok üzerinde durmak istemedi. Ezgi'yi merak etti. "Senin hayatında biri var mı?"

Ezgi elinde tuttuğu kahve fincanını iyice kavradı. Yüzü düşmüştü. Bu soruya doğru olan yanıtı vermeliydi. Fakat doğru cevap Mehmet gibi birisinde heyecan kırılmasına sebep olabilirdi. Ezgi bunun olmasını istemiyordu fakat yalan da söyleyemezdi. Orta yolu bulmayı tercih etti. "Aslında, hayatımda biri var. Fakat senin ilişkinden bir farkı yok. Galiba son dönemde de iyice zorlamaya başladı. Adı Kenan. Kenan'ın beni sevdiğini biliyorum ve onun gibi hissetmediğim için kendimi suçluyorum."

"Yani, bu tür duygular her zaman olması gerektiği gibi gelişmez ki. Bunun için rahatsızlık duymana gerek yok. O seni seviyorsa sen de onu seveceksin diye bir şey yok."

"Haklısın ama ilişkiyi sonlandırmak çok zor. O, istediğini almaya alışkın birisi. Şimdi ilişkiyi sonlandırırsam, bunu bir savaşa veya takıntıya dönüştürebilir. Aslında bu ilişkiyi onun bitirmesi daha sorunsuz olur."

"O zaman da sen yıpranacaksın."

"Alışkın olmadığım şey değil ki."

Mehmet'in duyarlı tavrı Ezgi'nin ona hayranlığını artırıyordu. Ezgi kolay kapılan bir kadın değildi ama Mehmet bu genellemeyi yıkıyordu. Kenan'ın üzerine konuştuktan sonra Ezgi sustu. Mehmet onun bir şeylerden rahatsız olduğunu anlamıştı. Ona doğru yaklaşıp Ezgi'nin başını omzuna koydu. Ezgi bu davranışı etkileyici buldu. İçinde unuttuğu şeyler uyandı. "Birinin omzunda güven duymayalı ne kadar oldu?" diye düşündü. Bir ara başını kaldırdı ve Mehmet'e baktı. Onun gözlerinin parladığını fark etti. Kuvvetli bir çekim ikisini hızla birbirine yaklaştırıyor gibiydi. Ezgi buna kayıtsız kalamadı. Mehmet'in dudaklarına yöneldi. Bir ya da iki saniye sonra ayağa fırladı. "Ben, çok özür dilerim Mehmet. Duygusallaştım bir an ve haddimi aştım. Affet ne olur!"

Mehmet hayran hayran onu izliyordu. Gülümseyerek ayağa kalktı. Genç kadının yüzünü avuçlarının arasına aldı ve Ezgi hâlâ konuşmaya ve özür dilemeye devam ederken öpmeye başladı. Ezgi şaşkındı. Mehmet'in ona kızmaması Ezgi'yi rahatlatmıştı. Mehmet'in elinden tuttuğu gibi onu merdivenlerden çıkardı. Yatak odasına götürdü. Yatağa vardıklarında soyunmuşlardı.

-19-

En sık yapılan hatalardan biri tek başına kalmamak adına değersizleştiren ilişkilere devam etmektir. Çünkü en büyük yalnızlığa asıl o zaman düşülmüş olur.

İkindi saatlerine doğru Ezgi'nin telefonu çaldı. Arayan annesi Zarife Hanım'dı. "Ezgi, bu akşam sana gelmek istiyorum. Evdesindir umarım."

"Evdeyim. Bir sorun mu var?"

"Hayır, neden bir sorun olsun ki? Yalnızca kızımı görmek istedim."

Tuhaftı. Bir sorun ya da konuşmak istediği bir şeyler yoksa Zarife Hanım'ın Ezgi'yi ziyaret etmesi görülmüş şey değildi. Ezgi bu sefer çok üstünde durmadı. Onun aklı başka şeylerle meşguldü. Özellikle dün gece Mehmet ile olanlar ve sonrasında olacaklarla...

Ezgi kahve almadan yatak odasına çıktı. O gizemli kutusundaki deri kaplı günlüğünü çıkardı. Kollarının arasına bir bebeği sarması gibi sardı. Mutfağa inip kahvesini aldıktan sonra verandasına çıktı. Masanın üzerine defteri ve kahveyi bırakıp derin bir nefes aldı ve gülümsedi. Hava soğuktu, fakat o, baharın ilk günlerini yaşıyormuş gibi heyecanlıydı.

"Buralara çiçek ekmek lazım!" dedi. Bahçenin düzenli olması ona yeterdi. Çiçek ekmekten de çok hoşlanmazdı. Onlara gereken ilgiyi veremeyip bir süre sonra susuzluktan ölmelerini istemediğinden bahçeye çiçek ekmek istemiyordu. Aslında bir yardımcı ya da bir bahçıvan tutabilirdi, ama mahremini başkalarıyla paylaşmaktan çekiniyordu. Bu duyguyla magazin haberlerinde boy göstermekten de nefret ederdi. Bir yardımcısı vardı ama onu da yatılı almıyor, temizlik ihtiyacı olduğunda ya da yemeğe misafir alacağı zaman çağırıyordu. Yakın arkadaşı Aslı pek bayılırdı çiçek yetiştirmeye. Ezgi ona saksıda bir sardunya hediye etmişti. Aslı gece gündüz onunla ilgilenir olmuştu. Ne zaman Londra'ya gitse Aslı'nın bahçe bitkilerine özenir, saatlerce onun kış bahçesinde otururdu.

Kahvesinden bir yudum aldı. Omzundaki şalı düzeltip oturdu. Defterini, daha doğrusu bir zamanlar günlük olarak kullandığı defteri açıp başladı yazmaya. Yıllardır hiçbir şey yazmamıştı ona. Ne zaman bir şeyler yazacak olsa geçmiş sayfalarını okur, canı yanar ve hemencecik defteri kapatırdı. Bu sefer önceki sayfalara bakmadı. Hatta son boş sayfayı atlayıp yeni, tertemiz bir yerden başladı. Orada bir önceki sayfanın oluşturduğu kalem izi dahi yoktu. Geçmişe ait hiçbir şey yoktu. Yüzündeki gülümsemeyle yazmaya devam etti.

Yüreğim, demir parmaklıklar arasına atılmış aslan gibi hırçındı. El parmaklarımın istemsiz hareketleri beni rahatsız ediyor, odanın orta yerinde çivi gibi çakılı kalmış, Mehmet'in gelmesini bekliyordum. Birkaç adım atıp pencereye doğru ilerledim ve perdeleri sonuna kadar açtım. Çok güzel bir manzara vardı şehirde. Vals müziğinde ahenkle dans ediyordu sanki milyonlarca kar tanesi ve her biri kibarca konuyordu pencerenin kenarına.

Mehmet arkama geçip bana sarıldı. Onun parmak uçları yüzümde dolaştıkça heyecanım artıyor, titrememe engel olamıyordum.

Hâlâ pencere kenarındaydık. Mehmet, gözlerimin içine baktıktan sonra dudaklarıma yöneldi. Dudakları dudağıma değdiğinde nefesini hissettim. Değişik bir nefesti bu. Tüm bedenimi saran, ruhumun üzerine örtülen beyaz, ipek bir çarşaf gibi kokusu vardı soluğunun. O beni öptüğünde vücudumun tüm kaslarının gerildiğini hissettim. Dudaklarının davetine icabet eden dudaklarımın ateş gibi yandığını o da hissediyor muydu acaba? Öpüşmeye başlamıştık. Mehmet'le ilk defa öpüşüyordum ama aslında hayatımda bugüne kadar hiç öpüşmemişim. Değil Mehmet ile sanki hayatımdaki ilk öpüşmeydi bu. Öpüştükçe nefes alıp vermelerimiz hızlanıyordu. Sonra onun elini belimde hissettim. İşte o dokunuş, bir el bombasının pimini çekmek gibiydi. Bir dokunuş, bu kadar mı eritir insanı? Belimde onun eli, dudaklarımda onun dudağı... Aynı şeyleri hisseder diye ben de elimi onun ensesinde gezdirmeye başladım ve o andan sonra öpüşmemiz daha da hızlandı. Vücutlarımızı birbirine iyice yaklaştırıyor, birbirimize daha sıkı sarılıyorduk.

Henüz pencere önünde ayrılmadık. Mehmet ellerini vücudumun her yerinde gezdirdikçe başımın döndüğünü hissettim. Aynı zevki hissetsin, benim gibi onun da tüm kasları gerilsin diye ben de doğrudan boynuna yöneldim. Mehmet'ten duyduğum derin bir soluk verme sesi beni inanılmaz heyecanlandırdı. Ben onun boynunda dilimi ve dudaklarımı gezdirdikçe o hafiften inliyordu. Bu inlemesi, benim o an aldığım hazzı doruğa çıkartıyordu. Evet, o benim hareketlerimden zevk aldıkça ben de onun bu aldığı zevkle gururlanıyor, bu gurur benim alacağım tadı kat be kat artırıyordu.

Pencerenin önünden ayrılıp sol tarafımızdaki yatağın kenarına oturttu beni, sonra da yatağın üzerine yatırdı ve ardından üzerime uzandı. O, dilini kulak arkamda gezdirmeye başladığında dilinin oraya değmesinden ziyade nefesini hissedişim beni deli ediyordu. Böyle bir hissi ilk defa yaşıyordum. Bedenime engel olamıyordum.

Boynumdan aşağıya, daha da aşağıya iniyordu. Göğüslerimde hissediyordum onun nefesini. Sertleşmiş göğüs uçlarım öyle davetkâr görünüyordu ki utandırıyorlardı beni. Mehmet'in başını göğüslerimden kaldırıp vücudumu seyretmesini istemiyordum. Bu cüretimi ve isteğimi görmemeliydi. Vücudumda beni rezil eden tek yer meme uçlarım değil, tenimin belden aşağıda kalan kısmında hissettiğim ıslaklık da beni tedirgin ediyordu. Mehmet'in aşağıya doğru ilerleyen elini durdurmalıydım fakat buna, aldığım haz engel oluyordu. Bedenimin benden bağımsız hareket etmesi beni rezil ediyordu o an. Daha evvel vücudumdan hiç bu kadar utanmamıştım.

Aşağı doğru eğilip kasıklarımdan öptü uzun uzun, tekrar üzerime uzanıp dudaklarıma şehvetle yapıştı ve biz yoğun bir şekilde öpüşmeye başladık. Öpüştükçe isteğim artıyor, isteğim arttıkça onun kendini belli eden iştahını hissetmek için kasıklarımı hareket ettiriyordum.

Bedenimin sırrında bir başka varlık hissediyor, bu hissettiğim şey beni rahatsız etmek yerine sırrımın açığa çıkmasından dolayı haz veriyordu. Az evvel birbirine karışan sırların odaya yaydığı koku daha evvel alışık olmadığım bir etki uyandırıyordu dimağımda. En derinimde hareket eden o şeyin bu derece mutluluk vermesi ne tuhaftı. Bu heyecandan kalbim durabilirdi. Hızlanan bedenlerimiz sanki bir geri sayıma başlamıştı; dört, üç, iki, bir ve muazzam lezzet.

Hareketlerimiz yavaşlıyordu. O an şunu ikimiz de biliyorduk; bedenlerimizden çıkan o azıcık sıvı, bizim için bir bitişi değil, koskoca bir başlangıcı simgeliyordu. Bir günahın içerisinde nasıl bu denli mutlu ama bir o kadar utangaç ve tedirgin olabilirdi ki insan? Yaratılışın sırrına ermek isteyen biri o ilk andan, üremenin gerçekleştiği, insan neslinin ortaya çıktığı yerden, yani yataktan başlamalıydı bu işe! O an tüm sırlar insanın önüne serilmiyor mu? Buna yalnızca cinsel bir doyum gözüyle bakmak, sırrı daha da görülmez yapar ama o an biz, cinsel tatminden çok daha öte bir iş başarmıştık.

Güzel şeyler olacak. Tabii zor ve yorucu şeyler de bizi bekliyor. Ben böyle bir savaşa hazır değilim ama Mehmet'in arkasına sığınmış olmak bile bana yetebilir.

Ezgi defteri kapattıktan sonra derin bir nefes alıp gülümsedi. Sonra ne olduysa birden gülümsemesi kırıldı. Dün gece Mehmet ile yaşadıklarını yeniden düşündü. Bu kez başka şeyler hissediyordu. Pişmanlık gibiydi ve biraz da utanıyordu. Hınçla ayağa kalkıp "Bu yaptığım hiç doğru değildi!" dedi. Neden böyle ani bir değişim yaşamıştı? Sonra akşam annesinin ziyaretini kaldıramayacağını düşünüp onu aradı. Akşama önemli bir işinin olduğunu söyleyip alelacele telefonu kapattı. Geceyi anımsadıkça utanıyordu. Bunu telafi etmek mümkün olsa hiç düşünmez yapardı o an. Kolundaki yanık izini tutup "Yine benim hatam" dedi. "Yine bir dalgınlık anı daha bana yara açacak." Korku hissetmeye başlamıştı. Bu yaşadığından dolayı yerin dibine geçecek gibi hissediyordu. Evin içinde birkaç saat bu duygu değişimiyle dolanıp durdu. Fakat akşama doğru sakinleşmişti. O feveran halinden eser kalmamıştı. "Belki de zannettiğim gibi kötü olmayacak" diye diye kendini teselli etti.

Akşama yakın Ezgi, Mehmet'ten bir telefon aldı. Uzun uzun konuştular. Günlerinin nasıl geçtiğini, dün gece yaşananları ve birçok şeyi. Mehmet, en az Ezgi kadar mutluydu. Bu Ezgi'nin hoşuna gidiyordu. Telefonu kapattıktan sonra düşünmeye başladı. Kenan'dan ayrılması gerekiyordu. Onunlayken böyle bir şey yapmış olması içini yiyip bitiriyordu. Bir tek bu duygu onun neşesine gölge düşürüyordu. Kenan'ı aradı.

"Kenan, konuşmamız lazım."

"Hayatım, bu gece dönüyorum. Sana gelirim konuşuruz."

"Tamam."

Kenan'ı üzmeyi istemiyordu. Bunu ona nasıl anlatacağını bilmiyordu. Kendisini Kenan'ın yerine koyunca istenmeyecek şeylerin olabileceğini görebiliyordu ama Kenan'ın Ezgi gibi belli belirsiz zamanlarda ortaya çıkan öfke nöbetleri yoktu. Zor durumlarla baş etmesini biliyordu. Ezgi'nin asıl korktuğu nokta, Mehmet ile ilişkilerini öğrenirse ona bir zarar verecek olmasıydı. Bu sorumluluğu alamazdı. Bir süre Mehmet ile ilişkilerini saklama kararı aldı.

Yoğun düşünceler içinde savrulurken kapı çaldı. Annesi gelmiş olmalıydı. Kapıyı açtığında, onun soğuk yüzünü gördü ve neşesi bir anda düştü. Annesini içeriye davet etti. Zarife Hanım'ın yüzü pek bir donuktu. Kızıyla arasındaki mesafeden kaynaklı da değildi, oldu olası annesini böyle görürdü. Sebebini öğrenmeyi çok istediyse de bunda başarılı olamadı. Bir süre sonra da annesini kendi haline bıraktı. Artık ikisinin de ayrı dünyaları vardı. Bir türlü aralarındaki mesafeyi aşamayan bu iki kadın, birbirlerinden hazzetmiyormuş gibi görünüyorlardı.

-20-

Hayatınızın kalitesini artırmak için geçmişin yükünden kurtulmalısınız. Gerçekten hak ettiğiniz, kendinizin belirlediği hayatı mı yaşıyorsunuz yoksa yüzleşmekten kaçıp sırtınızdaki yükle şekillenen hayatı mı?

Ezgi yorgun argın okuldan döndü, Zarife Hanım salonda değildi. Ezgi üst kattaki odasına çıktı. O sırada kapısının açık olduğunu ve annesinin orada olduğunu gördü. Bu durum, Ezgi'nin dizlerinin bağının çözülmesine sebep olmuştu. Yıllardır arada bir de yazsa, tuttuğu günlük yatağının altındaydı ve annesi tarafından okunmuş olabilirdi. Birçok olay, annesine dair düşünceleri ve geçmişin tüm karanlık noktaları oradaydı. O günlük Ezgi'nin bilinçaltından farksızdı. Bir an için evden koşarak ayrılma isteği duydu.

"Bir saniye... Eğer günlüğü bulmadıysa, ona çok yaklaşmış da olabilir. Daha fazla odamı karıştırmadan içeri girmeliyim" diye düşündü ama bunu yapıp yapmamak arasında kararsızdı. Kaçmak ya da üstüne gitmek! Bu, Ezgi'nin gün içinde en çok yaşadığı ikilemdi. Bu duruma düşmekten nefret ediyordu. Yüzleşmek istemediği ama yüzleşmek zorunda olduğu şeyleri kolayca yeniyordu. Bu güçlü yönü onu hep ikileme düşürüyordu, kaçıp gitme isteği geldiği anda durduruyordu. Yavaşça odaya ilerledi. Annesinin ne yaptığını anlamaya çalışıyordu. Zarife Hanım, kızının kitaplığının önünde durmuş hareket dahi etmiyordu. Ezgi kapıyı araladı. "Anne!"

Zarife Hanım irkildi. Elinde bir şey vardı ve arkasına sakladı. Bir hayli tedirgin olmuştu. Bir eliyle saçlarını düzeltti ve sesi hafif titreyerek Ezgi'yi yanıtladı. "Sen, ne zamandır oradasın?"

"Yeni geldim de, sen ne yapıyorsun odamda?"

"Allah Allah! Giremez miyim kızımın odasına?"

"Girersin de..."

Ezgi'nin gözü annesinin arkasına sakladığı şeye takılıyordu. Sonra çaktırmamaya çalışarak yatağının alt kısmına baktı. Her şey gayet yolunda görünüyordu. Hem Zarife Hanım günlüğü bulmuş olsa çoktan ortalığı birbirine katardı. Fakat bu panik olmuş tavrının bir nedeni olmalıydı. Zarife Hanım, Ezgi'ye doğru birkaç adım attı. "Aç mısın?"

"Çok değil."

"İyi o zaman önce biraz ders çalış."

Zarife Hanım, Ezgi'nin karnının açlığını tokluğunu düşünecek kadar ilgili bir anne değildi. Oğlu Volkan olsa, yemeğini o daha eve gelmeden hazır ederdi de, durum Ezgi'ye gelince değişiyordu. O an odada, o soruları sorarak Ezgi'nin dikkatini dağıtmaya çalıştığı belliydi. Arkasını Ezgi'ye dönmemeye çalışarak odadan ayrıldı. Kapıyı çekerken kızına baktı, sıradan ve olabildiğince yapmacık tebessüm etti.

Ezgi kapı kapanır kapanmaz yatağının altındaki günlüğüne baktı. Yerindeydi. Sonra "Bu kadın benim odamdan bir şey aldı ama ne?" diye düşünmeye başladı. Kitaplığında göz gezdirdi. Her şey yerli yerindeydi. Derken birden durdu. Kitaplardan biri yoktu. Tolstoy'un "İnsan Ne ile Yaşar" adlı kitabı yerinde değildi. Demek

Zarife Hanım o kitabı almıştı. Ezgi bunu neden gizlemeye çalıştığını anlayamadı. Çok da üzerinde durmadı. Annesinin neyi neden yaptığına kendisini bildi bileli akıl sır erdiremiyordu zaten. Yatağının kenarına oturdu. Siyah deri kaplı günlüğünü eline alıp içinden herhangi bir sayfayı açtı. Yazdıklarını okumaya çok meraklı birisi değildi. Bunu, yaşadığı kötü şeylerden biraz olsun kurtulmak için yapıyordu. O sayfaları okumak, acılarını tazelemek olacağından o sayfalara göz ucuyla bile bakmazdı. Fakat nedense o an tek istediği şey günlüğünü okumaya cesareti olup olmadığını yoklamaktı. Yokladı ve buna hazırdı. Geçen sene yani on sekiz yaşında, annesine atfen yazdığı bir bölümle karşılaştı.

Bir duvar dibi buluyorum. Karanlıkta, saklanmak için ne hoş bir yer.
Orası bile senden daha şefkatli ve sıcak bakıyor bana.
Sokaktan gelip geçenler bile senin suretinden daha bir tanıdık geliyor.
Biliyor musun, hayatım boyunca en çok sana yabancıydım.
Yağmurlar, dokunmadığın saçlarımı okşuyor narin elleriyle.
Toprak, kokusunu bana sunuyor senin esirgediğin kokuna inat.
Sahi, ben daha senin nasıl koktuğunu bile bilmiyorum.

Göz bebeklerim büyümüyor artık zira korkmuyorum.
Korkmuyorum kazanamadığım seni, acı çekerek kaybetmekten.
Sen, avuçlarımdasın biliyorum.
En çok da bu yakıyor canımı. Beni istemeyişin, benden kaçışın ama buna rağmen yanı başımda oluşun.
Bense sana ait değerli bir taş gibiyim, ama ilgisizliğinden kaybolmak üzere olan.
Ne alıp basıyorsun bağrına ne de satmaya yelteniyorsun.

Çok uzaklaşmadın biliyorum zira yüreğimdeki yerin hâlâ sıcacık.
Mesela; kırmızı hırkan duruyor koltuğumun kenarında.
Koklasam "anne" kokar mı, bilmiyorum.
Özensizce çıkardığın ayakkabın her an giyilmeye hazır.
Sen, her an gidecekmiş gibi yaşamayı seversin.
Uykulara daldığın odanın perdelerini açtın bu sabah.
Bu, bana o sabahları poğaça kokusu dolan evleri hatırlatmaya yetiyor.
O sıcacık, tebessümlerin dolduğu, iltifatların yücelttiği evleri...

Gece oldu, koydum başımı göğsüne.
Sen saçlarımı kokladın ve okşadın saatlerce.
Ben, sıkıca sarılıp sana "iyi ki varsın" dedim.
Tüm bunları, şimdiki annemle değil, içimden söküp almayı unuttuğun annemle yaptım ben.
Bedenini alıp gittin de evimden, bend ki anneyi unuttun be kadın.

-21-

İyi hissettirmeyen bir kişiyle olan ilişkiden vazgeçmemek ve ilişkiye devam etmek, sadece seninle ilgili bir durumdur. Kendini seven ve değerli gören kişi, bir tek kendi mutluluğundan vazgeçmez.

Ezgi daha fazla devam edemedi. Ağlamaktan korkuyordu. Hele ki yalnız kaldığında ağlamak onu daha bir öfkelendiriyordu. Kendisine itiraf etmekten kaçındığı o güçsüz tarafıyla yüzleşmekten kaçıyordu. Tabii, ağladığı zamanlar çok oldu. Sonrasında da bunu bir daha yapmaması gerektiği konusunda kendisine telkinlerde bulundu. Aslında ağladığında ne kadar da rahatladığını biliyordu. Onun asıl derdi, yalnız başına ağlayıp kendisini teselli edecek kimsenin olmayışındandı. Aslı ile dertleşirken de çok ağladığı oluyordu ama zarif yürekli Aslı, onun ağlamasına hiç mi hiç dayanamıyordu. O da salıveriyordu gözyaşlarını. Ezgi bu sebepten onun yanında böylesine acıklı şeyleri konuşmaktan geri duruyordu. Ezgi'nin hayatında ağabeyinden başka üzmeye korktuğu tek kişi Aslı'ydı. Sırf o üzülmesin diye çoğu derdini ona anlatamıyordu. Dost olmak bunu gerektirmez mi? Yani her şeyi konuşmayı, dertleşmeyi ve acıları paylaşmayı... Fakat onun Aslı'ya karşı hissettiği şey dostluktan ve kardeşlikten de öteydi. Yarım kalan baba sevgisini, hiç tatmadığı anne şefkatini ve daha bir sürü güzel duyguyu Aslı'ya yüklemiş, onda yaşamış, hatta yaşıyor gibiydi.

Ezgi, defteri kapatıp yatağına uzandı. Tavana uzun uzun ve gözlerini dahi kırpmadan baktı. Derin bir nefes aldı ve "Niçin bu kadar yoksun sen, anne?" diye sorup, göz kapaklarını ağır ağır indirdi.

Zarife Hanım, Sivaslı bir ailenin dört çocuğunun ikincisiydi. Bir ağabeyi ve iki de kız kardeşi vardı. Zarife'nin ailesi tutucuydu. Aslında annesinden yana şanslıydı. Annesi Fatma Hanım, müşfik, anlayışlı bir kadındı. Babasından yana pek de şanslı sayılmazdı. Zarife akıllı, cevval, girişken biriydi. Onun zamanında kızlar kendilerini gösterecek şansı bulamazdı. Zarife diğer kızlar gibi görücüsünün geleceği günü beklerken bir dolu çeyizlik ıvır zıvır hazırlayan kızlardan olmadı. Hayali okumaktı. Okuyup, ekonomik gücü eline alıp zor işler başarmayı arzu ederdi. Fakat öyle bir babası vardı ki, değil onun okula devam etmesine, gazete dahi okumasına müsaade etmiyordu. Liseyi zorlukla bitirdi. Okulun parlak öğrencilerindendi ama buna rağmen babası onu çoğu kez okuldan almaya kalkmıştı. Okul müdürü ve Zarife'nin hocalarının ısrarı olmasa adam ona liseyi dahi okutmayacaktı. Zaten lise öğreniminin sona erdiği o gün, Zarife'nin eğitim hayatının tamamen bittiği gündü. Üniversite sınavlarının olduğu sabah, babası Zarife'yi sınava yollamamış, üzerine bir de kaçmasın diye kapıyı kilitlemişti.

Zarife'nin babası Cevat Bey'in bir bakkal dükkânı vardı. Küçüktü ama ne yaptı etti, zamanla orayı büyüttü. Arada bir babası onu dükkâna çağırırdı. Gitmeyi hiç istemezdi. En azından evde olduğu zamanlarda gizli gizli kitap okuyabiliyordu. Dükkânda da okurdu ama aniden babası gelecek olursa sanki kızını bir erkekle basmış gibi öfkelenebilirdi.

Zarife'nin babası için bir kızın okuması kıyametin kopmasıyla aynıydı. Ona göre kızlar evden dışarı dahi çıkmamalı, evlenecek yaşa geldiğinde de bekletilmemeli, evlendikten sonra da kocalarına kul köle olmalıydı. Kadının yeri ve hak ettiği ona göre buydu. Cevat Bey için kadının bir fikri, isteği, hatta söz hakkı bile olamazdı. Ona göre bu, saygısızlık, edepsizlik ve haddini bilmezlikti. Karısına da bu şekilde muamele ederdi. Zavallı karısı Fatma Hanım çekingen, içine kapanık bir kadındı. Onu bu hâle getirense kuşkusuz Cevat Bey'in davranışlarıydı. Kadına saygısı olmayan bu adamdan, karısına karşı hoşgörü beklenemezdi. Ne yazık ki karısına hakaret etmekten hatta ona şiddet göstermekten utanmazdı. Bir de kahvehanede, sokakta daha doğrusu her yerde "Kadının sırtından sopayı, karnından sıpayı eksik etmeyeceksin" der, dururdu. Bununla böbürleniyordu. Yaptığı şey, onun için gurur kaynağıydı.

Cevat Bey'in bir de alkol sorunu vardı. Hemen her gece alkol alır, geç vakitte eve gelir, bir de üstüne üstlük olmadık şeylerden bahaneler çıkartıp karısını döverdi. Zarife, ailenin üç kız çocuğunun belki de en girişkeni, en atiğiydi. Gözü karaydı. Babası alkol aldığı zaman başka bir insana dönüşürdü ama Zarife, babasının karşına dikilip ağzına geleni söylerdi. Babası, annesine vurmaya yeltendiğinde kardeşlerden kimse karşı koyamazdı ama Zarife, babasının bileğini bir hamlede bükerdi.

Zarife, uzun boylu ve incecikti. Kumraldı. Gözlerinin iriliği Sivas'ın dilindeydi. Babasının bu durumu olmasa, görücüler kapısında kuyruk olurdu ama tanıyanlar, öyle bir adamın dünürü olmaktansa şeytana komşu olmayı tercih ederdi. Zarife gecelerini bulduğu kitapları okuyarak geçirirdi. Babası, onu ne zaman okurken görse "Aptal aptal şeyler öğrenip şeytanlaşıyorsunuz" derdi.

Cevat Bey için kitap okumak başkaldırıya, başkaldırı ise düzensizliğe sebep olurdu. O, evde kurduğu otoritenin sarsılmasına tahammül edemezdi. Bunun için de ne gerekiyorsa yapar, buna da aile temelini korumak derdi.

Zarife'nin kız kardeşleri safçaydılar. Nuran'ın okumakta falan çok gözü yoktu. Zaten ortaokuldan sonra da devam etmedi. Babasının gözünde ideal kız onun gibi olmalıydı. Nuran'ın aklı fikri yakışıklı ve zengin bir adamla evlenmekteydi. Emine ise hassas, duygusal bir kızdı. Kiloluydu ve tombul yanakları vardı. Zarife'nin ona karşı çok büyük zaafı ve sevgisi vardı. Her gün onun en sevdiği kekleri, börekleri yapar, ona okuduğu kitapları saatlerce anlatırdı. Emine doğduğundan beri hastalıklıydı. Önce sarılık olmuştu. Fakat bunu atlatamadı. Sık sık hastalanır, günlerce hastanede yatardı. Zarife bu sebepten Emine'nin üstüne daha çok titrerdi. Zaten babaları alkolden başını kaldırmaz, çoğu kez de arkadaşlarını eve çağırır, sabahlara kadar içerlerdi. Onların attığı naralar, bağıra bağıra söyledikleri türküler yüzünden evdekiler kâbusu yaşardı.

Zarife'nin babası yüzünden akrabalarının hepsiyle araları açıktı. Kaba, görgüsüz ve saygısız bir adamdı. Hoşuna gitmeyen şeyleri kibar bir dille söylediği hiç görülmemişti. Her günü şiddet her günü küfür doluydu. Cevat Bey, yine alkol aldığı bir akşam eve sallana sallana girdi. Zarife o sırada uyuyordu. Okuduğu kitap ise göğsünün üstünde duruyordu.

"Kız uyan!"

Zarife irkilerek uyanmıştı. Ne olduğunu anlamaya çalışıyordu. Afallamıştı.

"Baba! Ne oldu?"

"Bu kitap ne kız? Ben sana bir daha kitap okumayacaksın demedim mi?"

Zarife birden doğruldu. Babasının elinde tuttuğu kitabını almaya çalıştı. Adam bir hışımla kitabı çekti. Zaten ayakta zor duruyordu, o hamleyi yapınca da devrilecek gibi oldu. Öfkeden kudurmuş gibi kitabı yırtmaya başladı. Zarife bu duruma çok üzüldü.

"Baba yapma ne olur. Bir daha okumam. Onu bana ver."

Babası, Zarife'yi duymuyor gibiydi. Tüm hıncıyla kitabı parçalıyordu. Zarife, çaresizce dizlerini karnına çekip ağlayarak babasının kitabını yırtışını izledi. Sonra birdenbire ne olduysa yatağından fırladığı gibi babasının karşısına dikildi. "Bunu yapmaya hakkın yok!"

Babası, Zarife'nin çıkışına daha da öfkelenmişti. "Senin dilin çok uzamış. Bu okuduğun kitaplardan mı öğreniyorsun babana karşı gelmeyi?"

"O okuduğum kitaplar bana sevgiyi, bana saygıyı öğretiyor. Hem de herkese... Keşke sen de okusan. Senin de bize, ailene sevgin olsa, etrafına birazcık saygın olsa ama senin zihnin öyle bir körelmiş ki, hangi kitap seni düzeltir, bilemem."

Adam kaşlarını kaldırarak kızına baktı. Onun ne söylemek istediğini anlamaya çalışıyordu. Elinde kitaptan birkaç parça kalmıştı, onları yere fırlattı. Hâlâ ufak ufak sallanıyordu. Kafasını kaşıdı. "Okumak boşuna zaman harcamaktır. Hem okuyacaksın da ne olacak? Bak, Nuran çeyizini hazır etti bile. Ama sen aylak aylak kitap okuyorsun. Yok, sen kocaya da gidemezsin. Kalırsın başıma. Ben buna izin vermem. İlk gelene vereceğim seni. Daha fazla benim paramı yiyemezsin."

Zarife, elinin tersiyle yanaklarındaki yaşı sildi. O sırada, ağabeyi Bekir uyanmıştı. Bekir yedi yaşındayken geçirdiği menenjit sonucu bir kulağının işitme yetisini tamamen kaybetmişti. Bu yüzden çok iyi duyamazdı ama ne hikmetse babası ne zaman eve gelse tilki uykusundaymış gibi yatağından fırlar, onu karşılardı. Babasına düşkündü ama Cevat Bey bundan memnun değildi. Bekir'in babasına karşı duyduğu şey körü körüne bir sevgiden ibaret değildi hatta ne zaman babası, annesini dövmeye kalksa hemen karşısında dururdu. Fakat yapabildiği tek şey buydu. Babasına karşı sesini dahi yükseltemezdi. Bekir ne zaman mahallede bir baba-oğul görse ve onların aralarındaki sevgiye tanıklık etse içi burkulurdu. Babasının göstermediği sevgiyi bu denli önemseyen tek kişi Bekir'di.

Bekir, babasını kızların odasından ve bilhassa Zarife'nin yanından çıkartmaya çalışıyordu. "Baba, çok içmişsin yine. Gel, yatırayım seni."

"Oğlum, beni yatırmaya çalışacağına az erkek ol da şu kardeşlerine sahip çık. Bunların böyle olmasının sebebi sensin."

"Baba, ben ne yaptım ki?"

"Oh! Ben sabahtan akşama kadar köpek gibi çalışayım. Hanımefendilerin karnı doysun diye didineyim ama sonunda da bunlarla karşılaşayım. Ama sen... Sen düzgün bir ağabey olsaydın, ben bunları görmezdim."

Bekir babasından duyduğu her ağır sözün karşısında yalnızca başını önüne eğmekle kalırdı. Zayıf, çelimsiz vücudu, dar omuzları, seyrek saçları ve iri gözleriyle öylece ortada dururdu. Özgüveni düşüktü. Babasından duyduğu aşağılamalar yüzünden iyiden iyiye içine kapanmıştı. İnsanlarla çok rahat iletişim kuramazdı. Zarife, ondan iki yaş küçük olmasına rağmen neredeyse ablası gibiydi. Ağabeyinin hissettiği şeyleri anlayabiliyordu. O gece de Bekir, babasını yatağına yatırdıktan sonra balkona çıktı. İçi paramparça olmuştu. Nefes almak bile ona gereksiz geliyordu.

Zarife hemencecik ağabeyinin yanında belirdi. "Özür dilerim."

"Sen neden özür diliyorsun ki? Her zamanki babam işte. Sorun etmiyorum ben."

"Aslında o, bu yüzden devam ediyor."

"Nasıl yani?"

"Biz alıştıkça, görmezden geldikçe, sorun etmedikçe daha da fazlasını yapıyor."

"Ya ne yapalım? Kavga mı edelim? Sen ediyorsun da eline ne geçiyor, Zarife? Şu adamı şöyle kabullen artık."

"Unutma, kabul ettiğimiz tüm kötü şeyler, benliğimizi öldürmek için tuttuğumuz kiralık katillerdir."

Bekir güldü: "Bunu hangi kitapta okudun?"

"Bir yerde okumadım. Bu benim cümlem. Görmüyor musun, seni nasıl baskı altına alıyor? Onun söyledikleri karşısında nasıl da eziliyorsun? O sana bu şekilde konuştuğu için kendini aşağılık bir mahlûk gibi görür oldun. Sen bu değilsin, Bekir."

"Ben tam da buyum. Babamın dediği gibi biriyim. Hem, haydi diyelim ki babama boyun eğmeyeceğiz. Ne yapabiliriz ki?"

"Onu polise şikâyet edebiliriz."

Bekir, Zarife'nin söylediğini işitince bir anda gözleri büyüdü. Sağa sola bakındı. Sonra Zarife'ye eliyle "Sessiz ol!" işareti yaptı: "Zarife, sen ne dediğini biliyor musun? O bizim babamız. Onu nasıl şikâyet ederiz? Hem, bu yaptığımızı büyüklerimiz duyarsa, bize ne der? Bu dediğin çok ayıp bir şey. Bir daha böyle konuşma."

"Bekir, sana kötü davranan annen-baban bile olsa gerekeni yapmalısın. Kaldı ki bir baba, senin haklarını korumak ve savunmakla yükümlü olması gerekirken, bizim babamız bunları yok ediyor. Bir baksana, onun gözünde kadının, kızın bir hükmü yok. Biz bir hiçiz onun için."

"Ben de biliyorum bunları. Fakat sen polise şikâyet etmekten bahsediyorsun. Zarife, sen bunu aklından çıkar. Rezil oluruz millete. Hem sen zannediyor musun ki babam bizi yaşatır?"

"Bekir, ölmek korkusu kötüdür. Fakat nefes alırken bir ölü gibi yaşamak daha da kötüdür."

"Ben senden korkuyorum Zarife. Ne olur yanlış bir şey yapma. Suyuna git şu adamın."

Zarife, babasının suyuna gidecek bir kız değildi. Haksızlık onun tahammül edemediği bir şeydi. Hele ki annesi gibi mazbut bir kadına şiddet uygulandı mı sessiz kalamıyordu. Babasını oracıkta boğası geliyordu. Babasının kabalığından, hoşgörüsüzlüğünden, kadirbilmezliğinden bunalmıştı. Hele ki akşamları arkadaşlarını eve toplayıp kızlarına da içki servisi yaptırması yok mu, işte o zaman Zarife zıvanadan çıkacak olurdu da, onu annesi ve kardeşleri zor sakinleştirirlerdi.

Cevat Bey yine bir gece iki arkadaşıyla birlikte eve geldi. Onlara kapıyı Zarife açtı. Babası ve arkadaşlarını görünce Zarife'nin yüzü düşmüştü. Kasım ve Mesut, Cevat Bey'e tahammül eden nadir insanlardı.

Cevat Bey masanın kurulmasını istedi. Her şeyleri eksiksiz olmalıydı. Rakısı, buzları, mezeleri... Radyonun frekansını ayarlamak Zarife'nin işiydi. Nuran ve annesi mezeleri hazırlardı. Masayı kurmak ise Emine'ye kalırdı. Zarife, Mesut'un Emine'ye bakışlarını fark etti, bu durum hiç hoşuna gitmedi. Hızla istenen frekansı bulup Emine'ye seslendi: "Ablacığım, sen odaya geç. Ben yaparım."

Mesut, sigaradan sararmış bıyıklarını okşadı. Leş gibi kokan ağzının kenarından içki fışkırmıştı: "Ne güzel ilgileniyor bizimle. Neden karışıyorsun ki?"

"Sen karışma. Emine, sen de geç odaya."

Cevat Bey, Zarife'ye bağırdı. "Kes kız sesini! Misafirle de doğru konuş. Çık şu odadan. Yine asabımı bozacaksın benim."

Zarife, Emine'yi de alarak odadan çıktı. Saat gece yarısını çoktan geçmişti. Evdeki herkes, adamların çıkardığı gürültüye rağmen uykuya dalabilmişlerdi. Belki de artık kulakları onların hemen her gece yaptıkları bu tantanaya alışmıştı. O sırada Cevat Bey, Zarife'ye seslendi. Zarife uyanamadan Emine uyandı. Koşarak babasının yanına gitti.

"Ablan nerede?"

"O uyuyor baba. Buyur."

"Sobanın odunu bitti. Odun getir biraz."

"Baba ama bu saatte..."

"Çabuk ol, sallanma!"

Odunluk evin altındaydı. Emine dışarı çıkmaya korktu. Mesut hemen atladı: "Cevat ağabey, ben de Emine'ye yardım edeyim. Korkmasın kız."

"İyi git bakalım."

Mesut, Emine'nin peşine takılıp evden çıktı. Emine odunluğa indiğinde sepeti almadığını fark etti. Mesut'a döndü. "Ağabey, ben sepeti unutmuşum da. Alıp geleyim, sen bekle olur mu?"

Mesut cevap vermedi. Emine'ye bir tuhaf bakıyordu. Emine yanından geçmek istediği sırada ona yol vermedi. Kız tedirgin olmuştu, yönünü değiştirip diğer taraftan dolanmak istedi, Mesut yine izin vermedi.

"Mesut ağabey, sepeti almam gerek."

"Alırım sepeti. Sen gel hele bir şöyle." Mesut, Emine'yi kavradı, ağzını kapattı. Emine korkudan tir tir titriyordu. Mesut onu odunluğa doğru sürükledi. Emine adamdan kurtulmaya çalıştı ama başaramadı. Tekmeler, yumruklar savurarak karşı çıkmaya çalıştı, beceremedi. Mesut ağzını sıkı sıkı kapatıp emeline ulaştı. Emine daha çocuk yaştaydı. Ağlıyordu.

Mesut kulağına eğildi. "Eğer kimseye bir şey dersen, beni senin ayarttığını babana söylerim. Bununla da kalmam, anneni ve o çok sevdiğin ablan Zarife'yi senin gözünün önünde önce bir güzel döver sonra sana yaptığımın aynısını yaparım. O yüzden çeneni sıkı tut. Anlaşıldı mı güzelim?"

Emine korkudan titriyordu. Mesut'un dedikleri korkusunu katlamıştı. Seri bir şekilde başını salladı. Mesut odunlarla döndü, ardından Emine bir gölge gibi gidip yatağına ulaştı. O gece sabaha kadar ağladı. Yorganı kafasına çekmiş, sesi duyulmasın diye ağzını açmadan ağladı.

Zarife onun iniltilerine uyandı. Kardeşinin başucuna oturdu. "Emine, neyin var?"

"Yok bir şey ablacığım. Biraz başım ağrıyor."

"Ne yani, başın ağrıdığı için mi ağlıyorsun?"

"Çok ağrıyor ama..."

"Tabii ağrır. Baksana, yorganı kafana kadar çekmişsin. Nefessiz kalacaksın. Aç bakayım şunu."

Emine yorganı sıkıca kavramıştı. Zarife iyice kuşkulanmıştı. Bir tuhaflık vardı. Ayağa kalktı ve hınçla yorganı çekti. "Bu baş ağrısı falan değil. Söyle bak... Aa! O da ne?"

Zarife, Emine'nin geceliğinde kan görmüştü. "Emine?"

Emine başını kaldırıp önce ablasına sonra geceliğine baktı. Korkudan hâlâ tir tir titriyor, gözyaşları sel gibi akıyordu. Emine çok korkmuştu. Ne diyeceğini, nasıl açıklayacağını bilmiyordu. Ağzında belli belirsiz bir şeyler geveledi. Tam da o sırada Zarife gülmeye başladı. Ablası gülünce Emine şaşırdı. Neden bunu yaptığını anlamadı. Zarife kardeşinin yanına oturdu. "Şimdi anladım, sen bunun için mi ağlıyorsun?"

"Abla, şey... Bak..."

"Tamam tamam bir şey söyleme. Bak kardeşim, her genç kız bunu yaşar."

"Abla sen ne diyorsun?"

"Bu senin büyüdüğünü gösterir. Ben de oldum. Nuran da olacak. Her kız âdet olur. Artık her ay bunu olacaksın. Ben de ilk olduğumda senin gibi korkmuştum. Beni neden uyandırmadın ki? Burada gizli gizli ağlıyorsun. Kıyamam ben sana!"

Zarife kardeşinin regl olduğunu zannetti. Zarife hiç üşenmedi ve kalkıp su ısıttı. Kardeşini banyoya götürdü ve güzelce yıkadı. Emine durmadan ağlıyordu. Zarife ise bunu yine iyiye yoruyordu. Kardeşinin ipek gibi saçlarını kendi elleriyle yıkadı. Onu defalarca öptü. Emine, ablasına baktıkça içi yandı. Yandıkça daha da sel oldu gözyaşları.

O gecenin üzerinden bir ay geçmişti. Zarife, babasının dükkânındaydı. Cevat Bey toptancıya ödeme yapmaya gitmişti. Bir ara dükkâna Emine geldi. Olayın şokunu üzerinden atamamıştı ama o ilk geceye nazaran daha iyiydi. Ablasıyla birlikte rafları düzenledi, müşterilerle ilgilendi. Sonra birden eve gitmek istedi. "Abla, ben eve gidiyorum. Çok sıkıldım."

"Tamam ablacığım. Ha, anneme söyle de akşama sebzeli bulgur pilavı yapsın."

"Annem evde değil. Nuran ile birlikte pazara gittiler. Geç gelirler."

"Sen neden gitmedin? Seversin sen pazara gitmeyi."

"Yok be abla, canım istemedi. Abla!"

"Efendim."

"Ben seni çok seviyorum, biliyorsun değil mi?"

"Biliyorum ve ben de seni çok seviyorum da, neden şimdi öyle dedin ki?"

"Bilmem, içimden geldi öyle."

Emine, dükkândan ayrılırken hâli garipti. Bu durum Zarife'nin canını sıkmıştı. Onunla yeteri kadar ilgilenemediğini, onu anlayamadığını düşünmeye başlamıştı. Emine'nin arkasından bakarken, sanki kardeşine değil de çocuğuna bakıyor gibiydi. Bir annenin çocuğu için duyduğu gelecek endişesini duyuyordu. Sonra kendi kendine "Ben okuyamadım ama seni okutacağım kız. Ne pahasına olursa olsun, hatta o baba dediğimiz zalime rağmen seni okutacağım. Buna kimse engel olamayacak" dedi.

Birkaç saat sonra Cevat Bey dükkâna gelmişti. "Al işte! Miskin miskin oturuyorsun. Kalk da şuraları süpür. Buna da dükkân emanet ediyorum. İnsanın ocağına incir ağacı diker bu kız. Hata bende."

"Süpürdüm oraları. Fakat sen bir kusur bulacaksın ya, bazen şaşırıyorsun ne yapacağını."

"Bana laf yetiştirme. Çık git şuradan."

Cevat Bey'de minnet duygusu denilen şeyin zerresi yoktu. Zarife çantasını aldığı gibi ayrıldı dükkândan. Yine sinirden deliye dönmüştü. Hemen eve gitmek istemiyordu. Bu öfkeyle evin içinde kendi kendisini yer dururdu. Çarşıya uğradı. Birkaç dükkân gezdi. Mağazanın birinde çok güzel bir elbise dikkatini çekti. Sarı, etek kısmı fırfırlı, sıfır kol bir elbiseydi. Onu görür görmez aklına Emine geldi. "Zaten günlerdir canı sıkkın. Bunu ona alayım da, keyfi biraz yerine gelsin" diye düşündü. Elbiseyi aldı, onu özenle paket yaptırdı. Yol üzerindeki manava uğrayıp Emine'nin sevdiği meyvelerden de aldı. Keyfi yerine gelmişti. Emine'nin yüzünü güldürecek olması, onu neşelendirmeye yetmişti.

Zarife eve geldiğinde merdivenleri heyecanla çıktı. Kapıya vurdu. Biraz bekledi ama açan olmadı. Bir kez daha vurdu ama yine açılmadı. Bir an annesinin ve Nuran'ın pazardan dönmemiş olabileceklerini düşündü. Ağabeyi de işteydi. Emine evde olmalıydı ama uyuyakalmış olabilirdi. Elindeki paketleri yere koyup çantasından anahtarını çıkardı. İçeri girdi. Elindeki paketlerle birlikte dosdoğru odasına girdi. Emine'nin başucuna koyacaktı aldıklarını. Elleri dolu olduğundan kapıyı dirseğiyle açıp ayağıyla itekledi. Gördüğü manzara karşısında donup kaldı. Emine, odanın tavanından aşağıya asılı bir vaziyette duruyordu. Zarife avazı çıktığı kadar çığlık attı.

Elindeki paketleri yere fırlattığı gibi mutfağa koşup bir bıçak aldı. Gerisingeri odaya girdi ve devrilen sandalyeyi yerden kaldırıp üzerine çıktığı gibi bir eliyle onu kucakladı, diğer eliyle ipi kesti. Kardeşini ipten indirdiği sırada kapıda annesi ve kardeşi Nuran belirdi.

"Kızım! Emine!"

Zarife, annesinin çığlığını duyunca ona bakarak "Anne, uyandır beni bu kâbustan!" diye haykırdı. Evdekilerin çığlığını duyan komşular kısa sürede eve akın etmişlerdi. Olup biteni görenler neye uğradığını şaşırmışlardı. Cevat Bey ise bir köşeye sinmiş boş gözlerle etrafa bakıyordu. Emine'nin cansız bedeni yıkanmak üzere taşınacaktı.

Sedyede giderken Zarife arkalarından seslendi. "Durun bir dakika!" Zarife'nin gözleri şişmiş, içleri kan çanağına dönmüştü. "O götürdüğünüz benim kardeşim. O, ölemez ki; çünkü o daha bir çocuk... O yaşta bir çocuk nasıl ölür? Ben okutacaktım onu. Daha bugün sarı bir elbise aldım ona. Daha onu eskitecekti üzerinde."

Zarife koşup kardeşine sarıldı. Sarsıla sarsıla ağlıyordu. Onu görenlerin yüreği ağırlaşıyordu. Zarife duygularına hâkim olamıyordu. Kendini oracıkta bırakmak, bir daha da Emine olmadan ayağa dahi kalkmamak istiyordu. Canı, ciğeri, nefesi gitmişti Zarife'nin.

Emine götürüldükten bir süre sonra komşulardan biri Zarife'ye bir zarf getirdi. "Kızım, bunu sizin odada buldum. Şey... galiba Emine yazmış."

Zarife zarfı hızla kadının elinden aldı. Etrafı kalabalıktı. Onu orada okumak istemiyordu. Doğruca odasına koştu. Fakat Emine'nin yatağı gözüne çarpınca içi sızladı. Başı dönmeye başladı. Elleri titriyordu. Dışarı çıkıp aşağıya odunluğa indi. Orada onu kimse rahatsız etmezdi. Gözünün yaşını silip mektubu okumaya başladı.

Sevgili ablacığım Zarife,

Biliyorsun, ben okumaya ve yazmaya senin kadar hevesli değildim ama bana öğretmenimden evvel okumayı da yazmayı da sen öğrettin.

Abla, babamın arkadaşı Mesut var ya, geçen gece bana çok kötü bir şey yaptı. Bunu size diyemedim. Odun almaya indiğimiz sırada bana çok kötü şeyler yaptı. Ablacığım, çok ama çok kötüydü. Sonra da beni korkuttu. Bunu size söyleyecek olursam, aynısını sana ve anneme yapacağını söyledi. Babama da bunun benim suçum olduğunu söyleyecekti. O gece üzerimde gördüğün kan, bunun kanıydı. Bana kızma ablacığım.

Baba seni hiç sevmiyorum. Yıllardır annemi dövüyorsun. Çocuklarını da sevmiyorsun. Artık ben yokum, rahatla. Benim ölümüme üzüleceğini sanmıyorum. Artık annemi ve kardeşlerimi rahat bırak.

Anneciğim, sakın üzülme. Öldüğümde daha huzurlu olacağım. Ağlama benim için. Beni affedin. Hepinizden özür diliyorum. Abla, ağabey, anneciğim ve Nuran; benim için üzülmeyin.

Emine

Zarife mektubu bitirdiğinde donakaldı. Birkaç dakika sonra kendine gelmeye başladı. Sağına soluna bakındı. Tam da o durduğu yer Emine'nin ölümüne sebep olan gece yaşananların cereyan ettiği yerdi. Zarife'nin midesi bulandı. Başı dönüyordu. Gözü kararmaya başladı. Yer, ayaklarının altından bir nehir gibi akıp gidiyordu. Kulaklarında müthiş bir uğuldama hissetti. Daha fazla dayanamadı. Şiddetli böğürtüyle kusmaya başladı. Kustukça midesinin bulantısı geçmiyor, aksine daha da bulanıyordu. Midesi yerinden çıkacak gibiydi.

Biraz olsun kendine geldiğinde derin derin nefes aldı. Ardından çığlıklar atarak merdiveni çıktı. Herkes Zarife'nin neden böyle davrandığını anlamaya çalışıyordu. "Birdenbire ne oldu bu kıza?" demeye başladılar. Herkes pür dikkat Zarife'yi izliyor, annesi ve ağabeyi peşinde dolanıyorlardı. Zarife mutfaktaki dolaptan gazyağı bidonunu aldı.

Bekir, Zarife'yi omuzlarından tuttu. "Zarife, ne yapıyorsun?"

"Çekil şuradan! Çekil, yoksa fena olacak."

Bekir, Zarife'yi daha evvel böylesine öfkeli görmemişti. Gözlerindeki kin Bekir'i ürkütmüştü. Bir refleksle geri çekildi. Zarife koşarak merdivenleri indi. Odunluğa girdi ve tüm gazyağını sağa sola döküp cebinden çıkardığı kibriti çaktı.

O sırada neye uğradıklarını şaşıranlar, Zarife'nin yanına koştu. "Zarife dur, yapma!"

Zarife, odunluğu ateşe vermişti bile. Alevler büyüdükçe Zarife'nin çığlıkları da büyüyordu.

O sırada koşup gelen Cevat Bey, Zarife'yi tuttuğu gibi ona bir tokat attı. "Ulan sen delirdin mi? Bütün kış yetecek odunları ateşe verdin. Cinlendin mi sen? Söyle bana, aklını mı yedin?"

Bunu duyan Zarife, önce alevlere sonra babasına baktı. Zarife'nin gözlerindeki ateş, odunluktakinden daha bir harlıydı. Cehennem ateşine denkti. Cevat Bey'in nutku tutulmuştu. Adam donuklaştı. Yutkundu.

Zarife babasının omzuna vura vura konuşmaya başladı. "Odun öyle mi? Kışlık öyle mi? Emine öldü baba, Emine öldü! O, senin kızındı. Bilmiyorsun değil mi? Babalık ne demek, evlat ne demek, bilmiyorsun! Haberin yok değil mi? Senin o şerefsiz arkadaşın Mesut, Emine'ye burada tecavüz etmiş. Haberin yok değil mi? Ama ne var biliyor musun? İyi ki de haberin yok! Eğer olsaydı, bir mal gibi kızını o adama satardın. Bir pezevenk gibi kızını satardın sen baba! Emine iyi ki de intihar etmiş. İyi ki de senin ve arkadaşların gibi leş kargalarının arasına düşmemiş. Yazık ulan sana! Sen, kızının katilisin. Yaşayabilecek misin bundan sonra? Zannetmiyorum ki umurunda olsun. Ne halin varsa gör! Bundan böyle babam falan değilsin. Tanımıyorum seni!"

Zarife'nin söyledikleri herkesin kanını dondurmuştu. Annesi olduğu yere yığılıp kalmıştı. Cevap Bey ise oflayıp puflamakla yetindi.

-22-

Güvenli limanlardan çıkacak kadar cesur ve kararlı olanlar hayallerine hızlı ulaşır.

Zarife, kardeşinin cenazesinden sonra şehirden ayrılma kararı aldı. Orada kalmak istemiyordu. Emine'nin ölümüne sebep olan babasını görmek istemiyordu, Emine'nin hatıralarıyla yaşayacak gücü kendisinde göremiyordu. Mesut çok geçmeden yakalandı. Cezaevine gönderildi. On iki yıl hapis cezası verildi. Bu, Zarife'nin içini soğutmadı. "O adamın acılar içinde kıvranarak öldüğünü görmezsem içim rahatlamaz" deyip durdu. Öyle ki her dakika adamı öldürme planları yapar olmuştu. Hatta polise gittiğine pişman olmuştu. Cezaevine atılmanın o adama mükâfat olduğunu düşünüyordu. Polise gitmek yerine onu bulup öldürmeyi neden akıl edemediğine hayıflanıp duruyordu. Cenazeden sonraki gece Zarife ev halkına "Ben gidiyorum. Gelmek isteyen gelsin!" dedi.

Babası yine sarhoştu, ayakta duracak hali yoktu, sallanarak bağırdı. "Otur ulan oturduğun yere. Nereye gidiyorsun kız başına?"

"Sana ne! Sen kim oluyorsun ki? Hayır, şu saatten sonra bana nasıl hesap sorabiliyorsun."

Cevat Bey öfkeden deliye dönmüştü. Zarife'ye tokat atmak için elini kaldırmıştı ki, Zarife, babasının kolunu kavradığı gibi gerisingeri kıvırmış, onu duvara yaslamıştı. "Bir daha o elin ne bana ne anneme ne de kardeşlerime kalkacak. Eğer kalkarsa, o kalkan elini keserim. Allaha yemin olsun ki keserim."

"Kız git! Sen iyice delirmişsin. Git şuradan. Bırak beni!"

"Delirdim ulan! Delirdim! Bak, seni şuracıkta doğrarım, aha şu gördüğün ev halkından kimsecik de seni elimden alamaz. Almaz da. Çevrene bak bir; seni seven, seni korumak isteyen kim var? Ben delirdim evet, birazcık aklın varsa çekil yolumdan."

"Allah seni sağ komasın! Bu evden gidişin olsun da dönüşün olmasın. Git, sen de kardeşin gibi orospu ol, sonra intihar mı ediyorsun, ne bok yiyorsan ye!"

Zarife, bu son sözü duyunca çılgına döndü. Babasının kafasını avcunun arasına alıp duvara vurmaya başladı. Öyle sert vuruyordu ki odadakilerin yüreği ağzına gelmişti.

"Geber ulan geber! Orospu öyle mi? Emine değil, asıl orospu sensin. Asıl orospu o arkadaşın. Ruhunuzu satmışsınız ulan siz. Köpekler! Geberin, hepiniz geberin."

Bekir ve annesi Zarife'yi zor tuttular. Üç kişi Zarife'yi zar zor zaptetmişti. Cevat Bey'in yüzü gözü kan revan içinde kalmıştı. Zarife öfkesini alamamıştı. Sağa sola saldırıyor, eline geçen eşyayı babasına fırlatıyordu. Sinir krizi geçirdiği belliydi. Bir ara annesinin ağladığını gören Zarife durdu. Kendine gelmeye başlamıştı. Odadan çıktı, odasına gidip bağıra bağıra ağlamaya başladı. Zarife biraz olsun sakinleşince, annesi ve kardeşleri yanına geldi.

Fatma Hanım, kızının başını dizlerine koydu. Saçlarını okşadı. "Kızım, nereye gideceksin?"

"Yalnızca ben değil, sen de geliyorsun. Seni o hayvanla bırakamam." Zarife, yattığı yerden doğrulup Nuran ve Bekir'e baktı. "Siz de bizimle gelin."

Annesi, kızının yüzünü avuçlarının arasına aldı. "İyi de güzel kızım, nereye gideriz? Paramız pulumuz yok ki?"

"İstanbul'a, dayımın yanına gideriz. Bir ev bulana kadar onun yanında kalırız. Çok değil, birkaç güne buluruz. Adresi var bende. Eyüp'te kalıyordu sanırım."

"Nasıl buluruz? Neyse buluruz. Orada kiralar ateş pahasıymış."

"Benim param var. Merak etme sen."

Cevat Bey ne çocuklarına ne de Fatma Hanım'a beş kuruş vermezdi. Bekir'in çalışıp aldığı haftalığına bile el koyardı. Zarife farklıydı. Ne zaman babası onu dükkâna çağırsa, kasadan biraz para alır, bir köşede biriktirirdi. Babasının gizli çekmecesini de keşfetmişti, oradan da fark edilmeyecek miktarda para alır, kötü günler için saklardı. Zarife'nin aklında dayısının yanına gitmek, orada üniversite okumak vardı. Emine'nin okulunu bitirmesini bekliyordu. Onunla birlikte kaçacaktı. Biriktirdiği para da onun içindi. Nasip olmamıştı. Şimdi o parayı, yeni bir hayat kurmak için kullanmak istiyordu. Zarife'nin İstanbul'a yerleşme fikrini Nuran ve annesi kabul etmişti.

Bekir babasının yanında kalmak istedi. Gerekçesi de pek bir yerindeydi. "Hepimiz buradan gidersek çok geçmeden bir kadın bulur. Bütün parayı yer. Dükkânı da evi de satıp savar. Hakkımızı değil başka biri, babam bile yiyemez. Ben burada kalıp ona göz kulak olacağım."

"İhtiyacın olursa diye söylüyorum; dükkânda kasanın altında arka tarafta bir çekmece var. Fakat kilitli. Anahtarı da depodaki pirinç çuvalının içinde. Babam, paralarını orada saklıyor. Arada git, haftalığını oradan al."

Sabahın ilk ışığıyla birlikte üç kadın yola koyuldu. İki koca kahverengi bavul ve arkalarında bıraktıkları kocaman bir geçmişle evden ayrıldılar. Büyük bir belirsizliğe, içlerindeki büyük acıyla yelken açtılar. Zarife, son bir kez arkasına dönüp "Emine, sana sahip çıkamadım, beni affet!" dedi ve annesinin koluna girip gözyaşlarına boğuldu. Uzaklaştılar oradan. Nuran için de kolay değildi. Fakat o diğerleri gibi değildi. Duygularını kontrol edebiliyordu.

Bu üç kadın ilk defa doğup büyüdükleri yerin dışına çıkıyorlardı. Hem de İstanbul'a gidiyorlardı. Zehrin şerbete karıştığı, çeşmelerinden ihanet aktığı, sokaklarında üç başlı yılanların gezdiği koca şehir İstanbul onları bir çırpıda yutardı. Fakat Zarife'nin içinde kocaman bir umut vardı. "Umut olmadan ve kendine güvenmeden başarmak ve o ilk adımı dahi atmak çok zordur. Hayata olumlu bakmak ve kendine inanç, güzel bir kaderin basamaklarıdır" deyip durdu yol boyunca.

-23-

Kaygı, yıllarca biriktirdiğimiz adı konmamış, dile gelmemiş duygular birikiminden ibarettir. Kaygılardan kurtulmak için biriktirme, kaçma ve susma...

Zarife, İstanbul'a geldikten iki ay sonra kumaş satan bir manifatura dükkânında tezgâhtarlık yapmaya başladı. Kazandıklarını biriktiriyordu. Bir gözlü de olsa, kendi evlerine çıkmak istiyordu. Gerçi dayısı onların yanında kalmasından memnundu. Bekâr bir adam için zor görünen kalabalık ev ortamı ona iyi gelmişti. Kıyafetleri her zaman temiz ve ütülü oluyor, ocakta kaynayan bir yemeği bulunuyordu. Zarife okuma aşkını dizginlemedi ve üniversite sınavlarına hazırlanmaya başladı. Nuran'ı da liseye yazdırmayı denedi ama onun okumakta gözü yoktu. Evde çeyiz düzmekle meşguldü. Anneleri, Emine'nin yokluğuna alışamadı. Alışamayacaktı da. Bir anne için bu dünyadaki en zor şey, evladının ölümüne alışmaktır. Fatma Hanım bu yükü taşıyamıyordu. Bir süre sonra normal dışı kanamaları başladı. İlk zamanlarda pek önemsemedi ama bu kanamalar had safhalara çıkmıştı. Zarife annesini hastaneye götürdü ama ilk başlarda pek bir bulguya rastlanmadı. Fatma Hanım'ın şikâyetleri arttıkça, ona yapılan tahliller de çeşitlendirildi. Sonunda kadına rahim kanseri teşhisi konuldu. Bu haber başta Zarife olmak üzeri herkesi derinden üzmüştü.

Zarife annesini sık sık tedaviye götürüyordu. Onun kanseri yeneceğine inanıyordu. Bu tedaviler sırasında bir doktorla tanıştı. Adam, Fatma Hanım ile fazlaca ilgileniyor, onun için elinden geleni arkasına koymuyordu. Bu durum Zarife'nin hoşuna gitmişti. Otuz sekiz yaşındaki Doktor Erdal Bey, Zarife'nin ilgisini çekmeyi başarmıştı. Henüz on dokuz yaşında olan Zarife, Erdal Bey'in çalışma disiplini ve nezaketine hayran olmuştu. Doktor Erdal da, Zarife'yi ilk gördüğünden beri hoşlanıyor, her fırsatta onunla konuşmaya çalışıyordu.

Altı ay kadar belli belirsiz konuşmalarla ilişkileri sürdü. Fatma Hanım'ın tedavisi devam etti. Altı ayın sonunda gittikçe kötüleşti, bir gece yarısı hastanede vefat etti. Zarife için büyük bir yıkım oldu bu. Doktor Erdal da Fatma Hanım'ı çok önemsiyordu. Onun masumiyeti, kendi annesinde görmediği samimiyeti yaşattırıyordu ona. Bir gece üç sularında hayata gözlerini yuman Fatma Hanım, arkasında üç öksüz bıraktı.

Annesinin ölümüyle hayatı daha da zora giren Zarife, kötü zamanlarını Doktor Erdal'ın desteğiyle aştı. Doktor, onu bir an olsun yalnız bırakmamış, cenaze işlemlerinden sonraki aşamalara kadar her şeyle bizzat ilgilenip maddi ve manevi tüm yükü almıştı. Bu hüzünlü dönem, Zarife ve Erdal'ı birbirine daha da yaklaştırmıştı. Doktor Erdal, Zarife'nin zekâsına ve girişkenliğine hayran kalmıştı. Güzelliği ise aklını başından alıyordu. Bir süre sonra birbirlerine açıldılar, Doktor onu ailesiyle tanıştırmak istedi. Zarife çekinerek de olsa kabul etti.

Doktor Erdal, köklü ve varlıklı bir aileden geliyordu. Annesi gösterişi seviyordu, "Oğlum asil bir soyun kızıyla evlenecek" diyordu. Zarife'yi tanıdığı gün onu kovmaktan beter etmişti. O, oğlu için kendileri gibi asil bir ailenin kızını uygun görüyordu.

Ona kalsa Zarife, soyu sopu belli olmayan biriydi ve ailelerinin içinde yeri yoktu. Zarife bunları kaldırabilecek bir kız değildi. Küçük görüldüğü ortamda durmazdı. Doktorun hatırı olmasa, hemen orayı terk ederdi. Doktor Erdal ile evlenmeyi çok istiyordu fakat onun annesini tanıdıktan sonra bu fikrinden vazgeçti. Doktor Erdal bu duruma çok üzüldü, uzunca bir süre annesiyle konuşmadı. Bir taraftan Zarife'yi ikna etmeye çalışıyor, öte yandan annesinin gönlünü almaya çabalıyordu. Ne yaparsa yapsın, annesi ikna olmadı. Ama doktorun sevgisini bir kez daha hisseden Zarife, tüm engellere rağmen onunla evlenmeyi kabul etti. Sade bir törenle evlendiler. Kız tarafı olarak Zarife'nin eski işyerinden birkaç arkadaşı, dayısı ve kız kardeşi vardı. Erkek tarafında ise Doktor Erdal'ın arkadaşları vardı. Evlendikten bir süre sonra annesi de oğlunun hasretine dayanamadı ve bir gün çıkıp evine geldi. O günden sonra çok fazla bir arada olmamaya özen göstererek ara ara görüştüler.

Zarife zor da olsa mutluluğu bulmuştu. Evlendikten bir süre sonra oğluna hamile olduğunu öğrendi. Bu, Zarife'nin başına gelen en güzel şeydi. Bundan çok sonra da Ezgi dünyaya geldi. Zarife tüm hayallerini, bütün yaşanmamışlarını, eksik kalanlarını bu iki çocuğunun üzerinden çıkarmaya, onlara yaşatmaya başladı. Öyle ki onların okuması, dünyadaki en mühim şeydi. Oğlu neyse de, Ezgi'nin birtakım sorunlarından dolayı aksattığı dersleri onun moralini bozmakla kalmıyor, sinirlerini altüst ediyordu. Bu da dışarıya katı bir tutum olarak yansıyordu. Karakteri, kalbi kadar yumuşak olamadı. Özellikle Ezgi'ye karşı takındığı tutum, onu olumsuzluklardan korumak içindi. Zarife, "Bu kız güçlü olmalı, sert olmalı, duygusuz olmalı, yoksa çok zarar görür, hayat çok zalim" diyordu.

Kimseye söylemeye cesaret edemediği bir düşüncesi vardı. Kendiyle baş başa kaldığında "Keşke kızım olmasaydı" der dururdu. "Bu dünya kız çocukları için yaşanılır bir yer değil." Bu yüzden oğlu doğduğunda yaşadığı mutluluğu Ezgi dünyaya geldiğinde yaşayamadı. Emine'nin başına gelenlerden sonra kız çocuk onda kötü ve travmatik duygular uyandırıyordu. Bir kızı koruyacak, sevecek, kollayacak gücü yoktu. Onun küçük bir kıza olan sevgisi Emine'nin ölümüyle bitmişti. Ezgi doğduktan sonra onu koruyamayacağına ve başına kötü şeyler geleceğine öyle bir inandı ki, kızıyla arasına mesafe koyar oldu. Sevse, onu kollarına alsa, sarsa, öpse... Ama olmaz, sonra çok üzülecekti. Çok çok çok ağlayacaktı. Onu kaybedecekti. Bu düşünceler beyninde dönüp dönüyordu. Ezgi'nin yaşadığı kazayı da buna bağladı. İçten içe yandı ama Ezgi'den de uzak durdu. Kızı ne kadar sevgiden uzak ve soğuk olursa, insanlara aldanması ve üzülmesi o denli imkânsız olacaktı.

Zarife keyif almaktan hoşlandığı şeyleri yalnız başına, kimseler görmeden yapmayı tercih ederdi. Mutluluğu kendisine çok görüyordu. Birileri mutlu olduğunu görse, o mutluluğun bozulacağına inanıyordu. Sinemaya ya da tiyatroya gittiğinde kimselere söylemezdi. En sevdiği şey olan kitap okumayı da gizli gizli yapardı. Ne zaman herkesten gizli kitap okusa Emine'nin hayatında olduğu o zamanlara döner, o günlerin kokusunu alırdı. O yüzden kimse onun kitap okuduğunu görmemişti. Aldığı kitapları okuduktan sonra depoya kaldırırdı. Elinde kitap kalmayınca da Ezgi'nin kitaplığından kitap çalar, o anlamadan okuyup yerine koyardı. Bu şekilde mutluydu. Kimse onun bu dünyasına müdahale edemezdi, Zarife artık buna izin verecek kadar naif olmaktan çok uzaktaydı.

-24-

Sizin de mi hep sonradan aklınız başınıza gelir?
Pişman olanlardan mısınız? Yaşadıklarınıza üzülenlerden mi?
Ya da neden bu kadar sevdim diyenlerden mi? Bu yaşadıklarınız size bir şey kattı mı? Ya da üzüntüleriniz ders almayı unutturdu mu?
Sadece üzüntülerinize mi odaklandınız?

Ezgi, o gün terapiye gitmeden evvel kliniğe uğradı. Öğle saatlerine kadar iki danışanıyla ilgilendi. Depodaki grup terapisini on dört sularında başlatacaktı. Hasan'ı aradı ve her şeyin yolunda olduğunu teyit etti. O sırada kapısı çalındı. Gelen Tülin Hanım'dı. Son zamanlarda Tülin Hanım'ı beklenmedik anlarda karşısında görmek Ezgi'de bir gerginlik oluşturuyordu.

"Ezgi, konuşabilir miyiz?"

"Tabii, buyrun hocam."

Tülin Hanım, yılgın bir yüz ifadesiyle Ezgi'nin karşına oturduğunda genç kadın daha da huzursuz oldu. "Ezgi'ciğim, son bir haftadır kliniğe neredeyse hiç uğramıyorsun. Bana anlatmak istediğin şeyler olduğunu düşünüyorum."

Ezgi son bir haftasını gözden geçirdi. Çok karmaşık ve konuşmakla dile getiremeyeceği şeyler yaşamıştı. Hızlıca zihninden geçirdi: Kenan'ın evlenme teklifi, Hasan'ın evinde gördüğü rüya,

Mehmet'in dikiş atılan kolu, Erol'un o garip telefon konuşması ve annesinin huzursuz eden ziyareti... Bunlardan ona bahsedemezdi. Aslında Tülin Hanım'ın öğrenmek istediği şey belliydi: Ezgi'nin o bahsettiği grup terapisi fikrinde hâlâ ısrarcı olup olmadığı... Bunun doğru yanıtını Ezgi'den alamayacaktı ama en azından denedi. "Doktora konunu değiştirdin mi?"

"Değiştirmeye çalışıyorum hocam. Yeni bir şeyler bulmak zor. Aslında siz bu kadar katı olmasaydınız, şimdi o terapiyi yarılamıştık ve bir sorun çıkmayacaktı, buna eminim."

"Nasıl bu kadar emin olabiliyorsun?"

Ezgi gülümsedi. Akgün Bey'in kendi isteğiyle alkol almamasını, Zozan'ın pasta yeme isteğini, Derya'nın temizliğe olan takıntısını dizginlemesini hatırladı ve kocaman bir gülümseme oluştu yüzünde. "Yani... bir öngörü diyelim buna."

"Ezgi, yasal ve etik olmayan bir şeyi yapmanın iyi sonuçlar doğuracağını mı düşünüyorsun hâlâ?"

"Etik mi? Hocam, etik nedir? Ya da şöyle sorayım; iyi niyetlerle başlanan ama kötü sonuç doğuran şeye bile "etik değil" diyebilir miyiz?"

"Sonucunun kötü biteceğini bile bile, insanlara zarar vereceğini göre göre o şeyi yapmak elbette etik değildir."

"Bu sizin bakış açınız. Ben, bu terapinin birleştirici, güzel sonuçlar doğuracağını biliyorum."

"Biliyorum, diyorsun, ben de merak ediyorum, bu eminlik nereden geliyor?"

"İnandığım şeyler..."

"İnandıklarımız, bazen yanıltıcı olabiliyor."

"Yanıltıcı olana inanacağım yaşı çoktan geçtiğimi zannediyorum hocam."

"Fakat bence sen hâlâ o yaştasın."

"Hocam, inanın sizinle tartışmak istemiyorum. Ben terapiden vazgeçtim ve bu konu kapandı. Ha, şu sıralar özel hayatımda istenmedik, irade dışında gelişen şeyler var. Onlarla meşgulüm fakat pek yakında onları da yoluna koyup kaldığım yerden devam edeceğim."

"Umarım öyle olur."

Tülin Hanım odadan çıktı, Ezgi şüphe çekmiş olabileceğini düşündü. Tedirgindi. Yine sol kolunu, yarasının üzerini okşadı. "Bu sefer başarısız olmayacağım, olamam!" diye mırıldandı. Kliniğe daha fazla zaman ayırması gerektiğini düşündü. Böyle olursa, Tülin Hanım bir şeylerden şüphelenmezdi. Yoksa bu işin peşine düşebilir, Ezgi'nin tüm planlarını altüst edebilirdi. Onunla karşı karşıya gelmek ve çatışmak istemiyordu. Tülin Hanım'a duyduğu saygı ve onca yaşanmışlıklarından sonra onunla ciddi bir fikir ayrılığı yaşamak Ezgi'nin isteyeceği bir şey değildi. Kim olursa olsun çatışabilirdi ama bu kişi Tülin Hanım olmamalıydı.

Ezgi sol kolunu okşamaya ve kendine telkinlerde bulunmaya devam ederken Mehmet aradı. O an tüm olumsuz düşüncelerden sıyrılmıştı. Sanki bir el onu gerginliğin içinden çekip almıştı. Ezgi onunla konuşmanın verdiği huzurla kendisini kuş gibi hafiflemiş hissetti. Güzel bir şarkı mırıldanarak klinikten ayrıldı. Kâğıthane'ye doğru yola çıktığında içi içine sığmıyordu. Güzel şeylerin olacağına öyle inanıyordu ki, bu inancının elinden alınmasına izin vermeyecekti. Sırf bunun için bile canını dişine takabilirdi.

-25-

Hayal kırıklığı ve ihanet karşısında kırıldığını inkâr etme... İnkâr etmek, ne kırgınlığı giderir ne de sana tecrübe için gerekli alan bırakır. Unutma, sadece duygularımızı hissederek ve kabul ederek dönüşüm yaşarız. Hayatınızın sorumluluğunu ne kadar çok alırsanız, o kadar çok kendinize saygı duyarsınız; diğer insanların haksızlıkları yüzünden kurban gibi hissetmez, güvenle kendinizi savunur, hayattan istediğinizi ve hak ettiğinizi alırsınız.

Odadaki beş kişi, üç gün evvel onlara verilen ödevi yapmış gibi görünüyordu. Geçmişinde pişman oldukları ya da hayatlarını değiştirdiğine inandıkları şeyleri anlatacaklardı. Ezgi merakla bekliyordu. "Önce kim başlamak ister?" diye sordu. Gariptir, Ezgi'nin bakışları değişti. Aceleci bir hâli vardı. Biraz donuklaşmış, biraz da sabırsızlanmıştı. Dudağını ısırmaya başladı.

O sırada Derya'dan bir yanıt geldi. "Ezgi Hanım, ben başlamak istiyorum. Aslında, bunu anlatıp anlatmama noktasında çok düşündüm. Bu benim, bile isteye sakladığım bir gizim. Hazır anlatmaya karar vermişken, kararımı değiştirmeden konuşayım."

Ezgi, diğerlerine baktı. Onlar da Derya'nın başlamasına itiraz etmediler. Derya, sandalyesinin ucuna oturdu ve anlatmaya başladı. "Arkadaşlar, size evlatlık verildiğim aileyi ve gerçek annemi bulduğum zamanları anlatmıştım. O sıralar öğrendiğim ve gerçek annemden gördüğüm olumsuz şeyler beni okuluma bağlamıştı. İyi ki de öyle yapmış zira kendimi bir daha toparlayamayacak şeyler yapabilirdim. Tıp fakültesini kazandığımda, ailem çok sevindi. Ben de öyle. Okulu bitirip uzmanlığımı aldıktan sonra o okulda yaşadığım harika dünya, yerini sancılı zamanlara bıraktı. Kadın doğum uzmanı olduktan sonra kendime bir prensip edinmiştim: Annenin ve bebeğin ciddi sağlık problemleri olmadıkça kürtaj yapmayacaktım. Yani, keyfi bir kürtajla gelen herkesi geri çevirecektim ki öyle de oldu. Birkaç yıl kimseye keyfi kürtaj yapmadım. Bir gün muayenehanemin kapısı çalındı. Sarışın, orta yaşlarda ve zengin olduğu giydiği kürkten anlaşılan bir kadın, bana bir kızın kürtaj edilmesi gerektiğini söyledi. Tabii reddettim. Onu başkalarına yönlendirdim. O ise bana kendilerinin köklü bir aileye sahip olduğunu, başkasına giderse bu durumu ağızlarından kaçırabileceklerini, bunun sonunda da itibarlarının sarsılacağını söyledi. Benim bu durumdan kimseye bahsetmeyecek olduğumdan nasıl bu kadar emin olduklarını sorduğumdaysa, önüme geçmişimi sunup "Gerçek annenin bir fahişe olduğunu öğrenmelerini istemezsin sanırım" dedi. Bunu nereden öğrendiklerini sordum ama bir şey demedi. Zannediyorum ki, etraflarındaki doktorlar hakkında genel bir araştırma yaptılar ve bir beni buldular tehdit edebilecek. Bugüne kadar burası hariç hiçbir yerde gerçek annemi ve işini anlatmadım. Belki de bu yüzden tedavi edilemedim. O yüzden Ezgi Hanım, dosyamda hastalığımın temeline dair bir şey bulamamıştır. Her neyse, ben istemeyerek de olsa bunu kabul ettim. Kadının istediği kıza kürtaj yaptım. İlk kürtajdan sonra kendimi günlerce toparlayamadım. Ardından aynı kadın iki üç defa daha bana geldi. Farklı kızlara kürtaj yaptırdı. Bunların hepsi zorla oldu ama ben yine huzursuzdum. Canına kıydığım her çocuk için kendimi defalarca suçladım. Ben anne olmayı isterken, anne olmayı başarmış ve sağlıklı bir bebeğe sahip olan anneleri yavrularından ayırdım. Bu vicdan azabından kurtulamadım. O kadına ve kendime olan öfkem hiç dinmedi. O bebekler, oturmuş, gülümseyerek bana bakıyorlardı rüyamda. Kâbuslarım hiç bitmedi. Bir süre sonra bıraktılar peşimi. Bir daha hiç kürtaj yapmadım. Diyorum ki; bundan sonra benim geçmişimle karşıma gelecek bile olsalar kimseye asla bunu yapmam. Hem geçmişim beni rahatsız etmeyi bıraktı. Öz annemin kimliği beni bıraktı. Bunun için öncelikle Ezgi Hanım'a çok teşekkür ediyorum ve umarım canına kıydığım o bebekler beni affeder. O canlara nasıl kıydım bilmiyorum ama çok çaresizdim."

Derya ağlıyordu. Onunla birlikte diğerleri de gözyaşlarını tutamamıştı. Ezgi'nin bile yanaklarından yaşlar usul usul süzülüyordu. Ezgi bir hışımla ayağa kalktı ve titreyen sesiyle "Terapi bitti!" dedi. Daha bir saat bile olmamıştı. Herkes çok şaşkındı. Soru almadı. Çantasını aldığı gibi odadan fırladı.

Mehmet genç kadının peşinden gitti. "Ezgi, dur! Bekle beni."

Ezgi, Mehmet'i duymamış gibiydi. Arabasına atladığı gibi son sürat gaza bastı. Mehmet, onu beklemekte olan İsmet Bey'e "Anahtarları ver" dedi. İsmet Bey itiraz ettiyse de Mehmet onu dinlemedi, Ezgi'nin peşine düştü. Ezgi arabayı çok süratli kullanıyordu. Mehmet bir yandan onu takip ediyor diğer yandan Ezgi'yi arıyordu. Mehmet "Ezgi, ne oldu sana böyle?" diye sormaya başladı kendi kendine. Yarım saat araba süren Ezgi ıssız bir yolda durdu. Mehmet de biraz gerisindeydi. Hemen yaklaşmadı, biraz bekledi.

Ezgi arabadan indi ve sağa sola bakındı. Sonra dizlerinin üzerine kapaklanıp bağırmaya başladı. "Neden gittin ki? Her şey senin yüzünden. Neden beni yalnız bıraktın."

Mehmet bu olanlara bir anlam veremedi. Arabasından indi ve Ezgi'nin yanına koştu. Yerde dizlerinin üzerinde oturmuş, üzeri başı çamur olmuş genç kadına sarıldı.

"Geçecek, her şey geçecek."

"Geçmiyor Mehmet. Hiçbir şey geçmiyor. Aksine, üstüme üstüme geliyor. Bak, burası neresi biliyor musun?"

"Bilmiyorum sevgilim ama anlat bana. Senin yaptığın gibi. Nasıl ki beş kişinin hayatını güzelleştiriyorsun, izin ver ben de sana yapayım bunu."

"Mehmet, bunu kimse yapamaz."

"İzin ver. Bir izin ver de deneyeyim. Haydi, şimdi anlat. Bana güven sevgilim."

"Burası, babamın ellerimi son kez tuttuğu yer. Son defa, sıkıca ellerimi tuttu. Sonrasında her şey tersine döndü. Biz arabadaydık. Ardından bir kaza oldu. Kendime geldiğimde babamın öldüğü haberini aldım. Mehmet, o günden sonra her şey karanlıktı. Bugüne kadar, tam da şu ana kadar her şey kocaman bir siyahla kaplıydı."

Mehmet, biraz olsun Ezgi'yi sakinleştirmeyi başarmıştı. İkisi de çamurun içine oturmuş konuşuyorlardı. Mehmet, Ezgi'nin saçlarını okşuyordu. "Peki, az evvel ne oldu da fırladın yanımızdan?"

"Derya'nın anlattıkları o karanlığın bir bölgesine ışık tuttu ve gördüklerim beni dehşete düşürdü."

"Ne gördün?"

Ezgi sessiz kaldı. Korkuyordu. Bu korkusu bedenine de yansımıştı. Titriyordu. Hava bozmaya başlamıştı. Soğuk, insanın iliklerine işler kıvamdaydı ve o iki insan, bunu duyumsayacak durumda değillerdi. Mehmet, Ezgi'nin saçlarına dokundu ve şefkatli bir ses tonuyla konuştu. "Ezgi, bana anlat."

"Mehmet, bunları anlattıktan sonra beni sevmeye devam edebilecek misin?"

"Ezgi, ben seni geçmişini sorgulamadan sevdim. Şimdi öğreneceğim her ne olursa olsun bunu değiştirmeyecek."

"Gerçekten güvenmek istiyorum sana."

"Güvenini sarsacak bir şey yaparsam, bunun bana kazandırdığı şey ne olabilir?"

"Bilmiyorum."

"Bilmiyorsun çünkü böyle bir gerçek yok. Yani senin güvenini sarsacak bir şey yapmanın bana bir getirisi olmayacak aksine seni kaybedeceğim ve bunu göze alamam."

"Mehmet, çok küçüktüm ben ve bana da aynı şey yapıldı."

"Ne yapıldı?"

"Bebeğimi aldılar."

"Nasıl yani?"

"Yanlış bir ilişkiydi. Hatalı bir seçimdi ama o kişiden hamile kalmak benim bile tahmin edebileceğim bir şey değildi."

"Dur tahmin edeyim; bebeğin babası bu çocuğu istemedi ve kürtaj edildin."

Ezgi, Mehmet'e sarıldı ve orada uzun uzun sohbet ettiler. Ezgi çocukluğundan, okul döneminden ve Derya'nın anlattıklarının onda uyandırdığı şeylerden bahsetti. Anlattıkça ağladı, ağladıkça Mehmet'e sarıldı.

-26-

Akıllıca güvenmek ve akıllıca sevmek güzeldir...
Bunları hayatınızdan silerseniz geriye hangi güzellik kalır ki?
Hayattan güveni ve sevgiyi silmek dünyadan güneşi silmek gibidir.

Ezgi'nin babası Erdal Bey ve annesi Zarife Hanım için evlenmeleri ve bu evliliği yürütmeleri tam bir mucizeydi. Onlar bu mucizeyi gerçekleştirmeyi başarmışlardı. Doktor Erdal'ın aile ve çevresi zorla da olsa evlenmelerine razı gelmiş ama eşi Zarife'yi bir türlü aralarına kabul etmemişlerdi. Çiftin ilk çocukları Volkan buna vesile oldu. Aile bu ilk çocukla birlikte geniş bir çevrede kabul gördü. Zarife'ye olan bakışlar da yavaş yavaş değişmeye başladı. Bu durum Erdal ile Zarife'yi daha da bir birine yaklaştırdı.

Doktor Erdal'ın annesi Munise Hanım tam bir asilzadeydi. Asla çiğnenmeyecek prensipleri vardı. Bu prensiplerden biri de, oğlunun ailelerine yakışır bir kızla evlenecek olmasıydı ama Erdal hiç de yakışmayan bir kadınla evlenmişti. Bundan dolayı Munise Hanım, Zarife'yi hiçbir zaman kabul etmedi. Zarife de onu asla alttan almadı. Bu kabullenemeyiş zamanla bir öfkeye hatta nefrete dönüştü. Torunu Volkan'ı sevmek istediği zamanlar, Doktor Erdal'ı arıyor, Volkan'ı ona götürmesini istiyordu. Volkan beş yaşına geldiğinde, Munise Hanım vefat etti. Doktor

Erdal annesinin kaybı karşısında eşine sarıldı ancak annenin yerini hiçbir şey doldurmuyordu.

Ezgi, Demiroğlu ailesinin ikinci çocuğu olarak ağabeyinden sekiz yıl sonra dünyaya geldi. Munise Hanım vefat edeli üç yıl olmuştu. Al al yanakları, gözleri ve bembeyaz teniyle tıpkı babaannesine benziyordu. Bu durum, Doktor Erdal'ın kızına büyük bir bağlılık hissetmesine sebep oldu. Erdal, Zarife ile evlendiğine hiçbir zaman pişman olmadı ama annesinin son zamanlarda ona kırgın olması, kendisini az da olsa suçlu hissettiriyordu. Doktor Erdal tüm zamanını Ezgi ile geçirir olmuştu. Karısına ve oğluna daha az zaman ayırıyor, çoğu kez önemli tarihlerini bile unutuyordu: doğum günü, tanışma yıldönümü, evlilik yıldönümü...

Başarılı bir kadın doğum uzmanı olan Doktor Erdal, kızı Ezgi'nin üzerine gün geçtikçe daha çok titriyordu. Bu durum Zarife Hanım'ın çok da hoşuna gitmiyordu. Öyle ki, kızlarının kocasını kendisinden ayırdığına içten içe inanmaya başlamıştı. Başlarda bu fikri kendisine yakıştıramasa da, durumu kendisine itiraf etmeye başladığı zamanlardan sonra Ezgi'ye karşı hoşgörüsüz ve kaba davranmaya başlamıştı. Bu olumsuzluklar Zarife Hanım'ın, Ezgi'ye şiddet göstermesine kadar gidiyordu. Ezgi evin içinde bir sığıntı gibi yaşıyordu ve onun bir hata yapma lüksü yoktu. Herkesin çocukluk döneminde yaptığı o ufak tefek hatalardan birini yapmak, Ezgi'nin şiddet görmesine sebep oluyordu. Bu durumu babasına söyleyemiyordu, çünkü o zaman da gördüğü şiddetin daha fazlasını göreceğini biliyordu. Zarife Hanım bunu birkaç kere yapmıştı.

Annesi, Ezgi'yi hep yetersiz olmakla suçluyordu. Halbuki oğlu Volkan'a karşı ne kadar da anlayışlı ve sabırlıydı. Volkan pek sakin bir çocuk değildi hatta yaramaz bile denebilirdi. Fakat Zarife Hanım, bunu onun çocukluğuna veriyordu. Volkan annesinin kardeşi Ezgi'ye davranışıyla ilgili rahatsızdı, bir gün dayanamadı, karşısına çıktı.

"Anneciğim, kardeşime karşı kötü davranmıyor musun?"

"Hayır. Ben, bir kız çocuğu nasıl yetiştirilmesi gerekiyorsa öyle yapıyorum. Bir daha işime karışmazsan mutlu olurum."

"Yani bunu yapmayı istemiyorum elbette ama ona vurmandan da hoşlanmıyorum."

"Emin ol, bir kızın olduğunda beni daha iyi anlayacaksın. Onların ağırbaşlı ve namuslu olması lazım. Herkesin kötü sözlerle bahsettiği bir kardeşin olsun istemezsin değil mi?"

"Evet, istemem."

"O zaman ne yapman lazım? Bir daha benim yöntemlerimi sorgulamaman ve ona davranışlarım konusunda babana bir şey anlatmaman gerekiyor."

Volkan, durumdan pek hoşnut olmasa da annesi onu bir şekilde susturmayı başarıyordu. Zarife Hanım'ın gerekçesi kızını olumsuz dış çevreden koruyor olmasıydı. Volkan, sırf ödevini yanlış yaptı diye annesinin kardeşine tokat atmasına anlam veremiyordu, kendisi de yanlış yapıyor, annesi gelip tokat atmak yerine yardım ediyordu. Annesinin elinden gelse, kızını bir kaşık suda boğacak gibiydi. Ezgi'nin evin içinde dolaşması bile onu huzursuz etmeye yetiyordu. Ezgi içinde bulunduğu durumun tuhaflığına bir anlam veremiyordu. Annesinin tüm bu katı tutumuna rağmen her zaman onu memnun kılmak ve mutlu etmek için çabalıyordu. Annesi için resimler yapıyor, parklardan çiçekler topluyor, şiirler yazıyordu. Zarife Hanım, bunları Ezgi'nin gözü önünde çöpe atıyor, bir de azarlıyordu: "Bunlarla uğraşacağına git de derslerinle uğraş. Neredeyse sınıfta kalacaksın. Notların berbat ama senin aklın çiçekte, böcekte, şiirde."

Bu konu her açıldığında Ezgi çok üzülüyordu. Gözleri doluyor, ellerini sıkıyor, arkasını dönüp gidiyordu. Yine öyle yaptı, arkasını döndü, odasına koştu. Tüm bunlara rağmen elinden gelenin fazlasını yapıyor, ortalamanın üstüne çıkmayı başarıyordu ama bu Zarife Hanım'a yetmiyordu. Ezgi okul birincisi bile olsa annesi orada da bir kusur bulacak gibiydi.

Annesinin ona karşı tavrını büyüdükçe daha iyi hissetti ve daha etkilenir oldu. Büyüdükçe içine kapanık bir çocuk oldu. Annesine olan öfkesini kendisinden çıkarmaya başlamıştı. Uçlu kalem ile kollarını çiziyordu. Biraz daha büyüdüğündeyse kollarını bıçak ve jilet gibi kesici aletlerle kesmeye başlamıştı. Çizik ve yaraları ailesinden saklamaya çalıştığı için yazın sıcağında bile uzun kollu penyelerle dolaşırdı.

Zarife Hanım ise kızı için olmadık laflar sarf etmeye devam ediyordu. "Sende bir gram akıl yok. Al işte bu da bunun en açık göstergesi. Yazın ortasında şu üzerine giydiklerine bir bak. Beni utandırmaktan başka ne işe yararsın sen? Sen tam bir veba gibisin. Hastalıksın sen. Bedenimden attım ama etkisinden kurtulamadım. Seni adam edemeyeceğim ben."

Ezgi bunları duydukça özgüveni iyiden iyiye sarsılıyor, kendine olan inancı azalıyordu. Eskiden olsa babası vardı, onun varlığı bile yetiyordu. Şimdilerde o da yoktu. Babasını bir kaza sonucu kaybetmişti. Zarife Hanım bunun sorumlusu olarak da Ezgi'yi görüyordu. Bir gün, Ezgi'nin çok istediği köpeği almak için yola koyulan baba-kız, alkollü bir sürücünün onlara çarpması sonucu feci bir kaza yaptılar. Ezgi o kazadan hafif yaralarla kurtuldu ama babası Erdal Bey pek de şanslı değildi. Ağır yaralı olarak kaldırıldığı hastanede vefat etti. Bu kazanın üzerine Zarife Hanım, kızına karşı daha da öfkeli bir hâle geldi. Kocasının ölmesinin sebebi olarak kızını görüyordu.

Ezgi bunun muhakemesini yapacak yaşta değildi. Bundan dolayı da annesinin ağzından çıkan her cümleyi doğru kabul ediyordu. Babasının ölmesinde tek suçun kendisinde olduğuna inanmaya başlamıştı. Daha on iki yaşında olan bir kız için gerçekten ciddi bir yüktü bu. Ağabeyi Volkan, babasının ölümünden sonra Ezgi'ye daha fazla zaman ayırmaya başlamıştı ama çok geçmeden Amerika'daki John Hopkins Üniversitesi'nin Tıp Fakültesi'ne kabul edildiği haberi geldi. Volkan da gidince Zarife ve Ezgi için ev yaşanmaz bir hal aldı. Annesi Ezgi'nin her zaman her şeyi yanlış yaptığını düşünüyordu. Bu da yetmezmiş gibi bir dizi hakaretle Ezgi'nin kendisine olan güvenini önemli ölçüde zedeliyordu. Ona kalsa Ezgi tembel, saygısız, arsız hatta küçük bir fahişeydi. Ona defalarca "Sen benim yüzümü yere eğdirmekten başka bir işe yaramayacaksın!" deyip dururdu. Babasının yokluğu onu büyük bir karanlığa gömmüştü, üstüne de annesinin tavrı Ezgi'yi iyice yormuştu.

Ezgi, on beş yaşına geldiğinde hayat onun için bir nebze de olsa güzelleşmeye ve düzelmeye başladı. O sene tanıştığı Suat isimdeki çocuk, Ezgi'ye kendisini iyi hissettiriyordu. Ezgi'nin buna çok ihtiyacı vardı. Suat, tam da bu açığı kapatıyor gibiydi. Suat, Ezgi'den dört yaş büyüktü. Serseri ve sorumsuz bir çocuktu, üniversiteye gitmesi gereken yaşta hâlâ lise son sınıftaydı. Okula pek uğramazdı. Etrafı birlikte zaman geçirdiği ve kendisinden yaşça büyük olan tehlikeli tiplerle doluydu. Fakat okuldaki kızların çoğu bunu bir sorun olarak görmüyordu, sarışın ve yeşil gözlü olan bu delikanlı, neredeyse okulun en yakışıklı çocuğuydu. Onunla sevgili olmak için can atmayan kız yoktu. Suat, Ezgi'yi gördüğü ilk anda güzelliğinden etkilenmişti. O sıralar bir sevgilisi vardı. Fakat bu durum Suat için sorun değildi. O sadakate önem vermez ve karşısındakinin ne düşündüğünü, ne hissettiğini umursamazdı.

Suat, Ezgi'den hoşlanmıştı. Ona yaklaşmak için o her zamanki kibar ve centilmen erkek rolünü oynamış, Ezgi de etkilenmişti. Suat onunla ilgileniyor, ona iltifatlar ediyor, hediyeler alıyordu. Ezgi evde gördüğü psikolojik baskının karşısında Suat'tan gördüğü ilgiyle sarhoş olmaya başlamıştı. Gün geçtikçe Suat'a bağlanıyor, onunla ilgili hayaller kuruyordu. Bu hayallerin başında Suat ile evlenmek geliyordu.

Suat ile Ezgi çok iyi vakit geçirmeye başladılar. Suat'la geçirdiği her an ona iyi geliyor, annesinin kâbus dolu dünyasından uzaklaşıyordu. Ezgi ile geçici bir beraberlik düşünen Suat da ona tutuldu. Ezgi'yi kolundan tuttuğu gibi dünyasına götürdü. Kendisi için neyi uygun görüyorsa Ezgi için de uygun görüyordu. Suat içki içiyor, esrar kullanıyordu. Çok geçmeden Ezgi de içkiye başladı. İlk başlarda midesi bulanan, hatta eve gidip kusan Ezgi, birkaç defa içtikten sonra alıştı. Annesinden kaçıp Suat'a ve içkiye sığındı. Başı döndükçe dünya daha çekilir bir yer oluyor, geçici de olsa sorunlarından uzaklaşıyordu. Çok geçmeden esrar da içmeye başladı. Suat içtiği sigarayı uzatmış, hızlıca içine çek, demişti. İçine çektiği gibi başı dönmeye, kalbi hızlı hızlı atmaya başladı. Bir daha bir daha çekti.

Suat'la tanıştığı güne kadar hiç devamsızlık yapmamış Ezgi, artık sık sık okuldan kaçıyor, Suat'ın peşinden gidiyor, oradan oraya savruluyordu. Ezgi, Suat ile birlikte olmaya başladığında arkadaşı Aslı çok sevinmişti. En azından Ezgi'yi mutlu görmek onu da mutlu ediyordu. Ancak Aslı bir süre sonra Suat'ın gerçek yüzünü görmüş, ondan uzaklaşmıştı. Suat'ın, Ezgi'yi de kendi pisliğine çektiğini gören Aslı, bundan huzursuz olmaya başladı. Ezgi'yi defalarca uyardı. "Ezgi, tamam Suat çok yakışıklı ve çekici bir çocuk ama sana zarar veriyor."

"Zarar mı veriyor? Arkadaşım, yanılıyorsun. O beni çok seviyor ve ben onunla mutluyum."

"Sana hangi uyuşturucunun kaliteli olduğunu söylemesi seni mutlu mu ediyor?"

"Ona uyuşturucu bağımlısı muamelesi yapma, lütfen."

"Ah, tabii ya, o henüz bağımlı değil. Ne derlerdi onlara? Torbacı mı?"

"Abartıyorsun?"

"Hayır, abartmıyorum. Yalnızca senin için endişeleniyorum."

"Merak etme. Ben çok mutluyum ve her şey yolunda."

"Umarım öyledir."

Aslı bu denli tedirgin olmakta haklıydı. Ezgi büyülenmiş gibiydi. Suat'ın ona zarar verdiğini görmüyordu. Ona âşıktı ve ne dese yapıyordu. Bu durumu fırsat bilen Suat, bir gece otomobilin içinde onunla olmak istedi. Ezgi bu durumdan tedirgin olsa da, Suat'ı kaybetmekten korktuğu için ona karşı koymadı ve ilk cinsel deneyimini yaşadı. On beş yaşında, yanlış bir insanla ve bir arabanın içinde yaşadığı bu deneyim onu hiç mutlu etmemişti. Suat halinden memnundu, nasıl olsa onun ilerisi için bir düşüncesi yoktu. Günü kurtarmak ona yetiyordu. Ezgi'ye sahip olmak en başından beri istediği şeydi. Bunu başarmış olmak onun Ezgi'ye duyduğu ilgisini söndürmüştü. Birlikte olduktan sonra Suat ona karşı eskisi gibi değildi artık.

Ezgi, ilk cinsel deneyimini kötü yaşamıştı, böyle hayal etmemiş, sevdiği adamla evlenerek birlikte olmanın hayalini kurmuştu. Bunun yükü altında ezilirken bir taraftan da Suat'ın ilgisizliği onu fazlasıyla üzüyordu. Bu durumu tek dostu Aslı ile paylaştı.

"Ben sana demedim mi ondan uzak dur diye?"

"Aslı, oldu bir kere. Ne yapabilirim?"

"Yahu, bu kadar basit mi? Annen bu durumu duyarsa ne olur biliyor musun?"

"Biliyorum. Onun gözünde potansiyel bir orospuydum, şimdi gerçek bir orospu olurum."

"Bu kadarla kalsa iyi. O hep istediğin psikoloji bölümü var ya..."

"Evet?"

"Hah işte o yalan olur. Seni değil üniversiteye yollamak, evinizin bahçesine dahi çıkmana izin vermez. Hayatının sonuna kadar zindan hayatı yaşarsın."

"Bunu sen ve Suat biliyor. Sen söylemezsin değil mi?"

"Elbette söylemem. Ama bundan sonra Suat her çağırdığında ona gitmezsen annene söyleyebilir."

"Yok daha neler! Ben bu kadarını yapacağını zannetmiyorum."

"Ben de boşuna konuşmuyorum herhalde, bir bildiğim var."

"Nasıl yani?"

"Sana, ondan uzak durmanı söylerken boşuna konuşmuyordum. Okulda bir söylenti var. Bu Suat, kendiyle birlikte olmayı reddeden kızları ailelerine söylemekle tehdit ediyormuş. Bilmiyorum, okulda söylenen bu."

"Yok canım, söylentidir o."

Ezgi, bu duyduğuna inanmasa da, bir gün Suat'tan aldığı telefon onu şoke etmişti. Suat onunla buluşmak istiyordu. Ezgi ise her canı istediğinde onunla buluşmayacağını, eğer gerçekten istiyorsa kendisini affettirmesi gerektiğini söylemişti. Suat'ın cevabıyla da şok olmuştu. "Ezgi, sen kendini vazgeçilmez falan mı zannediyorsun? Anlamadığım şu; sen neyine güvenip de beni tersliyorsun?"

"Suat, ben seni gerçekten seviyordum ve sen benimle resmen alay ettin."

"Çocuk gibi davranıyorsun."

"Hayır, sadece çok kırıldım ve en azından özür dilemeni bekliyorum."

"Öyle mi? O zaman bu özrümü annenin yanında dilememi ister misin? Hatta annene de 'Kusura bakmayın, kızınızla yattım ve o günden sonra onu doğru düzgün aramadım. Bu gece yine yatmak istiyorum ve özür diliyorum' derim. Ne dersin?"

"Suat, bunu yapamazsın. Hem, annem sana inanmaz."

"Anneni herkes biliyor, tanıyor. Böyle bir şey söylemem senin sonunu getirir. Annen seni kolundan tuttuğu gibi kızlık muayenesine götürür. Sen bilirsin."

Suat haklıydı. Zarife Hanım kızının açığını kolluyordu. Suat'ın böyle bir şey söylemesi, Zarife'yi deliye çevirirdi. Önce Ezgi'yi öldüresiye döver, ardından muayeneye götürürdü. Ezgi bunca karmaşayı yaşamak yerine Suat'a boyun eğmeyi tercih etti. Bu gizli buluşmalar ve yaşanan cinsellik Ezgi'yi karanlık bir kuyunun dibine hızla çekmekteydi. Ezgi'nin hiçbir şeyle mücadele edecek gücü kalmamıştı. "Hayatım bundan daha kötü olamaz" dediği sıralarda o korkunç haberi aldı, hamileydi. Hamilelik haberini almak onun için felaketti. Bu durumu Aslı'ya bile söyleyemedi. Aslı bile artık onun arkasında durmayabilirdi ama tek başına bununla mücadele de edemezdi. Hamilelik haberini Suat'a verdi. Onun büyük bir tepki göstereceğini umuyordu ama Suat sakin bir tavırla "Halleδeriz, üzülme" dedi. Buna çok şaşırmıştı.

"Ne demek hallederiz? Neden bu kadar sakinsin Suat? Hamileyim. Hem de senden."

"Canım, benden hamile kalan tek kız sen değilsin ki. Daha evvel de başıma geldi. Birkaç defa..."

"Sen ne kadar iğrenç biriymişsin. Senin gibi birine âşık olduğum için kendimden nefret ediyorum."

Ettiği hakaretler ya da sitemler Suat'ın umurunda bile değildi. O, bunları duymaya alışkındı. Suat için bu sözlerin hiçbir önemi yoktu. Suat, durumu teyzesi Meral'e anlattı. O da her zamanki gibi gerekeni yaptı. Eve çağırdığı bir kadın doğum uzmanına Ezgi'yi kürtaj ettirdi. Kürtaj on beş yaşındaki Ezgi için sıradan bir şey değildi. Tamam, çocuğa karşı yoğun bir bağlılık hissetmiyordu ki zaten kendisi de bir çocuk sayılırdı, ama o kürtaj masasına yatmak onun ruhunda onulmaz yaralar açmıştı. O evin, özellikle kürtaj olduğu odanın kokusunu ömrünün sonuna kadar unutmayacaktı. Bu travma, onun hayatını altüst edecekti. Ezgi bunun etkilerini çok geçmeden yaşadı.

-27-

Daha fazlasını hak etmek için kendini sev ve kendine değer ver...
Sen hayatı seversen, hayat da seni sever.

Mehmet, Ezgi'yi evine getirmişti. Evin önünde Kenan'ın arabasını gören Ezgi, Mehmet'ten gitmesini istedi ama o bunu reddetti. Bu reddediş, Ezgi'nin hoşuna gitmedi değil. Böylesine sahiplenici bir tutum, Ezgi'nin tüm yaralarını hatta o süt lekesini bile kapatabilirdi. Sorun, Ezgi'nin bu güzel şeylere sahip çıkacak kadar gücünün olup olmadığıydı.

"Mehmet, bunu söylemek hoş değil ama ben o adamı aldattım."

"Bunu böyle kolay söyleme. Biz farklıyız."

"Aldatan herkes özünde bunu söyler. Tamam, ikimiz de sonu olmayan bir ilişkideydik ama bu, aldatmamıza bir bahane olamaz değil mi?"

"Ezgi biliyor musun, senden evvel ben aldatılmaktan ölesiye korkardım."

"Peki ya şimdi?"

"Korkmuyorum. Grup terapisi değil ama sen bana iyi geldin. Bunu sana söylemem doğru değil ama şunu unutma, sana güveniyorum ve güvenmeye de devam etmek istiyorum."

"Seni haksız çıkartmayacağım."

Aslında Ezgi, Mehmet kadar rahat değildi. Kendini haklı çıkartmıyor, yaşadığı şeyden dolayı derin bir utanç duyuyordu. Bu da yetmezmiş gibi yaşadığı suçluluk duygusu onu içten içe kemiriyordu. Mehmet'e karşı hissettiği o naif hisler, yaşadığı diğer duyguları bastıramıyordu. Bunun birçok nedeni vardı elbette ama en başta; onun zamanın dokusuna hâlâ el atamamış olmasıydı. Cinsellik, onun kolaylıkla yaşayıp da arkasını dönüp gidebileceği bir duygu değildi. Bunu önemsiyor hatta –çoğu zaman– kutsuyordu. Birliktelik yaşamak için derin bir bağlılık ve duygu yoğunluğu olması gerekirdi. Aksi, onda derin huzursuzluklara sebep oluyor, ilk defa cinsel ilişki yaşamış gibi yerin dibine giriyordu. Mehmet'in yüzüne bakarken, onun alın çizgilerinde bir samimiyet gördü. Belki de bir teselli... Utancını o çizgilerin arasına ekip dışarıya, Kenan'ın arabasına baktı. O an kendini parçalanmış gibi hissetti. "Belki de güzel duygulara müdahale etme zamanı gelmiştir" diye düşündü.

Ezgi arabadan inip bahçesine girdiğinde, Kenan da arabadan indi. Kollarını açtı ama Ezgi bunu görmezden gelip evin kapısına ilerledi. Sonra dönüp Kenan'a baktı.

"Haydi, gelsene içeriye."

Kenan'ın yüzü düşmüştü. İçeriye girdi ve Ezgi'nin paltosunu çıkartıp yanına gelmesini bekledi. Ezgi salona geldiğinde Kenan'ın yanına oturdu. Kenan birdenbire Ezgi'nin dudaklarına yapıştı. Ezgi onu itmeye çalıştı ama Kenan bunu umursamadı. Kenan vücudunu okşamaya başladığında Ezgi onun dudağını ısırdı. Kenan dudağını çektiğinde kanamaya başlamıştı.

"Ezgi, ne yapıyorsun sen? Bir kendine gel ne olursun!"

Ezgi nefes nefese kalmıştı. Onun dudaklarını dudağında hissetmekten iğrenmişti. Sanki o an Mehmet'i aldatıyormuş gibi hissetti. Mehmet ile sevişirken, onun çıplak bedenine kollarını dolarken bunların hiçbirini hissetmemişti. Sanki en başından beri Mehmet'e aitti de Kenan araya girmişti.

"Kenan, çık hayatımdan!"

Kenan önemsemedi. Ezgi'nin her zamanki öfke nöbetlerinden biri zannetti. Ezgi tekrarladı. "Çık hayatımdan. Ayrılmak istiyorum."

"Ezgi, tamam bak haklısın. Yaptığım şey hoş değildi ama beni de anla. Seni çok özledim. Ayrıca seni defalarca aradım, neden telefonuma cevap vermedin?"

"Kenan, sorunumuz bu değil ki. Seni sevemiyorum. Olmuyor. Kendimi çok zorladım ama yapamıyorum. Beni anla ve ne olur ayrılalım."

"Bunu şimdi mi söylüyorsun? Ben sana böyle kapılmadan evvel aklın neredeydi?"

"Kenan, işleri zorlaştırma ne olur."

"Bu kadar kolay mı olacak sanıyorsun?"

Kenan evden ayrıldığında Ezgi yeniden sinir krizine girmişti. Bağırıyor ve evde eline ne geçerse kırıp parçalıyordu. O sırada biri onu belinden kavradı. Geçen gece Hasan'ın belinden kavradığı sahneyi anımsadı. "Bebeğim" dedi ve bayıldı. Yaklaşık on dakika sonra kendine gelen Ezgi gözlerini açtığında karşısında Mehmet'i gördü. Rüyada olduğunu zannetti.

"Uyanmadım değil mi hâlâ?"

"Uyandın sevgilim, şimdi nasılsın?"

"Sen nasıl girdin buraya?"

"Sen eve girince evin önünden ayrılmadım. Çok geçmedi Kenan çıktı. Ben de senin nasıl olduğunu merak ettiğimden geldim ve senin çığlıklarını duydum. Şanslıyım ki anahtarı kapının üzerinde unutmuşsun. Girdiğimde evin altını üstüne getirmiştin. Senin de benden aşağı kalır yanın yokmuş. Bunu sevdim kadın!"

Gülüştüler. Ezgi kendine geldikten sonra evi toparlamaya başladılar. Cam kırıklarını, dağılan koltuk minderlerini, yırtılmış dergileri... Sonra Mehmet, Ezgi'ye bir soru sordu. "Uyanırken birkaç kere 'Bebeğim' dedin. Neden? O kürtaj mı aklına geldi?"

Ezgi elindekileri düşürdü. "Evet... Şey... Onu kastetmişimdir elbette, başka neyi kastedeceğim."

Mehmet, onun kekelemesinden memnun olmamıştı. Elindekileri kenara bırakıp Ezgi'nin yanına gitti ve onu kollarından tutup olduğu yere oturttu. "Ezgi, nedense içimden bir ses, senin bana anlatmadığın şeyler olduğunu söylüyor."

"Sana yalan söyleyecek değilim. İnan bana bir tek sana yalan söyleyemem. Evet, bir diyeceğim var."

"Anlat, seni dinliyorum."

"Sır tutabilir misin?"

"Bu nasıl soru?"

"Bu benim sırrım. Ortaya çıkmaması gerekiyor. Sana güvenebileceğimi biliyorum ama senin bu sırrı taşıyıp taşıyamayacağını bilmiyorum."

"Ben senin geleceğini taşımayı göze almışım. Bilmediğim bir zamanı taşımak bana zor gelmiyor da, bildiğim bir zamanı yani senin geçmişini mi taşıyamayacağım?"

Ezgi sesi titreye titreye konuşmaya başladı. "Ben bir evlilik yaptım. Üniversitede tanıştığım Erol'la evlendim. Aslında ben hamile kaldığım için evlendik. Yeniden kürtaj olmak istemiyordum. Erol'u seviyordum ama sevmesem bile sırf çocuğumu doğurmak adına onunla evlenirdim. Birkaç ay sonra bir test yapıldı.

Testin sonunda bebeğimin sakat doğacağını ve bebeği almaları gerektiğini söylediler."

"İnanılır gibi değil. Senin için çok ağır olmuştur. Sen ne yaptın peki?"

"Ben aldırmak istemedim. Az da olsa onun sağlıklı dünyaya gelme olasılığı vardı. Ben de Londra'daki arkadaşım –ki o benim tek dostumdur– Aslı'nın yanına gidip en iyi doktorlara göründüm. Onlar da bir yığın test yaptılar ve Türkiye'deki teşhisin yerinde olmadığını söylediler."

"Bu harika bir haber. Bunu eşine söylediğinde ne tepki verdi?"

"Söylemedim ki?"

"Neden?"

"Şu yüzden; o bebeğimi aldırmamak için hiçbir çaba sarf etmedi. Annem ve o, bebeği aldırmamı istiyordu. Bebeğin sağlıklı olduğunun haberini onlara söyleme gereği duymadım. Hele ki Erol, yani bebeğin babası, bu haberi hak etmiyordu. Ben de yüksek lisansımı orada yapmak istediğimi söyleyip hem eğitimimi tamamladım hem de çocuğumu dünyaya getirdim."

"İnanmıyorum, senin şimdi bir çocuğun mu var?"

"Kızdın mı? Yani, çocuklu bir kadınla sevgili olmak sana uymayabilir. Kenan bile çocuğum yok diye beni beğenmişti de."

"Sen delirdin mi? Bir çocuk sahibi olmak senin en büyük hazinen olmuştur. Bu hazineye sahip olman beni inan çok mutlu etti. Peki, şimdi nerede kendisi? Kaç yaşında? Kim bakıyor ona."

"Londra'da. Aslı'nın yanında. Adı Meryem, on bir yaşında. Tabii herkes onu Aslı'nın kızı zannediyor. Meryem üç yaşındayken Erol, benim ondan ayrılma nedenimin peşine düşüp Aslı'nın yanına Londra'ya gitmiş. Kızımı görünce bayağı bir işkillenmiş. Aslı da Meryem'in kendi kızı olduğuna bir şekilde inandırmış onu."

"Peki, Meryem gerçek annesinin sen olduğunu biliyor mu?"

"Şükür ki biliyor. Onu ve Aslı'yı yanıma alacağım günü bekliyor."

"Ne zaman alacaksın?"

"Halletmem gereken şeyler var. Onlar bitince soluğu onların yanında alacağım. Onları aldığım gibi buraya getireceğim. Üçümüz harika bir hayata başlayacağız."

Mehmet, kinayeli bir şekilde boğazını temizledi. "Üçümüz derken? Ben ne olacağım?"

"Sen ne olmak istersin?"

"Her şeyin... Fakat önce eşin olmak isterim."

Ezgi'nin ağzı açık kalmıştı. "Nasıl yani? Onca anlattığımın üzerine sen benimle hayatını mı birleştirmek istiyorsun? Ben öfkeli, sorunlu ve çocuk sahibi bir kadınım. Bunca şeyi kabul mü edeceksin?"

"Ezgi! Hâlâ senin yanında olma çabamı görmüyorsun değil mi? Seni saf bir aşkla seviyorum."

Ezgi, Mehmet'e anlattıklarıyla yüklerinden bir bir kurtuluyordu. Genç kadının dönüşümü başlamıştı. Bu dönüşüm, Ezgi'nin hedeflerini değiştiriyordu. "Mehmet, bir sorunumuz daha var."

"Nedir?"

"Geçenlerde Erol aradı. Hem de kliniği..."

"Ne istiyormuş?"

"Meryem'in Aslı'nın kızı olmadığını anladığını, gerekirse dava açıp bunu ortaya çıkartacağını ve DNA testi sonucunda da çocuğu elimden alabileceğini söyledi."

"Böyle bir şey olmayacak."

"Nasıl bu kadar emin konuşabiliyorsun?"

"Bizim de var bildiğimiz yöntemler. Fakat emin ol, kimse kızını senden alamaz. En fazla haftada bir görmeye gelir."

"Ona razıyım. Yeter ki hepten almasın onu benden."

"Tamam, onu bana bırak sen."

Mehmet adaleti gözeten biriydi. Ezgi, Erol ile ilgili ne düşündüğünü öğrenemedi, bir yolunu bulacağım, sen karışma, diyordu sadece. Onun bu işi halletme isteği Ezgi'yi inanılmaz mutlu etmişti. Salonu eski haline getirdikten sonra birlikte duşa girdiler. Suyun altında birbirlerinin çıplak tenine dokunmaları, oldukları zamanı yavaşlatıyordu. Mehmet'in kollarının arasında olmak Ezgi'nin yaralarını sarıyordu. İlk defa kendini güvende hissediyordu. Duştan çıktıktan sonra Ezgi, Mehmet'e deri kaplı günlüğünü gösterdi. "Bak bunu da kimse bilmez."

"Nedir bu? Günlük mü?"

"Evet. Yaşadığım bütün kötü günlerin hepsi burada yazılı. Her şeyi bu defter biliyor."

"Onu okuyabilir miyim?"

"Elbette ama şimdi değil. Zamanı gelince..."

***

Ezgi o gün depoya girdiğinde pek neşeliydi. Sabah Mehmet'ten bir mesaj almıştı. "O iş tamam. Artık için rahat olsun. Meryem tamamen senin."

Sevinçle Mehmet'i aramıştı. "Ne oldu Mehmet, nasıl tamam o iş?"

"Tamam işte! Erol, Meryem'in seninle kalmasını kabul ediyor. Sadece mahkemenin ona hak olarak tanıyacağı günlerde çocuğunu görecek. O kadar. Sizi hiç rahatsız etmeyecek."

"Nasıl oldu bu? Nasıl kabul etti bunu?"

"Ne fark eder Ezgi, istediğin oldu işte, senin yerinde olsam, sormazdım bunu."

"Ama yani bilmem lazım, Kenan da böyle hallediyordu işleri, ama sonra istemediğim yöntemlerle hallettiği işler canımı sıkıyordu."

Kenan lafını duyunca bozulmuştu Mehmet. Sesine yansımıştı bu. Ezgi fark etti bunu. Hemen düzeltti. "Çok özür dilerim, yani sadece nasıl hallettiğini merak ettim. Ayrıca sana teşekkür etmeyi unuttum, çok teşekkür ediyorum, iyi ki varsın Mehmet."

"Hah şöyle, insana iyi hissettir bir."

"Sağol, gerçekten benim için çok önemli bir işi hallettin. Ömür boyu unutmayacağım."

"Sen yeter ki mutlu ol, başka bir şey istemem Ezgi."

"Peki, çok teşekkür ederim."

Ezgi bu gelişmeleri duyunca mutluluktan havalara uçmuştu. DNA testine gerek olmadığı ve çocuğun Erol'un olduğunu söylemek için onu aradı. Aralarında duygusal bir konuşma geçti.

Erol ağlamaktan konuşamaz olmuştu. "Ezgi, senin yanında olamadığım için beni bağışla. Çocuğumu görmeme izin verdiğin için çok teşekkür ederim. Bu hafta sonu Londra'ya gidiyorum."

"Erol ona sakın babası olduğunu söyleme. Bırak ben söyleyeyim."

"Tamam, sen de benimle gel."

"Olmaz. Burada çok az bir işim kaldı. Bekle, birlikte gidelim."

"O kadar bekleyeceğimi zannetmiyorum ama deneyeceğim."

"Lütfen bekle, birlikte gitmemiz daha iyi."

-28-

Küçük şeyler için savaşmayı bıraktığında
dünyan çok daha güzel olacak.

Terapi kaldığı yerden devam ediyordu. Bu sefer Akgün Bey elini kaldırarak söz istedi. "Ezgi Hanım, ben anlatmak istiyorum."

"Tabii, buyrun."

"Ben, bir kadın için oğlumu ve yuvamı terk ettiğimi anlatmıştım. Asıl sorun şu ki sekreterim benden hamile değilmiş."

Odadakiler şaşırmıştı. Mehmet sordu: "Nasıl? Başkasından mı hamile kalmış."

"Evet. Ben, benden olmadığını anladığımda bunu eşime anlatmak istedim. Beni dinlemedi bile. En büyük pişmanlığım, o kadına aldanmam ya da derdimi karıma anlatamamam değil, çocuğuma karşı ilgisiz kalmamdı. Gerçi ben bu gerçeği tam on sene sonra öğrenmiştim ama o seneler içinde oğlumu yitirmiştim."

Akgün Bey'in konuşmasından sonra Ezgi onun yanı başına gelip omzuna dokundu. Ona karşı öfkeliydi. Yaptığı şey hoş değildi ama o an tüm duygularını bir kenara bırakmalıydı zira Ezgi bir psikologdu. "Akgün Bey, dediğiniz kadar pişman mısınız?"

"Ezgi Hanım, ben derdimi karıma anlatamadıktan sonra üzerine düşmedim. O kadınla da evliydim. Çok da umursamadım."

"Oğlunu görmek isteseydin bunu yapardın. O çocuk, senin yokluğunda çok şey yapmış olabilir. Belki de hayatındaki tüm kadınları bir pislik olarak gördü, çünkü babasını bir kadın elle-rinden almıştı. Sizin yüzünüzden kaç kadının ya da kaç genç kızın hayatı kararmıştır, hiç düşündünüz mü?" Ezgi bağırmaya başlamış-tı. "Size soruyorum Akgün Bey, hiç düşündünüz mü?"

Mehmet ve Derya ayağa kalkıp Ezgi'ye yaklaştılar. Ezgi onların yüzüne bakmadan iki elini "Dur" der gibi kaldırdı. "Siz karışma-yın. Her şey yolunda."

Ezgi dolu dolu olmuş gözlerle Akgün'e bakıyordu. Adam ba-şını kaldırmıyordu. Elleri titremeye başladı. "Farkındayım. Fakat gidemedim oğluma. Annesi beni tehdit etti."

"Ne? Nasıl tehdit etti?"

"Ben çocuğumu görmek istediğimi söylemek için annesini ara-dım. Hem de boşandıktan iki gün sonra ve bana 'Eğer bir daha ararsan, alkol bağımlısı olduğunu ve çocuğa şiddet uyguladığını söylerim, bir daha oğlunu göremezsin' gibi şeyler söyledi. Ben de oğlumu gizli gizli izledim. Onun yokluğuna alışamadım. Alkol en büyük sığınağım oldu."

Ezgi elleriyle başını tuttu ve içinden "Yine yanlış alarm. Yine yanlış adres ve yine kocaman bir hata yaptın Ezgi" dedi. Mehmet onun iyi olmadığını anladı. Ezgi'ye hissettirmeden dışarıya çıktı. Hasan ile bir şeyler konuşup geri geldi. Hemen arkasından Hasan girip "Seans saati sona erdi" dedi. Hasan, bunu neden yaptığını anlamamıştı. Mehmet ona bakıp usulca teşekkür etti.

Herkes dağıldıktan sonra Mehmet, Ezgi'nin koluna girip onu depodan çıkarttı. Dışarıda kar yağıyordu. Ezgi kafasını gökyüzüne kaldırdı. Karların aşağıya doğru usulca düşüşünü izledi. Mehmet'e baktı ve "Anlatacaklarım var, beni o yere götür!" dedi. Mehmet onu alnından öptü ve arabaya bindirdi. Yine babasıyla kaza yaptıkları yere geldiler.

Mehmet "Akgün Bey'in hayatı yine sana kötü bir şeyler gösterdi değil mi?" diye sordu.

"O adam kim biliyor musun?"

"Akgün Bey mi? Onu tanıyoruz elbette. Hatta terapiden evvel de onun ve holdinglerinin adını duymuştum."

"Öyle değil. Dün sana Suat'tan bahsetmiştim ya..."

"Evet."

"İşte o, Suat'ın babasıydı?"

Mehmet şaşırmıştı. "Bu nasıl olur? Ne büyük bir tesadüf bu."

"Ya, keşke öyle olsa ama değil. Bu bir tesadüf değil. Tedavi edilemeyen kişileri araştırırken dosyası karşıma geldi."

"Sen de hemen aldın. Peki, bunu neden yaptın?"

"Bana onca şey yaşatan kişinin babasını yani Suat'ın kötü özelliklere sahip olmasına neden olan kişiyi tanımak istedim fakat bugün gördüm ki yanlış alarmmış."

"Bu ne demek? Duydun ya sen de, adam masummuş. Oğlunu terk etmemiş. Suat'ın annesi, kocasına olan öfkesinden dolayı canavar bir evlat yetiştirmiş."

Suat'ın kendini bilmez tavırları ve dünyada yalnızca kendisi varmış gibi davranmasının altında birçok neden vardı. Bu şımarık çocuk, beş yaşına geldiğinde baba ilgisinden yoksun kalmıştı. Babası, annesini sekreteriyle aldatmış, bunun sonucunda kadın hamile kalınca da Suat'ın annesinden boşanmıştı. Boşandıktan sonra birkaç ay arada sırada Suat'ı görmeye gelmiş ama sonraları gelmez hatta arayıp sormaz olmuştu. Öyle ki birkaç kere Suat'ın annesi eski eşini arayıp oğlunu görmeye gelmesini istemişse de, bu talebi karşılıksız kalmıştı. Suat babasını kaybetmişti, annesinin sevgisine sarılmıştı. Fakat zamanla annesi de avuçlarının arasından kayıp gitmeye başlamıştı. Annesi büyük bir şirket CEO'sunun asistanıydı ve bu iş, kadının gecesini gündüzüne katıyordu. Oğluna daha iyi bir gelecek sağlamak için yoğun bir mesai harcıyordu ama oğlunu da bir hayli ihmal ettiğini görmüyordu.

Suat çok fazla bakıcı değiştirmişti. Huysuz bir çocuktu. Öyle ki bu huysuzluğu, zamanla saldırganlığa dönüşmeye başlamıştı. Bu yüzden de hiçbir bakıcı ona bir aydan daha uzun tahammül edemiyordu. Aslında sebep belliydi. O, annesinin ilgisinden mahrumdu ve bunu saldırgan bir davranışla dışa vuruyordu. Annesi oğlunun bu durumuna elbette çok üzülüyordu ama işini de kaybetmek istemiyordu. Yapacak bir şey bulamıyordu. Suat bu yokluk içinde kendisini başka şeylerle oyalamıştı. Liseye geldiğinde serseri bir arkadaş ortamı edinmiş, alkol, sigara ve uyuşturucu madde kullanmaya başlamıştı. Tüm kötü davranışların yanında özensiz bir cinsel hayata da bulaşmıştı. Ezgi, Mehmet'e bunları anlattığında, Mehmet daha da üzülmüştü, onun yaralarına merhem olmayı çok istiyordu.

"Şimdi biraz daha iyi misin?"

"Mehmet seni tanımak benim en büyük şansım oldu."

"Ben her zaman senin yanındayım. Bunu unutma. Şimdi gidip güzel bir yemek yiyelim mi? Harika bir şarap da içeriz."

Ezgi bunu duyunca buz kesmişti. "Şarap" diye mırıldandı. Gözünün önünde kesitler canlanmaya başladı. Kenan ile buluşacakları gece şarap şişesini kafasına dikmesi, eve alkollü geldiği bir akşam annesinden kaçıp odaya gizlenmesi ve bir grup gencin içinde bulunduğu bir alkol partisi...

Mehmet seslendi. "Yine bir şeyler mi gördün?"

"Mehmet, ben alkol kullanmıyorum."

"Peki, sevgilim o zaman şarap içmeyiz."

"Bir saniye dur, aslında ben alkol kullanırım." Mehmet'in kafası karışmıştı. "Mehmet, kesitler... Yani karanlık bölgeler bugünümü mahvediyor.

"Bu nasıl oluyor?"

"Bak, bir gece Kenan ile dışarıya çıktık. Ben eve hazırlanmak için giderken bir şişe şarap alıp içtim. Bunu, Akgün Bey'i anlama çabam sandım."

"Nasıl yani?"

"Bak, her psikoloğun tedavi ve hastasını anlama yolu başkadır. Her birinin özgün bir empati yöntemi vardır. Ben de kendimi bu grup terapisinde karşımdaki kişinin yerine koyuyorum. Gerekirse onun yaptığı şeyleri yapıyorum. Bu empatiden çok öte bir şey. Lakin şimdi anladım, alkol benim geçmişimde var. Ama ben grup terapisine katılan kişiler hangi semptomları yaşıyorsa istemeden onları yaşıyorum. Bu gerçekten çok garip bir durum."

***

Ezgi kürtaj olduğu o ay çok ağır bir depresyona girdi, çok mutsuz, çaresiz ve isteksiz hissediyordu kendisini . Kürtajın izlerini üzerinden atmak için kendisini alkole verdi. Annesi onun alkol kullanabilecek kadar cesareti olmadığını düşündüğünden, onu bu konuda yoklamayı ihmal ediyordu. Çok geçmeden Ezgi'nin okul durumu bozulmaya, devamsızlıkları da annesinin önüne düşmeye başladı. Bu durum Ezgi'nin ağır dayaklar yemesine sebep oluyordu ama yine de kendi bildiğini yapmaktan geri durmuyordu. Belki de ilk defa annesine karşı geliyordu. Eve geç gelmeleri de artmaya başlamıştı. Zarife Hanım'ın, kocasının ölümünden sonra kullanmaya başladığı antidepresanların dozunu doktor öyle artırmıştı ki, kadın, Ezgi'nin sorunlarıyla uğraşmak istemiyordu. Onun sorumsuzluğunu cezalandırmayı erteliyordu ama sözel şiddetine de ara vermeden devam ediyordu. Her gün hakaret, küfür, aşağılama işiten Ezgi bunları duymuyormuş gibi yapıyordu. Annesinden habersiz yaşadığı onca şey, annesinin hakaretlerinden daha bir ağır geliyordu.

Ezgi, Suat ile yaşadığı cinsel ilişkiden sonra tam bir sapma yaşamıştı. Öyle ki bir daha erkeklere yaklaşamayacağını zannederken, iyiden iyiye buna yönelir olmuştu. Birkaç günlük ilişkiler yaşıyor, cinsel birliktelikten sonra ilişkisine son veriyordu. Gitgide Suat'a benziyordu. Zaten arada bir Suat ile de birlikte oluyor, sanki onu kürtaja iten kişi o değilmiş gibi duyarsız davranıyordu. Bu durum en çok da Aslı'yı kuşkulandırıyordu. Ezgi artık Aslı ile çok az zaman geçirir olmuştu. Alkol alıyor, sarhoşken yaptığı her şeyi unutuyordu. Bu da yetmezmiş gibi her gün kendisini odasına kapatıp vücuduna jiletlerle kesikler atıyordu. O kesiklerden akan kanı gördükçe rahatlıyordu. Bir tek o anlarda keyfi yerine geliyordu. Sanki o an onlarca el onun bedenine hatta ruhuna masaj yapıyordu. Sonra bu vahşi halinden aniden sıyrılıp hiçbir şey olmamış gibi kendini sokağa atıyordu. Gece yarılarına kadar sokakta dolaşıp sabaha karşı da bir sahile inip banklardan birine kıvrılıp uyuyordu. Sabah eve gittiğinde annesi onu hiç de iyi karşılamıyordu.

"Ooo, Ezgi Hanım! Kimin altından kalkıp da geldin?"

"Yine başlama."

"Bana bak küçük orospu, ben senin annenim ve benimle düzgün konuş."

"Annem olduğunu on altı yıl sonra mı hatırladın?"

"Senin dilin çok uzamış. Sen insanı katil edersin. Bana bak, burası benim evim ve burada benim kurallarım geçerli. Kendine çekidüzen ver."

"Vermezsem?"

"O çok istediğin üniversite hayatını göremezsin!"

Ezgi ne olursa olsun üniversiteye gitmeyi özellikle de psikoloji okumayı çok istiyordu. Annesinin onu bu şekilde tehdit etmesine deli olsa da, aslında dediği doğruydu. Ezgi'nin dersleri çok kötüydü. Özel ders alarak bu durumu düzeltebilirdi, bunun için de maddi desteğine muhtaç olduğu annesine boyun eğmekten başka bir seçeneği kalmıyordu.

Ezgi bir şekilde üniversiteyi kazanmıştı ve o çevredeyken tek korktuğu şey içinde alkolün olduğu partilerdi. Ezgi alkol aldığında "black out" oluyordu. Yani hiçbir şeyi hatırlamıyordu. Kendisine geldiğinde yaşadığı travma ona tüm kötü lise hatıralarını en baştan yaşatıyordu. Ayıldığında, gözünün önünde birkaç sahne defalarca dönüp duruyordu, arabanın arka koltuğunda yaşadığı ilk cinsel deneyim, kürtaj olduğu odanın kesif kokusu, onu kürtaj eden genç kadının bukle bukle saçları, annesinin ona "küçük orospu" diye seslenmesi... O bunları yaşamaktan korktuğu için alkol almaktan kaçınıyordu ama alkole karşı duyduğu yoğun isteği frenlemek de kolay olmuyordu. Neyse ki üniversite hayatının olumlu yönleri buna yardımcı oluyordu. Ezgi gerçekten değiştiğine ve her şeyin böyle gideceğine inanmaya başlamıştı.

-29-

Bir konuda çok iyi olduğunuza, doğuştan bir yeteneğiniz olduğuna inanın ve ona ulaşmak için her yolu deneyin. Her insan özeldir ve her insanın bir alanda iyi olma potansiyeli vardır.

Ezgi akşam Mehmet ile harika bir balık restoranında yemek yemiş, dans etmişti. Onun yanında yeniden doğuyordu. Mehmet ona bebekmiş gibi bakıyordu. Bu adam, Ezgi'nin hayatına, onun çektiklerine ödül olarak gelmiş olmalıydı. Ezgi tüm bu güzel gelişmeleri çoktandır hak ettiğine inanıyordu. Demek ki zamanı gelmiş, diye düşündü, zamanı şimdiymiş. Grup terapisi işinde ne kadar da doğru bir karar verdiğini anlamıştı. Aslında bu, en çok Ezgi'nin işine yaramıştı.

O gece yemekten sonra Ezgi'nin evine geçtiler. Güzel bir müzik dinledikten sonra yatak odasına çıktılar. Ezgi mutluluktan sarhoş olmuştu. Mehmet onun bluzunu çıkarttı ve omzuna dokundu. O sıradan eline takılan deri çıkıntılarına daha bir dikkatle baktı. "Bunların yenileri olmayacak değil mi?"

Ezgi kolundaki eski kesiklere bakıp onları okşadı. Çocuksu bir gülümsemeyle Mehmet'e baktı. "Elbette olmayacak. Bundan sonra sen, kızım ve Aslı var. Hayatımda yalnızca siz olacaksınız.

Bunları yapmama da gerek kalmayacak. Aslında, bunları neden yapıyordum biliyor musun?"

"Biliyorum. Ruhundaki acıyı dindirmek için bedenine acı yaşatıyorsun. Onun acısı seni mutlu ediyor. Yani bedenindeki bir acıyla ilgilenirken, diğer soyut acıları görmüyorsun.

Ezgi gözünün ucuyla Mehmet'e baktı. "Bunu nasıl bu kadar iyi biliyorsun?"

"Bu sekiz dikiş nasıl oldu zannediyorsun?"

"O müdür müydü, neydi, o adamın evini bastığında olmadı mı?"

"Olmadı. Yani evet o gece dediğim her şey yaşandı ama cam kırılınca kolumda ufak bir çizik oldu. Sonra o sinirle yerdeki cam parçalarından birini alıp kolumu kesmeye, bir yandan da bağırmaya başladım. O adam dışarı çıkana kadar buna devam edecektim ki sağlık ekipleri geldi."

"Bu çok tuhaf."

"Kızdın mı? Umarım seni korkutmamışımdır."

"Hayır, korkutmadın. Birçok şeyimizin benzerlik göstermesi çok garip bir durum."

"Belki de bu yüzden birbirimizi kolay anlayıp kabul edebiliyoruz. Fakat sen bir psikolog olarak daha iyi biliyorsun ki, bu durumlarımızın bir an evvel onarılması lazım."

"Bu olacak. Şu terapi bir sonlansın, ilk iş olarak iyi bir uzmana görüneceğim."

Ezgi ile Mehmet yatakta derin bir sohbete dalmıştı ki kapı çalındı. İkisi de birbirlerine baktılar. Bu saatte Ezgi'nin kapısının çalınması alışılmış şey değildi. Ezgi kapıyı açmak için yataktan indiğinde Mehmet ayağa kalktı ve gülerek Ezgi'nin kolunu tuttu. "Kadın, dur bir dakika! Bu saatte çalan kapıyı evin reisi açar. Otur oturduğun yerde."

Ezgi hınzır bir şekilde gülerek kollarını kucağında birleştirdi. "Sen yarın bir gün beni çalıştırmazsın da. Elime de iki şiş bir yumak verip örgü yap dersin."

"Valla harika bir fikir! Bunu düşüneceğim ama önce kapıya bakmalıyım."

Mehmet kapıyı açmaya gittiğinde Ezgi aynadaki görüntüsüne baktı. "Seni kaybetmekten korkmuyorum artık. Biliyorum ki, ne kadar dağılırsam dağılayım, beni toplayan birileri her zaman olacak."

"Yardım edin!"

Ezgi irkilerek kendine geldi. Bu, Mehmet'in sesiydi ve yardım istiyordu. Ezgi aşağı kata yuvarlanırcasına indi. Mehmet kanlar içinde yerde yatıyordu. Ezgi donakaldı. Bağırmak istiyor, bağıramıyordu. Bir adım bile atamıyordu. Geçenlerde Hasan'ın evinde gördüğü rüyada yaşadıklarını yaşıyordu. Mehmet yattığı yerde kıvranırken Ezgi onun karnına saplanmış bir bıçak gördü. Sonunda bacakları çözülmüştü. Onun başucuna koştu. "Mehmet, kim yaptı bunu?"

"Ambulansı ara sevgilim."

Ezgi ağlaya ağlaya ambulansı aradı. Mehmet'in başında beklerken orta yaşlarda, zayıf bir adam koşa koşa geldi. "Kaçtı!"

Ezgi adama baktı. "Kim?"

"Bilmiyorum hanımefendi. Ben bahçenizin önünden geçiyordum. Beyefendinin sesini duydum. O sırada bir adam koşarak uzaklaşıyordu. Şey, sizin adınız Ezgi mi?"

"Evet, neden sordunuz?"

"Adam 'Ezgi'nin peşini bırak' deyip bağırdı. Ben adamın peşine düştüm ama izini kaybettirdi."

Ezgi yıkılmıştı. Mehmet'in bilincini açık tutmaya çalışıyordu. Yaklaşık on dakika sonra ambulans ve polis ekibi geldi. Mehmet'i hastaneye götürdüler. Tanık olan adamı da ifadesini almak için emniyete çağırdılar.

Mehmet'in ameliyatı iki saat sürdü. Ezgi'nin ömründen ömür gitmişti. Neyse ki doktorları Mehmet'in hayati tehlikeyi atlattığını söylediler. Ezgi bu güzel haberi aldıktan sonra bunu kimin yapmış olabileceğini düşünmeye başladı. Aklına önce Kenan geldi. "Kenan olsa, böyle yapmaz. Bunu yapmaz. Yapacak bile olsa öncesinde tehdit falan eder, uyarır." Peki, kim? Erol'un da yapmış olabileceğini düşündüyse de Erol pek kırılgan, pek naif bir insandı. Böyle bir şeye cesaret dahi edemezdi.

Mehmet odasına çıkarıldıktan sonra Ezgi bir an olsun onun başından ayrılmadı. Sabaha karşı Mehmet gözlerini açmıştı. "Ezgi!"

"Sevgilim, buradayım."

"Seni seviyorum."

"Ben de seni çok seviyorum. Bunu kim yaptı sana?"

Mehmet yarı baygın gözlerle etrafa bakındı. Cevap vermedi. Yutkundu ve gözlerini kapattı. Belli ki tamamen kendine gelememişti. Ezgi yine kendisini suçlamaya başladı. "Benim yüzümden oldu. Her şey benim yüzümden!" Saatlerce kendisine kızdı, o protez tırnaklarıyla etini sıkmaya başladı. Dün gece Mehmet'e verdiği söz aklına geldi. Bir daha bedenine zarar vermeyecekti. Sabah sekiz civarı Mehmet tamamen kendisine gelmişti. Çok geçmeden polisler onun ifadesini almak için odaya geldiler. Bu sırada Ezgi'yi odadan çıkardılar. Mehmet polislere detaylı bir bilgi vermedi. Saldırganı tanımadığını ve yüzünde bir maske olduğunu söyledi.

Polis memurları odadan ayrıldıktan sonra Ezgi sevdiği adamın başucuna kıvrıldı.

"Ezgi?"

"Efendim sevgilim?"

"Çok susadım."

"Tabii, hemen vereyim." Ezgi sağa sola bakındı ama su kalmamıştı. "Hayatım, ben hemen kafeteryadan su alıp geliyorum."

Kafeteryaya indiğinde az evvel odadan çıkan polis memurlarını gördü. Ezgi'nin hemen önündeydiler. Onların konuşmasına istemeden de olsa kulak misafiri oldu. "Adam, onu yaralayanın yüzünde maske olduğunu söylüyor ama dün gece ifade veren komşuları böyle bir maskeden bahsetmemişler."

"O zaman bu kişi yaralının tanıdığı biri ve kendi hesabını kendisi görmek istiyor. Bilirsin, işadamlarının böyle karanlık işleri alışılmış bir şeydir. Neyse, biz işimize bakalım."

Ezgi duyduklarına inanamıyordu. Mehmet yalan söylüyordu. İyi ama neden? Kimi koruyordu? Polis memurunun demesi gibi kendi hesabını kendisi mi görmek istiyordu acaba? Ezgi suyu aldığı gibi odaya çıktı. Mehmet'e sormak istediği çok şey vardı ama yapmadı. Onun tamamen iyileşmesini bekliyordu.

"Hayatım, bugün terapide beni yok yazacaksın sanırım."

"Ama aşkım, sen de terapiden kaytarmak için mi yapıyorsun böyle?"

"Ezgi şaka bir yana, fark ettin mi bilmiyorum; bir haftadır panik atak nöbeti geçirmedim."

"Sence neden olabilir?"

"Aşktan!"

"Dalga geçme."

"Bence sen dalga geçiyorsun bebeğim, çünkü doktor olan sensin ben değilim. Onu sen bileceksin."

"Neyse, benim terapiye gitmem gerek ama seni böyle tek bırakamam. Hasan'ı arayayım da gelsin."

"Hasan mı? Hayır, hayır gerek yok." Hasan'ı duyunca Mehmet tedirgin olmuştu. Aşırı bir tepki vermişti.

Ezgi bu durumdan şüphelendi. "Neden itiraz ettin Mehmet?"

"İlişkimiz... İlişkimizi şimdilik kimse öğrenmemeli. Benim için sorun değil ama senin için yanlış düşünmelerini istemiyorum. Milleti bilirsin, olaya bizim gibi bakmaz. Sana 'Hastasıyla ilişki yaşayan psikolog' gözüyle bakarlar ki bunu istemiyorum."

"Peki, sana kim bakacak?"

"İsmet Bey'i çağırırım ben. O ilgilenir."

"O zaman ben gidiyorum."

"Seni seviyorum."

"Ben de..."

-30-

Diğer insanların düşüncelerini dikkate alın; yaptıklarınızla ilgili hükmü verecek son kişi siz olun.

Ezgi terapiye girdiğinden beri aklını toparlayamıyordu. Bir yandan Mehmet'i düşünüyordu diğer yandan onun neden yalan söylediğini... Zozan çoktan konuşmasına başlamıştı. Onu pişmanlığı ağabeyiyle ilgiliydi. İstanbul'a gelip onun yanına yerleştikten sonra ağabeyinde garip şeyler görmüştü. Matematik öğretmeni ağabeyi, ona ders için gelen kızları rahatsız ediyor, bazen taciz ediyor, o ise buna seyirci kalıyordu. "Ben, o zamanlar sağlık sorunlarımla ilgileniyordum. Ağabeyimin bu davranışı beni korkutuyordu ama ona karşı gelemiyordum. Hem bizim törelerde ağabeye, babaya, amcaya ya da büyüklere değil karşı gelmek, söz söylemek bile ayıp karşılanırdı. Tabii büyüdüğümde ve özellikle mesleğimi elime aldığımda durum değişti. Artık onunla görüşmüyorum. Hatta onu bir keresinde şikâyet ettim. Kendisi birkaç yıl cezaevinde yatıp çıktı. Mesleğinden oldu. Şimdi yine özel ders veriyor ama ne yaptığından haberim yok."

Zozan'ın konuşması bittiğinde Ezgi ona doğru yürüdü. Eğildi ve genç kızın gözlerinin içine baktı. "Zozan, ağabeyinin bu huyuna göz yumman, senin o sıralar iyiden iyiye artan sağlık sorunlarından mıydı?"

"Aslında sağlık sorunları değil ama eğer ağabeyimin bu durumuna müdahale edersem beni Diyarbakır'a geri yollar diye korktum."

"Yani bir nevi buna mecbur muydun?"

"Mecburdum. Fakat bir olayı hiç unutmuyorum."

"Nedir o?"

***

Ezgi liseyi bitirdikten sonra üniversite sınavlarına girdi ama istediği puanı alamadı. Üniversite giriş sınavında aldığı puan Ezgi'yi sersemletmişti. Kendisini toparlamaya karar verdi. Önce, edindiği çevreden kurtuldu. Ardından da annesinin onun için tuttuğu iki özel hocadan ders almaya başladı. İlk başlarda iyi giden dersler, bir süre sonra başka bir sebeple kâbusa dönüştü. Matematik hocası Enver Bey, Ezgi'yi taciz etmeye başlamıştı. Hatta bazen Zarife Hanım Ezgi'yi hocasının evine yolluyordu ve bu durum orada daha da artıyordu.

Bir gün Enver Bey'in evinde tacizin boyutu iyice artmıştı. Hocasının evinden çıkmak istemiş, başaramamıştı. Onu izlemekte olan bir kız çocuğunu fark etti. Daha evvel onu görmemişti. Ona bakıp yardım istedi. "Ne olur polisi ara. Ne olur!"

Kız "Yapamam" deyip odasına girmiş, kapısını kilitlemişti. Enver Bey, Ezgi'nin üzerine gelmeye başlayınca Ezgi çığlık çığlığa bağırmış, bu adamı tedirgin etmişti.

"Git Allahın belası git! Komşuları başıma toplayacaksın. Defol!"

Ezgi bu durumu annesine söyleyip hocasının değiştirilmesini isteyebilirdi ama annesi Ezgi'ye inanmazdı. Kızının ders almak istemediği için yalan söylediğini düşünürdü. Çaresiz Ezgi göz yummak zorunda kaldı. Bu durum genç kızın bedenine daha fazla yara açmasına sebep oluyordu. Ruhunda açılan her bir yarayı bedenine yansıtıyor gibiydi. Bunu yapmaması gerektiğini biliyordu fakat kendisine mani olamıyordu. Hissettiği bedensel acılar, ruhunun sızılarını dindiriyordu.

O sene tüm psikolojik baskılara rağmen sınavı kazandı ve tam da arzu ettiği gibi İstanbul Üniversitesi Psikoloji bölümüne girdi. Artık onun için yepyeni bir sayfa açılmıştı. O, bu yeni sayfaya kötü hiçbir şey yazmak istemiyordu. Kaderinin daha saf, daha berrak olmasını temenni ediyordu. Bu dönemde onun yanında olmayı başarabilen tek kişi olan Aslı ise Londra'da bir üniversiteden tam burslu okuma hakkını kazanmıştı. Aslı'nın Türkiye'den özellikle Ezgi'nin yanından ayrılması onu çok üzmüştü ama yine de aralarında su sızmıyordu. Her gün en az üç defa telefonla görüşüyor, akşamları geç saatlere kadar sohbet ediyorlardı. Ezgi üniversitede kendisine harika bir arkadaş çevresi edinmişti. Yalnızlık, zalim bir katil gibi onu takip ederken o kaderinin tüm olumsuzluklarıyla savaşmaya kararlıydı. Dünya, onun için pek tekin değildi ama o da eski masumiyetini kaybetmişti ve belki de çok temiz olmak Ezgi'nin en zayıf yanıydı. O zayıflığı telafi ettiğine göre yola daha sağlam adımlarla ilerleyebilirdi.

Zozan'ın "unutamadığım olay" diye anlattığı şey Ezgi'nin yaşadığı o hadiseydi. Ezgi öfke ve acıma duygusu arasında gidip geliyordu. Zozan'ı ayağa kaldırdı. "Yemek yiyor musun?"

"Bir hayli... Gerçi bu bir öğünü geçmiyor ama en azından pişmanlık duymuyorum. Biliyor musunuz; kırk iki kilo olmuşum."

Ezgi birden ağlamaya başladı. Zozan'ı omuzlarından tutmuş, sarsıla sarsıla ağlıyordu. "Özür dilerim Zozan!"

Akgün, ayağa kalkıp Ezgi'ye bir mendil uzattı. "Ezgi Hanım, iyi misiniz?"

"İyiyim Akgün Bey, çok iyiyim."

Zozan yaşadığı olayın şaşkınlığındaydı. "Ezgi Hanım, siz neden özür diliyorsunuz?"

"Boş ver Zozan, boş ver."

Ezgi başını kaldırdı ve Akgün'ün uzattığı mendille gözyaşlarını silip Zozan'a baktı. "Terapi sonlandığında seninle güzel bir yere yemeğe gidelim mi?"

"Tabii çok sevinirim Ezgi Hanım."

Ezgi terapi odasından çıktığında, Hasan sandalyeye oturmuş, ileri geri sallanıyordu. Yüzünün de beti benzi atmıştı. Ellerini ovuşturup duruyordu.

"Hasan, ne oldu sana?"

Hasan cevap vermedi. Titreyerek başını kaldırdı.

"Hasan, sana diyorum; ne oldu?"

"Ezgi Hanım, ben hiç iyi değilim. Ateşim çıkıyor sanırım. Küçükken zatürre geçirmiştim. Böyle havalarda nüksediyor."

"Sen bayağı fena görünüyorsun. Eve git dinlen. Yarın da gelme."

"Peki, burayı kim açacak?"

"Ben hallederim."

Hasan'ın durumu hiç iyi görünmüyordu. Ezgi bunca işin gücün, telaşenin arasında onu ne kadar yorduğunu fark etmemişti. Hasan montunun yakalarını dikleştirdikten sonra depodan ayrıldı. Onun arkasından bakan Ezgi bir şey daha fark etti. Orta boylu, hafif toplu, yüzünü kapatmış bir adam depoyu izliyordu. Ezgi şüphelendi. Eli ayağına dolandı. "Kim bu şimdi?" Hemen hareket etmedi. Adamın orayı izlemesine izin verdi.

"Sensin o! Mehmet'i yaralayan adam..." Ezgi koşarak dışarıya çıktı. Adam Ezgi'yi görünce koşmaya başladı. Ezgi'de onun peşinden koşuyordu. Ezgi, eski yüzücüydü ve koşarken de bir hayli hızlıydı. Adamla arayı kapatması işten bile değildi ki, adam köşeyi döndüğü gibi gözden kayboldu. Sanki buhar olmuştu. "Senin kim olduğunu bulacağım. Benden ve Mehmet'ten ne istiyorsun be adam?"

Adamı yakalayamamış olmanın hüsranıyla depoya geri döndü. O sırada telefonun çaldığını fark etti. Tanımadığı bir numara aramaktaydı.

"Alo?"

"Ezgi Hanım, merhabalar."

"Buyrun!"

"Efendim, ben Ali Çelik."

Ali Çelik Türkiye'nin en büyük kanallarından birinde moderatördü. Uzun zamandır Ezgi'nin programına çıkmasını istiyor fakat ona bir türlü ulaşamıyordu. Özel numarasını yine de bulamazdı ya, kesin Kenan vesile olmuştu buna. "Sizi dinliyorum Ali Bey."

"İki gün sonraki programıma rica etsem, teşrif eder misiniz? Bir canlı yayın... Bipolar bozukluk ile ilgili bilgi ve fikirlerinize ihtiyacım olacak."

Ezgi, Ali Bey'i dinlemiyordu bile. Onun aklı hâlâ az evvelki adamdaydı. Bir an evvel telefonu kapatmak ve Mehmet'in yanına gitmek istiyordu. Adamı reddederse, konuşmanın uzayacağını düşünüp programı kabul etmiş bulundu. "Peki, geleceğim. Daha sonra detayları konuşuruz."

"Çok teşekkür ederim Ezgi Hanım, inanın beni..."

"Tamam tamam. Şimdi kapatmalıyım." Ezgi apar topar hazırlanıp depodan çıktı. Arabasına atladığı gibi hastanenin yolunu tuttu.

-31-

Çok isteyip de kavuşamadığın şey, belki senin duanın kabulüdür.

Ezgi hastaneye geldiğinde asansörü beklerken bir ara Hasan'ı gördü. "Bunun ne işi var burada?" diye mırıldandı. "Hastaydı, onun için geldi sanırım!"

Mehmet'in odasına girdiğinde onu daha bir sağlıklı ve keyifli gördü.

"Sevgilim, nasıl oldun?"

"Çok daha iyiyim. Ayrıca, senin gibi bir sevgilisi olunca insan kendisini çabuk toparlıyor."

Ezgi çok yorgundu. Dün gece bir an olsun gözünü kırpmamıştı. Gözaltları şişmiş, omuzları düşmüştü. Bir ara doktor girdi içeriye. Mehmet'in durumunun iyiye gittiğini ve bir iki güne taburcu edileceğini söyledi. Mehmet'in şoförü İsmet Bey de oradaydı. Mehmet, Ezgi'ye eve gidip dinlenmesi gerektiğini söyledi ama Ezgi bunu reddetti.

"Fakat hayatım, biliyorsun ki buradan çıktıktan sonra çok işimiz var. Daha Londra'ya gideceğiz."

Ezgi'nin bunu duyunca gözleri parlamıştı. O, böylesi mutluluklara alışkın değildi. Yılların bezginliği ve yorgunluğu vardı üzerinde. O an babasını anımsadı. Bir tek babası böyle mutlu edebiliyordu onu. Yeniden böyle bir sevinci ve güven kokan bir hayatı elde edemeyeceğini hatta kendisini tümden kaybedeceğini zannederken, hayatına giren bu harika adam onun tüm dengesini değiştirmişti. Ezgi, Mehmet'i ikiletmedi. Onu İsmet Bey'e emanet edip eve gitti.

Ezgi eve geldikten bir saat sonra kapısı çalındı. Gelen iki polis memuru, onu ifadesini almak için emniyete götürdüler. Yine uyuyamamıştı. Emniyette tam dört saat geçirdikten sonra çıkabildi. Artık hava kararmaya başlamıştı. Karakoldan çıkarken sıcak bir duş ve yatağın hayalini kuruyordu. O sırada sanki her şey Ezgi'yi uykunun kollarından almak için tasarlanmış gibi Kenan belirdi karşısında. "Kenan, burada ne işin var?"

"Olanları duydum. O adamın evinde ne işi var? Bir de geçen gece bana onu aratmıştın. Öyle sorunlu tiplerle ne işin olur senin ya?"

"Kenan, biz ayrıldık. Hayatıma karışma."

"Hayır, biz değil; sen ayrıldın. Ben böyle bir şeye henüz karar vermedim. Haydi, yürü gidiyoruz."

Kenan o sırada kolundan tutmuş, çekiştirmeye başlamıştı. Ezgi bu durumdan hiç hoşlanmamıştı. Birkaç kere kolunu sıyırmaya çalıştı ama olmadı. "Lütfen Kenan, kolumu bırakır mısın?"

Kenan tüm gücüyle Ezgi'yi çekiştirirken genç kadın yine kendini kaybetti. Çantasını Kenan'ın kafasına vurduğu gibi ona dengesini kaybettirip kolunu bıraktırdı. Bu, Ezgi'yi durdurmadı. Bir kere kopmuştu. Kenan'a vurmaya başladı. "Senden ricada bulundum. Beni bırakmanı söyledim. Neden ha? Neden anlamak istemiyorsunuz? Daha ne kadar uğraşacağım ben sizinle? Geberin! Hepiniz siktir olun gidin bu dünyadan."

Ezgi bir yandan vuruyor, diğer yandan da deli gibi bağırıyordu. Kenan ellerini yüzüne siper etmiş, savunmaya geçmişti. Gelen polis memurları bile Ezgi'yi sakinleştiremiyorlardı. Bir süre sonra Ezgi yatışınca onu karakola aldılar. Kenanyaralanmıştı. Onun için sağlık ekiplerini çağırdılar. Kenan'ın pansumanı yarım saat sürmüştü. Şikâyetçi olmadığını söyledi ama Ezgi karşı tavır sergiledi. "Onun minnetine ihtiyacım yok benim. Neyse cezam çekerim."

Komiser yardımcısı Ezgi'nin bu ısrarına iyiden iyiye sinirlenmişti. "İyi o zaman, gir nezarete de aklın başına gelsin. Deli misin nesin yahu?"

Ezgi nezarete girdikten iki saat sonra yaptığı şeye pişman olmuştu. "Ne güzel uyuyacaktım ya" diye sayıklayıp durdu, anlaşılan bu gece de ona uyku yoktu. İyiden iyiye sinirleri gerilmişti. Sabah altıda salıverilmişti. Eve gitmedi. Eğer giderse uyuyacak ve bu iki günlük yorgunluğun üzerine uyanamayacak, terapiyi de kaçıracaktı. Sahilde, sabahın soğuğunda biraz dolandı. Bir kahve içti ve ardından Mehmet'in yanına gitti. Gece olup bitenleri ona anlattı. Mehmet yanında olamadığı için üzgündü. Ezgi'nin bu kendini kaybetmeleri ve sonrasında duyduğu pişmanlıkları üzerine konuştular. Ezgi bunların da zamanla geçeceğine inanıyordu. Şimdi Ezgi'ye gerekli olan şey uzun bir zamandı. Bu zaman içinde Mehmet'i ve Ezgi'yi zor bir dönem bekliyor olsa da onlar aralarındaki güçlü bağla bunun da üstesinden gelebileceklerine emindiler. Ezgi öğle saatlerinde Mehmet'in yanından ayrıldı. Kliniğe giderken gözlerinin iyiden iyiye kapandığını hissetti. Bugün onun için çok zor geçecekti.

-32-

Bir gülümseme, karşınızdaki insanın ruh halini iyiye doğru değiştirebilir ve insanların sizi kabullenmesini kolaylaştırır. Gülümseme en masum temastır.

Ezgi terapiye ucu ucuna yetişti. Hasan depoyu açmış, hazırlıkları yapmıştı. Herkes gelmiş onu bekliyordu. Sırada Alev vardı. O konuşacak, en büyük pişmanlığını anlatacaktı. Alev geçen sefer kendini anlatırken Ezgi yine olmadık duygular hissetmişti. Yine gelgitler içindeydi. Hasan'dan aldığı sigaranın dumanında boğulurken, olmadık bir kişilikle uğraşmıştı. Bir ya da iki dakikaydı ama ona uzun bir zaman dilimi gibi gelmişti. Alev geçmişindeki pişmanlığından bahsederken uykusu ve yorgunluğu bir anda uçup gitmişti. Pür dikkat onu dinliyordu. "Benim en büyük pişmanlığım Akgün Bey'inkine çok benziyor. Hatta onu dinlerken kendimi zor tuttum. Ezgi Hanım ve arkadaşlar, ben İzmirli bir öğretmen anne-babanın kızıyım. Bir de kız kardeşim var. Daha doğrusu vardı. On iki yaşıma geldiğimde anne ve babamı bir trafik kazasında kaybettim. Halamız bizi yanına aldı ve İstanbul'a getirdi. Kendisi çok sert ve dominant bir kadındı. Hadi ben neyse de, sevgiye aç olan o ufacık kardeşim bundan mahrum kaldı. Ben on beş yaşıma geldiğimde kız kardeşim menenjitten öldü. Bu benim için büyük bir kayıptı. Onun ölümünden sonra hayatımın sonuna kadar bir daha böyle bir acı yaşayamayacağımı düşündüm. On altı yaşıma geldiğimde, halam beni benden tam on yaş büyük bir adamla evlendirdi. Adam şiddete eğilimliydi ve tam bir alkolikti. Evlendikten kısa bir süre sonra hamile kaldım ve bir kızım oldu. Adı Funda... Ben kızımın bu ortamdan etkilenmemesi ve düzgün bir hayat yaşaması için o üç yaşındayken kaçmaya karar verdim. Kızımla birlikte kendime yeni bir dünya kuracaktım. Her şey hazırdı. İzmir'e bilet almıştım. Anne ve babamızın hatırı sayılır dostları vardı. Bir süre onların yanında kalıp bir işe girdikten sonra kendi evimizi kuracaktım. Kaçış için her şeyi planlamıştım. Kocam dediğim o cani adam geceden evvel eve gelmezdi. Yani kaçmak için çok zamanımız vardı. Esenler otogarına vardığımda, Funda kucağımda uyuyordu. Onu izledim ve bir söz verdim: 'Seni asla bırakmayacağım!' Ne pahasına olursa olsun onu asla bırakmayacaktım. Otobüsümüz gelmişti. Koltuğuma oturmuş, hareket etmeyi beklerken biri omzuma dokundu. Başımı çevirdim, bir de ne göreyim kocam tepemde dikiliyor. Bir rezillik çıkarmaması için onunla birlikte otobüsten indim. Çocuğumu kucağımdan aldı ve bana 'Sen git! Birkaç gün kafanı topla öyle gel. Ben de kızımla birkaç gün geçireyim, sonrasında da boşanırız' dedi. İşte o benim en büyük pişmanlığımdı. O adama inanmak, o otobüse kızım yanımda olmadan binmek benim en büyük hatamdı. Çok durmadım, iki gün sonra geri döndüm ama kapı duvardı. Adam hemen ertesi gün evi taşımıştı. Nereye gittiklerini bilen yok. Hemen karakola gittim ama yasalar şimdiki gibi değil ki. Bana 'O adam çocuğun babası, bir şey yapamayız' dediler. İki yıl boyunca aradım. Sonunda buldum onları ama ne yaptı tahmin edin? Eğer Funda'ya yaklaşmaya kalkarsam, onu bir daha göremeyeceğimi, gerekirse kızı öldüreceğini söyledi. Düşünebiliyor musunuz, adam kendi kızını öldürmekle beni tehdit etti. Çaresiz kabul ettim.

İzmir'e döndüm. Arkamdan çok şey söylenmiş. Yok ben birden ortadan kaybolmuşum, kızımı terk etmişim, onu görmek istemiyormuşum falan... Kızımı ve etrafı bunlarla doldurdu. O sıralar ekonomik bir gücüm yoktu. Lise mezunuydum. Kızımı yanıma almak için bu yönden kuvvetli olmalıydım. Üniversite sınavlarına hazırlandım. İşletme bölümünü kazandım. Okul biter bitmez bir bankada işe başladım. Yine aynı bankanın genel müdür yardımcısıyım. Kızım, evet, onu aradım. Liseden sonra izini kaybettim. Bana Londra'ya gittiğini söylediler. Geçen sene oraya da gittim ama koca Londra'da nerede bulacaktım? Konsolosluğa kadar başvurdum. Bulamadım. Belki adını falan da değiştirmiştir. Bilmiyorum. İşim, param her şeyim tamam oldu ama dengesiz biri oldum çıktım. Düzensiz ve tek gecelik ilişkilerim oldu. Uyuşturucu bile kullanmaya başladım. Bunu söylemek beni utandırıyor ama söylemem lazım; farklı seksüel deneyimlerim oldu. Mazoşist, sadist fanteziler ve kendime zarar verme eğilimleri gelişti. Tam kendimi düzelteyim diyorum, bir ilişkiye başlıyorum ama bu sefer de kıskançlık krizlerime engel olamıyorum. Hele ki evli erkeklerle yaşadığım ilişkilerde, onların hayatlarını mahvediyorum. Gece gidip arabalarını çiziyorum, onları intihar edeceğim yönünde tehditlerle rahatsız ediyorum. Bu ve bunun gibi birçok şey. İşin garibi çok geçmeden tüm bunların utanç verici şeyler olduğunu ve asla bana yakışmadığını fark ediyorum. O anlarda rahatım. Fakat saatler sonra o öfkeli, bencil, cani hâlime geri dönüyorum. Çok defa tedavi gördüm ama olmadı."

Alev susunca bir sessizlik olmuştu. Derya bir hayli duygulanmış, ağlıyordu. Zaten ne zaman bir çocuk bahsi geçse gözlerinden yaşlar sicim gibi akıyordu. Ezgi evvela odadakilere baktı. Ardından ayağa kalkıp etrafa bakındı. "Bugünlük terapinin sonuna geldik. Alev Hanım hariç hepiniz çıkabilirsiniz."

Dört kişi birbirlerine bakmaya başladı. Alev de şaşkındı. Neden o çıkmıyordu. Ezgi kapıyı açıp Hasan'a seslendi. "Hasan, misafirlerimizi dışarı çıkar. Sen de ayrıl buradan."

"Ezgi Hanım, bir şey yok ya."

Ezgi bağırdı. "Dediğimi yap Hasan!"

"Peki Ezgi Hanım."

Herkes çıktıktan sonra Alev ve Ezgi baş başa kaldılar. Ezgi sandalyesini ters çevirip Alev'in karşısına oturdu. Ellerini yüzünde gezdirdi. Çok yorgundu. Gözlerini zor açıyordu. Alev'e sordu: "Kızını bulsan ne yaparsın?"

"Ne mi yaparım? Soru mu şimdi bu?"

Ezgi, Alev'e "Bir saniye" deyip yerinden kalktı. Odadan ayrıldı ve bir dakika sonra geri geldi. Geri döndüğünde elinde kalınca bir sopa vardı. Alev yutkundu. Ne yapmaya çalıştığını anlamadı. Ezgi derin bir nefes alıp Alev'e sopayı indirdi. Alev afallamıştı. Ezgi, kendinden geçmişti. Art arda sopayı Alev'e indiriyordu. Kadın çığlıklar atıyordu. Eğer biraz daha böyle giderse, onu öldürebilirdi. Alev köşeye sinmiş, yalvarmaya başlamıştı. "Ezgi Hanım ne olur yapmayın. Ben size ne yaptım?"

Ezgi terden alnına yapışan saçlarını geri doğru sıyırdı. "Şimdi bana bak. Kızını görmeyi istiyor musun?"

"Ezgi Hanım, hiç istemez miyim?"

"Sana olan öfkem öyle çok ki, şu an seni öldürebilirim. Fakat az evvel öğrendiğim şeylerden sonra yumuşamış olmam lazım. Nedense sana zarar vermezsem kendimi hep suçlu hissedeceğimi düşünüyorum."

Ezgi son cümlesinden sonra ona bir sopa daha indirip ayağa kalktı ve sopayı fırlatıp attı. Masanın üzerinde duran çantasından cep telefonunu çıkartıp bir yerleri aradı. "Alo."

"Efendim?"

"Şu an terapi odasındayım."

"Bitmedi mi hâlâ Ezgi? Lütfen buna bir son ver."

"Annen burada!"

"Ne? Ne dedin sen? Ben kapatıyorum. Konuşamayacağım."

"Bekle! Durum sandığımız gibi değilmiş. Baban onu seni öldürmekle tehdit etmiş. Adını bile değiştirmiş. İzine rastlayamamış. Senin Londra'da yaşadığını biliyor çünkü yıllarca aramış. Londra'da izini kaybetmiş. Tahmin edebileceğin üzere adını değiştirdiğinden ona konsolosluktan da bilgi verememişler."

"Peki şimdiki adımla onca sene izimi nasıl sürmüş?"

"Kızım bilmiyorum işte ya, ona sorarsın."

Alev, Ezgi'nin konuşmasını duyduğunda ağlamaya başladı. Tek bir şey diyordu: "Kızım!"

Ezgi telefonu Alev'e verdi. "Al, kızın telefonda."

Alev titreyerek telefonu aldı eline. "Funda!"

"Funda değil, Aslı..."

"Aslı mı? Kızım beni affet. Baban seni benden kaçırdı. Sana da bir sürü yalan söylemiş."

"Siz beni terk etmediniz mi?"

"Olur mu, kuzum? Olur mu hiç bebeğim? Ben seni nasıl terk edebilirim? Seni benden kaçırdı. Sonra bir daha görmek istersem seni öldüreceğini söyledi. Bunu yapabilecek biriydi. Sesimi dahi çıkartamadım."

"Anne!"

"Oh! Allahım sana şükürler olsun. Sonunda kızımın bana anne dediğini duyabildim."

Ezgi telefonu Alev'in elinden aldı. "Aslı, şimdi ikiniz de sakin olun. Sizi kavuşturacağım ama az daha sabredin. Olur mu?"

Ezgi telefonu kapattıktan sonra Alev'in yanına eğildi. Alev doğrulup ona sarıldı. Defalarca teşekkür etti. Elini öpmek istiyordu. Ona, tüm bunların nasıl olduğunu, kızını ya da onu nasıl bulduğunu sormak aklına bile gelmedi. Çok mutluydu. Yıllardır istediği şey sonunda avuçlarına bırakılmıştı. Kızı olmadan geçirdiği tüm zamanı silip atabilirdi. İki kadın odada sarılmış ağlıyorlardı. Ezgi ona olanlardan kimseye bahsetmemesi gerektiğini söyledi. Alev onun yaptığı büyük iyiliğin karşısında değil Ezgi'nin dediğini yapmak, onun için gerekirse ölebileceğini söyledi. "Ezgi Hanım, çok iyisiniz."

Ezgi bunu işitince yeniden değişti. Yüzü katılaştı. Çantasını yavaşça omzuna taktı ve "Ben iyi falan değilim" deyip odadan ayrıldı. Lavaboya gidip elini yüzünü yıkadı. Ağlamaya başladı. Başına vura vura ağlıyordu. Bir ara Mehmet geldi aklına. Sakinleşti. Mehmet'i düşünmek ona iyi geliyordu. Aynaya baktı ve "Her şey çok daha iyiye gidecek" dedi.

-33-

Hepimiz bu hayatın ve bu zamanın ziyaretçileriyiz. Gözlemlemek, öğrenmek ve sevmek için bu dünyaya geldik ve hepimiz gelip geçiciyiz. Nefes aldığımız sürece her gün yeni bir umuda sahibiz.

Ezgi dün gece Mehmet'in yanından geç dönmüştü. Telefonun sesine uyandı. O gün konuk olacağı programın sunucusu Ali Çelik arıyordu. Program saatini ve genel hatları yeniden gözden geçirdiler. Ezgi duş alıp kahvaltı hazırladı. Hâlâ yorgundu, içinde bir yerler kırgındı. İstediği şeylere ulaşıyordu ama bir yerlerde eksiklikler vardı. Bu hâlden hoşlanmıyordu. Yaklaşık bir saatlik bir kahvaltıdan sonra en güzel elbisesini giyip evden ayrıldı. Canlı yayının olduğu binaya geldi. Daha evvel bu binada birçok programa konuk olmuştu ama ilk defa Ali Bey'in programına konuk oluyordu. İçeri girdi, makyajı yapıldı ve canlı yayın stüdyosundaki yerini aldı. Cep telefonunu asistana uzatacağı sırada bir mesaj geldi. Mesajı gönderen Hasan'dı. Alelacele açtı. Canlı yayın için geri sayım başlamıştı.

"Ezgi Hanım her neredeyseniz çıkın gelin. Baskın yedik. Polisler depoyu bastı. Ne yapacağımı bilemiyorum!"

Ezgi yayından fırladığı gibi depoya gitti. İçeriden çıkan polis memuru onu gözaltına almaları gerektiğini söylediğinde kapının önünde duran dört kişiye baktı. Bunlar danışanlarıydı. Derya yine ağlıyordu. Akgün, Ezgi'yi götüren polisin önüne atıldı. "O bir şey yapmadı. Onu neden götürüyorsunuz? Birilerine yardım etmek ne zamandan beri suç sayılır oldu?"

Ezgi bu anı görünce gözyaşlarını tutamadı. Akgün'ü kolundan tuttu. "Bırakın götürsünler." Sonra diğerlerine döndü. "Arkadaşlar, buraya kadarmış! Terapi sona erdi. Yolunuz açık olsun."

Bunu duyunca diğer üç kişi de polisleri durdurmaya çalıştı. Ortalık karışmıştı. Ezgi'yi götürmelerine izin vermeyeceklerini söylüyorlardı. Fakat kâr etmedi. Ezgi'yi ekip otosuna bindirdiler. Dört kişi üzgündü. Ezgi'ye baktılar. Ona "Seni yalnız bırakmayacağız" dediler.

Ezgi nöbetçi mahkemeye çıkartıldı. Dört kişi de ondan şikâyetçi olmadıklarını, aksine bu terapinin onlara iyi geldiğini söylediler. Ezgi'yi asıl şaşırtan mahkemede Zozan, Derya ve Akgün'ün bu terapinin kendi talepleri olduğunu hatta Ezgi ile rahat rahat sohbet etmek için depoyu kendilerinin bulduğunu söylemeleriydi.

"Hâkim Bey, sohbet etmenin neresi suç? Biz Ezgi Hanım'ın arkadaşlarıyız ve evet, hepimiz de sorunluyuz. Ne var bunda?"

Hâkim bu ifadenin Ezgi'yi korumak için verildiğinin farkındaydı fakat kimsenin Ezgi'den şikâyetçi olmadığını, bir de herkesin memnun kaldığını görüyordu. Ezgi bütün suçlamalardan beraat etti. Sonradan öğrendi ki, ihbarı Tülin Hanım yapmış. Kendisi de oralardaydı. Ezgi'yi uzun bir zamandır takip ettirdiğini, sonunda o depoyu bulduğunu söyledi.

Mehmet haberleri duyduğunda hemen Ezgi'yi aradı ama telefonu kapalıydı. Hasan'ı da aradı ama ondan da sağlıklı bir yanıt alamadı. Aradan saatler geçmesine rağmen Ezgi'den ses soluk çıkmamıştı. Mehmet hastaneden ayrılıp onun evine gitti. Fakat Ezgi evde de değildi. Depoya geri dönmüş olabileceğini düşündü ama oraya vardığında da kapısında koca bir zincir gördü.

"Sevgilim neredesin?" O an Mehmet'in aklına bir yer geldi. "Tabii ya, oradasın yine değil mi?"

Mehmet arabaya atladığı gibi Ezgi'nin yanına doğru yol aldı. Onu orada yani babasıyla kaza yaptıkları yerde bulduğunda Ezgi berbat bir haldeydi. Yüzündeki makyajı akmış, üstü başı toz olmuştu. "Sevgilim, ne oldu sana?"

Ezgi, Mehmet'e aynı sevecenlikle yaklaşmadı. Ona bağırdı. "Git buradan git! Defol. Ben bunu hak etmiyorum. Ne senin ne de o diğer dört kişinin bu iyi hâllerini hak etmiyorum. Beni aslında çarmığa germeniz lazım. Ben böyle mutlu olurum. Siz, bana vicdan azabı yaşatmaktan başka bir işe yaramıyorsunuz. Öldürün beni! Ya da işkence edin bana."

Mehmet sakince yaklaştı, yarasının izin verdiği ölçüde onun yanına oturdu ve uzun bir süre hiç konuşmadı. Ezgi dizlerini karnına çekmiş ileri geri sallanıyordu. Konuşmaya niyeti yok gibi duruyordu. Hava kararmaya başlamıştı. Bir ara Ezgi, sessizliğini bozdu. "Ben sana yalan söyledim."

"Hangi konuda?"

"Her konuda. Bir tek seni sevdiğim doğru."

Ezgi sustu, yutkundu ve Mehmet'e yaklaşıp onun gözlerine baktı. "Ben bu terapiye başlarken neyi umdum biliyor musun?"

"Neyi?"

"Sizin hayatınızı mahvetmeyi. Çünkü siz benim hayatımı mahvetmiştiniz."

"Nasıl yani? Biz ne yaptık Ezgi?"

"Ne mi yaptınız?" Ezgi bağırıyordu, gözyaşları sel olmuştu. "Derya Hanım; bana ilk defa kürtaj yapan kadındı. Hayatım boyunca o kürtajın yıkımlarını toplamakla uğraştım. Onu aradım ve buldum ama öğrendim ki o da buna zorlanmış. Suçsuzmuş. Akgün Bey; Suat'ın babasıydı. Baba sevgisinden yoksun kaldı, kendini kaybetti, tüm güzel değerlerden babasızlığından dolayı mahrum kaldı ve ilk o mahvetti benim hayatımı. Bundan Akgün Bey sorumluydu. Sonra ne oldu? O da karısının egosu yüzünden oğlunu görememiş. Zozan; ben ağabeyi tarafından tacize uğrarken, buna kayıtsız kalan küçük kızdı. O günü hiç unutmadım. Fakat gel gör ki onun da yaptığının çok güçlü gerekçeleri varmış. Alev; benim en yakın arkadaşımın yani Aslı'nın hayatını cehenneme çeviren kadın, annesi. Yıllarca Aslı ve ben, kadının kızını terk ettiğini düşünüyorduk ama kocası olacak o alçak adam çocuğu kaçırmış. Kızın adını değiştirmiş. Alev de bir daha kızına ulaşamamış."

Mehmet dikkatle Ezgi'yi dinliyordu. "Ya ben?" diye sordu.

"Sen, diğerlerine göre masumsun ama sen de Aslı'nın geleceğini mahvettin. Anaokulunda senin annene "Orospu" dedi diye onun gözüne çatal fırlattın. Onun bir gözü senin yüzünden kör oldu. Bu yüzden daha da içine kapandı. İnsanlardan kaçtı. Benden başka hiçbir arkadaşı olmadı."

Mehmet çok şaşırdı. Ezgi'ye sarılmak istedi. Ezgi itti onu. O da ağlamaya başladı. Ne yapacağını bilemiyordu, büyük bir çaresizlik içindeydi. Zar zor konuşmaya başladı.

"Bu olayı iyi hatırlıyorum. Ben o günden sonra çok asi bir çocuk oldum. O olayın üzüntüsünü ve pişmanlığını hep yaşadım. Fakat daha çocuktum ve hiçbir şeyin farkında değildim."

"Al işte, burada bile suçlu sen değilsin. Fakat ben ne yaptım? Yıllarca sizin suçlu olduğunuza inanıp kendimi bunlarla doldurdum.

Neredeyse aklımı yitirecektim. Çok ama çok kötü şeyler yapmayı düşündüm. Terapi bittikten, hepinize suçlarınızı itiraf ettirdikten sonra sizi o depoya kilitleyip yakmak bile aklıma geldi. Mehmet, ben çok kötü bir insanım." Ezgi kafasını Mehmet'in kucağına gömmüş, ağlıyordu. "Mehmet, ben iyi değilim."

"Sevgilim, her şey yoluna girecek."

"Sevgilim mi? Bunca duyduğun şeyden sonra beni hâlâ sevebiliyor musun?"

"Ezgi, bizim günahlarımızın yanında senin düşüncelerin masum kalıyor. Baksana, günahkâr ve zalim insanlarla çevrilmişsin. Senin suçun yok."

İkisi arasında duygusal anlar yaşanıyordu. Ezgi içindeki her şeyi döktüğü için rahatlamıştı. Yıllardır acısını hissettiği bir olayla yüzleşmek Mehmet'i de rahatlatmıştı. Oradan birlikte ayrıldılar. Yol boyunca konuşmadılar. Ezgi ara ara ağlıyor, Mehmet ise onun elini sıkıca tutuyordu. "Ezgi, ne olursa olsun senin yanındayım."

Ezgi'nin evine geldiler. Genç kadın çok yorgun ve halsizdi. Mehmet onu banyoya götürdü, kendi elleriyle yıkadı. Ezgi ise durmadan ağlıyordu. Mehmet, bir bebeği yıkar gibi hafifçe ona dokunuyor, incitmekten korkuyordu. Banyodan çıkardıktan sonra yatağına yatırdı. Biraz sonra elinde bir tepsiyle geldi. Meyve suyu, peynir ve haşlanmış yumurta vardı. Ezgi yemeyi reddediyordu. Zar zor iki lokma yedikten sonra başını usulca yastığına koydu. "Mehmet, o insanlar neden benden şikâyetçi olmadı?"

"Neden olsunlar ki? Sen onlara iyi geldin. Birine kızını verdin, diğerinin alkol bağımlılığını yok ettin, Derya'nın temizlik hastalığını yendin ve Zozan kilo almaya başladı. Şikâyetçi olamazlar, çünkü sen iyi bir insansın. Senin kocaman bir kalbin var. Kocaman ve yumuşacık..."

Mehmet, Ezgi'nin saçlarını okşayarak uyutmuştu. Usulca yataktan kalkıp Ezgi'nin deri kaplı defterinin olduğu dolaba yöneldi. Ses etmeden dolabı açtı. İçinden defteri alıp aşağıya indi. Aradan üç saat geçmişti. Kapı ziline uyanan Ezgi yatağından kalkmadı. Nasıl olsa Mehmet açardı kapıyı. Sonra tanıdık bir ses duydu. Bu, Tülin Hanım'ın sesiydi. Yatağından telaşla kalkıp odadan çıktı ve merdivenin başında durup kulak kesildi.

"Mehmet, Ezgi nerede?"

"Yukarıda uyuyor."

"Onun için en doğrusunu yaptın. O, bahsettiğin defter mi?"

"Evet, her şey burada yazıyor. Şey... O iyi olacak değil mi?"

"Çok daha iyi olacak."

Bunu duyan Ezgi koşarak odasına girdi. Kapı sesini duyan Mehmet ve Tülin Hanım yukarı koştular. Ezgi, sinir krizi geçiriyordu. "Mehmet, sana güvenmiştim. Bunu bana nasıl yaptın? Senden nefret ediyorum."

"Sevgilim bir dur! Ben senin iyiliğin için yaptım."

"O defteri okumayacaktın. Ona vermeyecektin. Bitirdin beni."

Ezgi'yi durdurmakta zorlanan Tülin Hanım, dışarıda beklemekte olan üç kişilik ekibini çağırdı. Orada Ezgi'ye bir sakinleştirici yapıldı. İhanete uğramıştı. Sevdiği ve kendinden çok güvendiği adamın bu yaptığı onu incitmiş, eski karanlık dünyasına itmişti. Ezgi sakinleştiricinin etkisiyle gözlerini kapatırken, dilinden tek bir cümle döküldü: "Seni asla affetmeyeceğim!"

-34-

Kusursuzluk, herkesin ulaşmak istediği bir şeydir. Fakat insanın kusurları, çoğu zaman bir alanda iyi olana ulaşmak için bir neden ve güç oluşturur. Çatlak yoksa ışığın girebileceği bir alan da yoktur.

Ezgi, Tülin Hanım'ın onu yatırdığı klinikte tedavi görüyordu. Kendisine psikotik özellikli duygudurum bozukluğu teşhisi konulmuştu. Aradan bir ay geçmişti. Annesi onu ziyarete gelmiş, çok kısa bir görüşme yapmışlardı. Kenan da uğramış ancak Ezgi onu görmek istememişti. Ezgi'nin terapi arkadaşları Derya, Zozan, Alev, Akgün de gelmişlerdi. Ezgi onlarla görüşmüş ve biraz olsun keyfi yerine gelmişti. Mehmet, Ezgi'yi çok görmek istemiş, ancak ziyaretine gelmeye cesaret edememişti. Ezgi kesinlikle onunla görüşmek istemiyordu. Mehmet kliniğin bahçesinde adeta nöbet tutuyordu. Gece gündüz oraya kamp kurmuştu. Sonunda onun kendisini affedeceğini düşündüğü bir şey geldi aklına. Klinik nöbetini şoförüne devredip eve koştu. "Ben iki gün kadar yokum. Sen göz kulak ol. Bir gelişme olursa da bana haber ver."

Mehmet hastaneden ayrıldıktan sonra Hasan gelmişti. Hasan bir aydır ortalıkta yoktu. Ağır ağır merdivenleri çıktı. Hali de bir garipti. Beti benzi atmış, kendinden geçmişti. Bankoya ilerledi ve Ezgi'yi ziyarete geldiğini söyledi. Genç kadına haber verdiler, görüşme isteğini kabul etti. Ezgi, Hasan'ı görünce tebessüm etti. Uzun zamandan sonra ilk defa tebessüm etmişti. Hasan'a sarılmak için hamle yaptı ama Hasan onu gerisingeri itti. Ezgi kendisini kötü hissetmişti. "Ezgi Hanım özür dilerim ama ben sizin bu iyimser tavırlarınızı hak etmiyorum."

"Bu da ne demek Hasan? Senin emeğin çok büyük. Sen olmasaydın ben o depoyu açamazdım. Sen benim bu işteki en büyük yardımcımsın."

"Öyle değil işte. Mehmet Bey..."

Ezgi'nin yüzü değişti. Cama döndü. Dışarıya göz gezdiriyordu. "Ne olmuş ona?"

"Onun bıçaklı saldırıya uğradığı geceyi anımsıyorsunuz değil mi?"

"Evet. Ne olmuş?"

"İşte, onu ben yaptım."

Ezgi yerinde resmen fırladı. "Ne dedin sen?"

"Ben... özür dilerim."

"Hasan, bunu neden yaptın?"

"Ben... Şey!"

"Konuşsana Hasan, neden yaptın?"

"Ben sizi kıskandım."

"Neden ki?"

"Ezgi Hanım uzun zamandır size hayranım, bunu siz de biliyorsunuz. Fakat bir süre sonra bu hayranlığı ben aşk zannetmeye başladım. Mehmet ile yakınlaşmanıza şahit oldukça da kıskançlıktan deliye döndüm."

"Peki, o gece yüzünde maske mi vardı?"

"Hayır, Mehmet Bey biliyordu onu benim yaraladığımı."

"Peki, neden senden şikâyetçi olmadı?"

"Neden şikâyetçi olmadı bilmiyorum. Ertesi gün onu ziyarete gittim. Neden beni ele vermediğini sordum. O da bana sizin bana çok güvendiğinizi, çok sorunla boğuştuğunuzu, onca sorunla boğuşurken, bana olan güveninizin sarsılmasının size zarar vereceğini, o yüzden beni affettiğini söyledi. Yani beni sizin için affetti. Bir de terapinin gizliliğinden konuştuk. O da, beni şikâyet etmenin sizin terapiyi de ifşa edeceğimiz anlamına geldiğini söyledi. Bunun olmasını istemediğinden beni ihbar etmedi. Zaten o gün beni affetti ama ben vicdanımı susturamadım ve sizinle konuşmak istedim. Buradan çıkıp karakola gideceğim fakat öncesinde beni affettiğinizi duymak istiyorum."

Ezgi, Mehmet'in bu yaptığını duyunca kendinden utandı. Bir aydır gelen giden herkese asla onu görmek istemediğini söylüyordu. Mehmet bu yüzden onunla görüşme girişiminde bile bulunmamıştı. Bahçede, kliniğin etrafında olduğunu biliyor, bunu hissediyordu. O sırada hemşireleri çağırdı. Onlardan ricada bulundu, bir telefon istedi, Mehmet ile görüşmek istediğini söyledi.

Kısa boylu tombul hemşire güldü. "Neden gülüyorsun?"

"Mehmet Bey zaten bir aydır kapının önünde yatıp kalkıyor."

Ezgi'nin yüzüne kocaman bir gülümseme doldu. Koşarak koridora çıktı, bağırmaya başladı. "Mehmet, neredesin? Mehmet..."

O sırada İsmet Bey koşarak geldi. "Ezgi Hanım, Mehmet Bey gitti."

"Nereye?"

"Bilmiyorum. Beni size göz kulak olmam için bıraktı. İki güne gelecekmiş."

"Olmaz. Ara onu hemen gelsin."

İsmet Bey, Mehmet'i aradı ama telefonu kapalıydı. Böyle durumlarda sinir krizi geçiren Ezgi bu kez sakindi. Kaderinin bu ufak cilvesine razı olup odasına geri döndü. Hasan hâlâ onu beklemekteydi. Ona eliyle çık işareti yaptı. Hasan odayı terk ettikten sonra yatağına uzandı. Bir cenin gibi kıvrılıp uyuyakaldı. Gözlerini açtığında Mehmet'i sordu ama gelen giden yoktu. Iki gün boyunca her fırsatta uyudu. Uyanık kalıp beklemek istemiyordu.

İki gün sonra ikindi üzeri kapısı tıklatıldı. Aynı hemşire gülerek odasına girdi. Ezgi gözünün ucuyla bakıp başını çevirdi. Yeniden gözlerini kapattı. "Ezgi Hanım, kalkın ziyaretçileriniz var."

"Ziyaretçiler mi?"

Ezgi yine Derya, Akgün, Alev ve Zozan'ın gelmiş olabileceğini düşündü. Yatağından kalkmadan "Gelsinler" dedi. Yatağından kalkmak ya da birileriyle konuşmak istemiyordu. Fakat o dört kişiyi de geri çevirmek istemiyordu. Ezgi üzerindeki örtüye iyice sarıldı. Tam o sırada duyduğu bir ses onu kendinden geçirdi: "Anne!"

İşte o an Ezgi'nin pusulası şaştı. Kızının sesi onu kendine getirmişti. Yatağından doğrulduğunda karşısında Aslı, Mehmet ve kızı Meryem'i gördü. Meryem koşarak annesine sarıldı. Anne kızın kucaklaşması, odadaki herkesi ağlatmıştı. Ezgi kızını defalarca öptü. Onun kokusunu doyasıya çekti içine. "Kızım, sen buradasın!"

"Evet anneciğim, bizi Mehmet ağabey getirdi. Sen beni yanına almak istiyormuşsun. Artık hiç ayrılmayacakmışız. Doğru mu bu anne?"

Ezgi, Mehmet'e baktığında o da onaylar manada kafasını salladı. "Evet kızım, artık hep bir aradayız. Sen, ben, Aslı teyzen ve Mehmet ağabeyin."

Mehmet bunu işitince şaşırmıştı. Ezgi'ye doğru yürüdü. Ezgi de ayağa kalkıp ona sıkıca sarıldı. İkisi de ağlıyordu. Ezgi teşekkür ediyor, bir yandan da özür diliyordu. O sırada Aslı'nın öksürüğü duyuldu: "Beni unuttunuz galiba!"

"Aslım, seni nasıl unuturum. Tek dostum benim."

"Ezgi, ben de artık anneme kavuşabilir miyim?"

Ezgi ile Aslı güldüler. Orada bir saat konuştular. Hastane protokolüne göre bu yasaktı ama Ezgi'nin doktorları ve Tülin Hanım, bu ortamı görünce ses çıkarmayıp görmezden geldiler. O sırada Mehmet, Ezgi'ye bir defter uzattı. "Bu senin yeni günlüğün ve buna hep güzel şeylerini yazacaksın. Yıllar sonra da bunu okuyup tebessüm edeceğiz."

"Evet, yaşlandığımızda... Meryem'im büyüyüp yuvadan uçtuğunda açıp açıp okuruz."

"Hop Hop! Ne öyle yuvadan uçması falan... Kimse Meryem'i kolay kolay alamaz bizden. O herifin canına okurum. Öyle hemen evlenmek de yok. Elli yaşına geldi mi evlenir."

"Mehmet, kızı eve kapat bari."

"Valla bana uyar. Onu korumak için gerekirse eve bile kilitlerim."

-35-

Dayanamam dediklerine dayandığında büyüyorsun.

Ezgi'nin tedavisi sona geliyordu. Klinikte iki ay yattı. Bir sabah Ezgi'yi kontrol eden Tülin Hanım birkaç güne taburcu olabileceğini söyledi. Bu habere çok sevinen Ezgi, Tülin Hanım odadan ayrılır ayrılmaz yeni günlüğünü açtı ve yazmaya başladı.

Bugünlerde daha iyi anlıyorum ki, insanları güçlü kılan en temel şey inançmış. Yaratana, kadere, aileye, dostuna, evladına, geçmişine veya geleceğine... Bir şeylere şüphesiz güvenmek, bireyde içsel bir güç oluşturuyormuş.

Bir gün, en hazırlıksız anımda elime tutuşturdular hayatı. Ne yanında bir kullanma kılavuzu vardı, ne de yanımda bir yoldaş. İçime de bir fidan ekmemişlerdi ki, o serpilip ağaç olsun da onun dallarına tutunayım. Doğduğum gün değil ama işte o an koymuşlardı caminin avlusuna. Acımadan ve arkalarına bakmadan uzaklaşmışlardı cüzzamlı birinden kaçar gibi.

Benim yaşamış olduğum hayatın ne bilindik hadiseleri vardı, ne de uçlarda karmaşa içindeydi. İkisinin ortasıydı galiba. Bir yandan varlığıma her gün şükrederken diğer yandan da yok olmam için dua ederdim. Melankolik de değildim, kalender de...

Çok yönlüydü kişiliğim ve yüreğim başka, aklım başkaydı hep. Gözlerim batıyı görür, kulaklarım doğuyu duyar ve ellerim güneye uzanırdı.

Derken yıllar şöyle böyle geçti bir şekilde. Şimdi anlıyorum ki asıl mana, kişinin düşünceleriymiş. Asıl iç savaş; ruhsal erozyonla mücadele etmekmiş. Asıl huzur; güvenecek birilerinin olmasıymış. Tamam, mutlulukları birine bağlamak yanlış ama hiç kimse üzerinden mutlu olamamak da insanı öldürürmüş.

Hiçbir zaman imkânsızı istemedim lakin hep zora göğüs gerdim. Yüksekten uçmadım asla ama yerde de kalmadım. Bazen samanlıkta iğne buldum kimsenin işine yaramadı, bazense ağzımla kuş tuttum, yarandığım insanlar ise benim işime yaramadı. Şükür ki bunların üstesinden gelebilen inandığım şeyler var içimde. Şimdi dilim susar zihnim konuşur, sessizlik başlarsa gönül dile kavuşurdu. Bu, ayarlanması öyle zor bir hâldir ki, hassas terazi gibidir. Zaten insan beyni tüy gibi hassas değil mi? Eğer dikkatini bu hissiyatlara odaklayamazsan hayallerini kin ve intikamlar süsler. Unutma; hayalde savaş var ise gelecekte de sonsuza kadar yalnızlık hâkimdir. İdrak eder bunu dimağımız fakat bin nasihat değil, bir musibet bekler nefis.

Benim için şimdiye kadar tüm seneler hüzün yılıydı, mevsimlerden ayrılık, günlerden ıstırap. Saat son ayrılışı vuruyordu. Öfkeme, derdime, sitemlerime ve seviyesizliğime yaktı karanlık o göz kamaştırıcı ışığını. Kaptı kalemi ve uzattı elime, bağırdı bana, "Hadi sen de nazire yap o zaman geçmişteki cahilliğine" dedi. Sustukça yazıyordum. Yazdıkça susuyordum. Susuyordum! Konuşmaya susuyordum bazen. Yazdıkça susuzluğum gidiyordu. Lakin ne kadar daha tahammül ederdi kâğıt ve kalem bana?

Şimdi mevsim bahar. Bundan sonra yalnızca çiçekler, kuşların sesi ve taze bahar kokusu var.

Ezgi defterini kapatmadan evvel en arka sayfanın arasından bir fotoğraf çıkardı. Annesi Zarife Hanım'ın fotoğrafıydı. "Nereye bakacağımı, asıl suçlunun nerede olduğunu bulmam güç oldu. Fakat başardım. Ah anneciğim, seninle olan planlarımı gerçekleştirmek için burada ne roller yaptığımı görsen, eminim bu kızını ayakta alkışlardın. Az kaldı Zarife Sultan, bu eserin en büyük oyunu seninle oynanacak. Fakat sevinmelisin; her anneye nasip olmaz kızı tarafından kan donduran bir şekilde öldürülmek. Şanslısın be kadın! Şimdiden mekânın cennet olsun!"

Uzman Psikolog

ESRA EZMECİ

Düştüğünde Kalkarsan *Hayat Güzeldir*

Yaşanmamış bir hayattan daha üzücü ne olabilir?
Yaşam size ne getirir bilemezsiniz ama sizden ne götüreceğini siz belirlersiniz.
İnsanız. Yanlışlarımızla doğrularımızla, başarılarımızla başarısızlıklarımızla, sevdiklerimizle sevemediklerimizle, yaptığımız ve var olduğumuz her şeyde her an gelişiyor ve büyüyoruz.
Bazen canımız o kadar acıyor ki hayata küsüp büyümeyi ve gelişmeyi unutuyoruz. Oysa varlığımızın en anlamlı kısmı hatalarımızdan, tecrübelerimizden ders alarak gelişmek, ilerlemek ve en büyük besinimiz sevgiye her zaman yer açmaktır. Unutmayın, hiçbir zaman, bir daha sevemeyecek, yeni bir hedefin peşine düşemeyecek, yeni hayaller kuramayacak kadar yaşlanmayacaksınız. Hâlâ nefes alıyorken yaşamdan istediğinizi alın.

Neden yanlış kişiye âşık oluruz?
Neden kimseye hayır diyemeyiz?
Neden ilişki kurmaktan ve bağlanmaktan korkarız?
İlişkilerde kaybettiren davranışlar nelerdir?
Sevdiğiniz kişiyi evliliğe nasıl ikna edersiniz?
Nasıl kendiniz olursunuz?
Özgüven nasıl kazanılır?
Geçmiş travmalarla nasıl başa çıkılır?
Hayatınızı nasıl değiştirirsiniz?
Mutluluk yanılsaması nedir? Neden hep mutsuz hissederiz?

Uzman Psikolog
ESRA EZMECİ

Kararı Ben Veririm

Her yeni ilişki temiz bir defterdir. Yaşadıkça yepyeni bir hikâyenin yazılıyor olduğunu bile düşünürsünüz.
Ancak sonra bir de bakarsınız ki defter aslında boş değil...
Çocukluk anıları, travmalar, eski ilişkilerin yaraları, paternler, inançlar, kalıplar, alışkanlıklar, takıntılar, korkular, endişeler, beklentiler, kompleksler ve daha neler neler...
İşte tam da bu noktada karışır işler.
Çünkü artık ilişki sizden emek ister. Üstelik de en çok kendinize emek veriyor olmanızı ister. Hiçbir ilişki, akıntıya kapılıp gitmek değildir, kürekleri güvenle elde tutmaya devam etmektir.
Ne isteyip ne istemediğinizin kararını kendiniz veremediğiniz sürece yaşanan şey bir sürüncemeden fazlası sayılmaz.
Unutmayın ki kimse sizi mutsuz edemez, ancak siz buna izin verirsiniz. O halde mutsuzluktan yakınmayı bırakın. Hayatınızda neyin olmasına, neyin olmamasına sebep olduğunuz gerçeğine uyanın.
İlişkisini yöneten, hayatını da yönetir kuşkusuz. Ancak bunun için kim olduğunuzla yüzleşmelisinizdir önce...
Nasıl mı?
Tabii ki bir karar vererek...
Bu kitabı okumakla kalmayıp Uzman Psikolog Esra Ezmeci'nin sayısız danışmanlık hizmetinden sonra incelikle üzerinde durup çalışarak sistematikleştirdiği önerilerini uygulamaya da karar verdiğinizde, hayatınızda gerçek bir temiz sayfa açabildiğinizi deneyimleyeceksiniz.

Uzman Psikolog
ESRA EZMECİ

Kadınlar Sıcak Erkekler Soğuk Sever

İlişkilerin doğası karmaşıktır. İnişleri çıkışları vardır. Kadınla erkek arasında işler her zaman yolunda gitmeyebilir, tıpkı hayat gibi... İlişkiler bazen sıcaktır, içinizi ısıtır, bazen soğuktur ürpertir.

Her ilişkinin kendince bir ritmi vardır ve hep değişkendir. Kadınla erkeğin doğası birbirine hiç benzemez. Problem çözme becerileri, yalnızlıkla başa çıkma yolları, ilişkiden beklentileri, iletişim modelleri, cinselliğe bakışları ve motivasyonları çok farklıdır.

Bir kadını elde etmenin yolu ondan uzak durmak yerine ona ilgi göstermekken, bir erkeği elde etmek için dozu iyi ayarlanmış mesafelere ihtiyaç vardır.

Çok satan *Düştüğünde Kalkarsan Hayat Güzeldir*, *Kararı Ben Veririm* ve *Süt Lekesi* kitaplarının yazarı Uzman Psikolog Esra Ezmeci, bu kez kadın erkek ilişkilerinin doğasını ve dinamiklerini enine boyuna yatırıyor masaya. Sunduğu basit ve etkili önermelerle kadın erkek ilişkilerinde yaşanan kısırdöngüleri kırmak hiç de zor değil...

Uzman Psikolog
ESRA EZMECİ

İz Bıraktığın Kadar Varsın

Kusursuz bir bütün için harikulade parçalar gerekir. Tıkır tıkır işleyen bir sistem ancak böyle yürür, bir kovandaki arıları ya da devasa bir karınca yuvasını düşünün. İlişkiler de böyledir, hiçbir şey tek başına tüm ilişkiyi ayakta tutmaya yetmez.

Fırtınaya yakalanmış bir tekneye yelkenler tek başına yardımcı olamaz, sağlam bir motor, belki devreye girmesi gereken kürekler ve güvertede teknenin seyrini sağlayan hünerli birkaç insan lazımdır.

Bu bir keşif yolculuğu olacak, yelkenlerinizi ayarlayın, birazdan rüzgâr onları şişirecek ve gitmeye korktuğunuz yabancı kıyılara sürükleneceksiniz. Korkmayın, bu yabancı topraklar aslında şimdiye dek ayak basmadığınız kendi kıyılarınız olacak...

Uzman Psikolog Esra Ezmeci bu kez cinsellikten çapalamaya, eril ve dişil enerjilerden iletişime iz bırakmanın ve vazgeçilmez olmanın yollarını anlatıyor. İlişkilerde cesaretin ve özgür doğanızı hissettirebilmenin fark yaratan, devrimci yollarını incelikle tarif ediyor.

Tarih nice korkak insan hikâyesiyle doludur ama biz hiçbirinin adını duymamışızdır. Cesur olduğunuz kadar iz bırakırsınız ve iz bıraktığınız kadar yaşarsınız...